做最好的自己

章桂周/著

安徽师范大学出版社
·芜湖·

图书在版编目(CIP)数据

做最好的自己 / 章桂周著 .— 芜湖：安徽师范大学出版社，2018.11
ISBN 978-7-5676-3795-5

Ⅰ.①做… Ⅱ.①章… Ⅲ.①散文集－中国－当代 Ⅳ.①I267

中国版本图书馆CIP数据核字(2018)第215295号

做最好的自己　　章桂周◎著

责任编辑：胡志恒
封面设计：陈　爽
出版发行：安徽师范大学出版社
芜湖市九华南路189号安徽师范大学花津校区
网　　址：http://www.ahnupress.com/
发 行 部：0553-3883578　5910327　5910310(传真)
印　　刷：虎彩印艺股份有限公司
版　　次：2018年11月第1版
印　　次：2018年11月第1次印刷
规　　格：787 mm×960 mm　1/16
印　　张：18.5
字　　数：222千字
书　　号：ISBN 978-7-5676-3795-5
定　　价：56.00元

自序

书序多半是用来陈说内容，指点旨要。时下著作多请名人作序，说些溢美夸饰之辞，向读者大力推荐。方法虽然可取，却难免有攀附欺骗之嫌。在我，结稿之余，不免兴怀感慨，借自序之机，回眸过往，整饬思绪，抒情写意，不亦快哉！

我写此书，是个偶然，又是必然。毕业之际，曾给人写留言册，其中一项是填写自己的兴趣爱好，这一项真让我颇为踌躇，因为我是个什么都爱好又什么都不爱好的人。若说真有什么喜好，大概就是有事没事都爱活动活动脑子，或许这在别人看来根本算不得爱好。我无意于文艺，却在无意之中迷恋上诗文艺术，以为陶钧才情，亦可自铸伟词，然而文艺之于现实人生，总觉隔靴搔痒，不能直探生命本源，不能满足我玄想的爱好。上大三的时候，汪裕雄先生给我们开美学课，奇思纷呈，妙理迭出，那种理性睿智给了我极大的震撼。因爱美学，延及哲学。1999年的仲夏，生了一场大病，让我对生命有了更为真切的体验，对灵魂有了更为严厉的拷问。偶有所获，行诸笔端，快然自足。直到毕业以后回到舒城，我才渐渐地意识到我要写本完整的书。至此，才意识到我踏上了一条哲学之路。曾写一联给汪先生：弃身荆舒踏上哲学之路，追梦京沪拾起美学引论。

然而世事难料，情随事迁，一晃近二十年就要过去了，我还是弃身于偏僻小城，依然苟安于一隅。或许在1999年之前我就将好运气都用光了，在此前创造过十多年不败的战绩；更可能是我没有过人的智慧，不能认清现实形势，也不能真正了解自己，我放弃保送研究生的机会，放弃去高校的机会，也丢弃了进老牌重点中学的门票。这些年，从一开始的年轻教师到现在的老教师，就像一棵被丢进幽谷的松树，不声不响，永远钉在那里。唯一可以慰藉的是我还有梦，还有这些无用的思想，是它们让我在寒夜中获得温暖，在冬雪里闻到花香。

想想当初的那些话只剩大言不惭了，徒遗笑柄。原先生病的时候精神颓丧，心灰意冷，以为马上就要死掉，但总希望留下点什么，写作此书以为念想，也不枉来人世这一遭。因此，当初争分夺秒地写作，期望很大，自视颇高。可是，十多年过去，回头再来看看，就没把它看得如何重要了。要知道，世上好语书说尽，就是前哲时贤我们也难以望其项背，更不要说超越前人进行发明创造了。只能说，我们站在前人的肩膀上，融合我们对当下的一些思考与感悟，或心有同感，或联想生发，或通观再造。自己不过是一滴水，汇入宇宙洪流之中，微不足道。只不过是痴心一点，所谓雪泥鸿爪，表示自己曾经走过，已经飞过而已。

我不知道这些东西能够算作什么。名人学者，多是鸿篇巨制，洋洋大观，又能引经据典，分章列节，透着学术气息。相形之下，我的这点东西，真的寒碜，简直要让人“另眼相看”。不过，老子的《道德真经》仅五千余言，孔子的《论语》也只是语录而已；庄周也是俯仰逍遥，俊逸不羁，尼采同样散步盘桓，绣口吐莲。《做最好的自己》，或许长着几朵哲理随笔的小花，也许通向遥远的目的哲学的天堂。而贯穿其间的是对真善美的追求，和对做最好的自己的向往。或许能够给浮躁的人心带去一丝清凉，给迷惘的双眼带去一点光亮。

一个人的思想不可能一无依傍，我既接受中国传统思想的影响，又学习西方的哲学经典。但我更清楚，一切思想的逻辑起点都是现实生活，真正的哲学是和宇宙人生脉息相通的，不是魅人的杂耍戏法。早在二百多年前，康德就在追问“我能知道什么”“我应该做什么”“我能希冀什么”“人是什么”，现世的烦忧也让我不断思考这些问题。我写此书，原初并非出于伟大的抱负，不过解决迫切的自身问题，推而广之，关注整个宇宙人生。我想知道“人是什么”“人为什么活”“人都活得怎样”“人怎样去活”“人是如何认识的”。愚者千虑，必有一得，我不敢说自己已经完完全全地很好地回答了这些问题，但愿能够给人一点慰藉，一点希望，一种泰然自若，鲜活灵动。

我的这本书原初之所以名之为《哲学之路》，一是代表了我的一段心路历程，二是因为我喜欢于路上思考，三是海德格尔就曾说过这样的话，“道路，而非著作”。此书又名《倾听上帝的声音》，或许更能代表我的心声和虔敬。而今定名《做最好的自己》则更加直截了当地揭示我的核心观点，表达一种对自我和社会的美好祈盼与向往。

不必过分的自信，亦不必十分的自卑。没有我的这本书，人们照样活着，世界依旧太平，读了我的这本书，不见得能多长出三斤肉来。歌德在《浮士德》中说过：“一切理论都是灰色的，唯生命之树常青。”哲理不能代替我们的生活，生活的路还要我们去走。当然也不是毫无益处，或能引发我们开悟识性，从而至大至刚，接近上帝。真理是属于世界的，而不是个人，你不说出，自会有人说出。即使是伟大的人物，对于宇宙来说，也不过是可有可无的东西，离了他地球还是一样转动。“寄蜉蝣于天地，渺沧海之一粟”。但也不必过于悲观，正心诚意，就有上帝来巢。宗白华先生说：“散步的时候可以偶尔在路旁折到一枝鲜花，也可以在路上拾起别人弃之不顾而自己感到兴趣的燕石。”“无论鲜花或燕石，不必珍视，也不必丢掉，放在桌上可以做散步后的回念。”（《美学散步》）这才是学人对待学术应持的态度。倘若读者能从书中有所收获，有着会心的一笑，就是我莫大的欣慰了。

2002年1月24日于荆舒

2018年5月修订

目录

第一辑：从何知道
——我今停杯一问之

从何知道 003
认知的发生 008
现象的还原 011
辩证的辨证 014
学术的分科 018
条件反射与直觉主义 021
我是一元论者 024
理式与时间 027
永恒真理的胜利 030
见多不怪 034
道可道，非常道 037
社会文化与个体认识 040
存在与思想 044
思想还原 047
语词的游戏 051

第二辑：人是什么
——人生自是有情痴

物质缘起 059
生命冲动 062

人之第三性 065
本能的置换 069
意义的取得 072
社会心理结构 076
人的定位 080
生命的两种形式 083
生命的成长 086
达于至人 089
道通为一 092
从“文学不死”说起 097
审美与认识及道德的关系发微 101

第三辑：为什么活

——众里寻他千百度

向上帝祈祷 115
最终目的 119
生命的驱动 123
因为信仰 126
一生何求 130
生命诚可贵 134
背负宿命的人 137
相亲相爱 140
真善美与假丑恶 143

第四辑：活得怎样

——人生到处知何似

构境下的存在 149

华严与缘在 152

绝必有处 156

天道无情 159

人性的光辉是怎样抹去的 162

此在彼岸 165

德福论 168

振衣千仞冈　濯足万里流

——魏晋风度与人格之美 171

此间少年落凡尘 180

早起的鸟儿有虫吃? 184

教师职业倦怠有药可救吗 189

第五辑：怎么去活

——人间正道是沧桑

人生兵法 197

战略与战术 201

由“直眼睛”说起 205

道法自然 209

幸福人生 212

个人与组织 216
老庄哲学审辨 220
阶层内部分析 225
谁主沉浮 227
生生不息 230
阶层的分析 233
以我役物 237
随遇而安 240
人之相与 243
无心插柳始成荫 247
且乱且治 252
走自己的路 256
居高声自远 259
团结与斗争 262
不要让别人的幸福成为自己的痛苦 266
中庸中道 268
各美其美 272
把根留住 275
不乐复何如 279

后 记 283

第一辑：从何知道

——我今停杯一问之

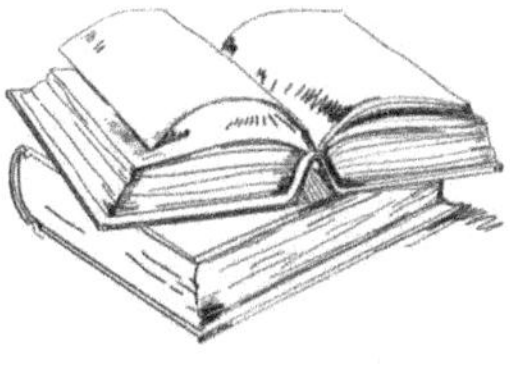

从何知道

星辰寥落，宇宙洪荒，人类却一直在追问，绝地通天，寻求终极意义，这大约正是人之为人的原因吧。我生也有涯，自知这一生可以贡献的东西不会太多，只是凭着自己的愚智，只因自己殚思竭虑的热心，奉献自己的愚见给大家，或可参考，或有启发，那就是我快乐的事。

康德曾在《纯粹理性批判》中追问“我能知道什么”，的确气象恢弘、心胸博大，然而我却要问，我们从何知道。人间万象，世态百味，我们有着各种各样的解释阐发，有着五花八门的理论主张，然而我们眼中的世界，我们脑中的思想究竟从何而来，不清楚这一点，我们就失去了根基和源头，实在是危险得很。以前我可能更多关注的是人的生存状态，关注人应何去何从，现在我要追问认识这一终极。只有如此，我们才能更好地回答人是什么，宇宙是什么，人类归旨如何的问题。

我们从何知道？第一个原因，也是根本原因，就是我们从比较中知道。俗话说，“不怕货卖货，就怕货比货”，“货买三家不吃亏”。这些都是要求我们进行比较，才能识货，才不会上当受骗。认识一个东西，认识一个人，都是从比较中开始，在比较中给他们确定位置，然后存储在记忆中。一切的概念，一切的见解都从比较中得来，是比较凿开了混沌，才有了这丰富多彩的世界，也有了现实的纷纷扰扰。比较是我们认识的起点，也是逻辑的起点。权然后知轻重，度然后知长短，验然后知时间。一切的人、事、物都是在比较中判断是非，辨别对错，从而建立我们对事物的认识。

自人之生，懵懂无知，整个世界对我们来说是空白混沌的，就如一气未化的道。母亲给他喂奶，可解肠腹之饥，若是把手指给他吮吸，一开始他可能以为可以吮奶，后来经过比较知道二者的不同了。世界相对于人来说，是在比较中产生和清晰的。火烧痛了手，以后就不再把手给它烧了；水淹死了人，以后我们就不敢轻易下水了。正因如此，我才强调那种条件反射的直觉主义，只有如此才能进入当下的实在，才可以解蔽。不要轻易地相信种种的理论主义，而要经过亲身的比较，而且是不断比较，不断修正，才能准确地描绘事物，真正地认识世界。

有的比较很简单，在瞬间就可完成，但有的就不那么容易，需要不断修正的过程。譬如谈恋爱，你该选择什么样的情人呢？那种仅凭第一印象，一见钟情往往是不可靠的。好多恋人在二十来岁可能很中意，可是到了三十岁时就不行了，渐生厌恶，反目成仇，这大约就是“恋爱综合征”产生的原因吧。古人云，“路遥知马力，日久见人心”，说得非常好，正是这个道理。因为有些事情本身就很复杂，不是能够一目了然的，比较不是可以一次完成。对人物的评价，对历史的认识，对人生的选择，对社会的衡量，都是千头万绪，我们都应慎重，不能听信一面之词，不能盲目师心自信。但时间会解决这些难题的，人类会解决这些难题的，不必丧气，不必张狂。时间是最伟大最公正的批评家。人生沉浮，历史盛衰，自是有人评说。

我们从何知道？第二个原因，也是主要原因，就是我们从会通中知道。会通要求在事物个别因素的考察中，努力建构出统合个别因素的整体的质，再由它来考察、说明个别因素的特征。比较是会通的基础，会通是比较之后的提升。如果说比较让我们对事物数量、性质上的差异有所认知，那么会通则让我们建立起事物之间普遍的联系。会通具有一种完形能力，是通过联想和想象，来把握事物之间关系实质的。世界是复杂多变的，因为会通才给我们提供一副清晰的图像，让世界和我们发生联系，变得可以理解和把握。一方面，通过会通我们形成一系列的名词观念；一方面，通过会通掌握了事物的来龙去脉。没有会通，我们很难想象人类能够从鸟兽虫鱼中超拔出来，形成多彩的文化，发展出高度的文明。

就像青霉素的发现看似偶然，实则需要很强的会通能力。1928年英国科学家弗莱明在一间简陋的实验室里研究导致人体发热的葡萄球菌，结果不知什么原因一个霉菌孢子恰好掉进了培养皿中。等他度假回来惊奇地发现培养皿角落长了一块青霉菌，而它周围居然没有细菌滋长，连附近的葡萄球菌都被溶解了。聪明的弗莱明马上意识到这种霉菌不一般，经过多次反复试验，他认识到它所释放的一种物质可以杀死很多致病菌，从而发现了普遍的联系规律。于是弗莱明将这种物质命名为青霉素（盘尼西林），后来青霉素拯救无数生命，极大地造福人类。

事物总是具体而纷纭，需要我们从具体特殊的感觉走向抽象的一般观念。英国哲学家休谟认为在时空中相近或相似的印象所产生的观念是相互联系的，也就是说心灵有一种从一个观念向另一个观念转移的倾向，这一倾向把时空中几种特殊事物联结起来形成一般名词，把相似的特殊观念联结起来形成一般观念。休谟从经验中提出了三条结合原则：类似、时空接近、因果关系。通过这三条原则，想象将简单观念联系在一起，形成了各种不同的复杂观念。他又通过比较，将复杂观念在哲学上的关系分为七类：类似关系（resemblance）、同一关系（identity）、空间和时间关系、数量（quantity）或数目关系（number）、相反关系（contrariety）、性质的程度关系（degrees）、因果关系。当然，无论是通过直观、证明方式来发现的观念的关系（逻辑知识），还是通过观察、推理方式来发现的实际的事情（经验知识），从根本上说都不具备确定性，因为毕竟只是心理上的观念上的联系。由此构成后来康德所说的“休谟问题”。

有些观念是很抽象复杂的，像什么神灵、人权、国家、法律、正义之类，离可感的实体都非常遥远，但人类还是把它们从现实中联系起来，并且发挥我们的想象，形成种种思想观念，构成我们生活其中的“想象的现实”。由此发展出许许多多的行为模式，形成我们各种的文化。会通不仅让世界清晰起来，也把我们人类本身组织起来。正是这种想象的现实，让我们更好的合作与创新。

休谟发现因果关系只是一种经验关系，不过是习惯（custom）的联想而已，按照相近、接续、恒常结合在一起的原则出现。因为事物的恒常的相似性而引发人的相似性联想，便可由一个推到那一个，我们就将一个称之为原因，另一个称为结果。比如早上起来发现地上湿了，我们推想昨晚可能下雨了，因为一般如此，但未必完全可靠，也可能另有原因。休谟说："我们推断的基础就是发生于习惯性的结合的推移过程。"（《人性论》）"由经验所得来的一切论证，都建立于我们在自然物象间所发现的那种相似关系；而且因为有这种相似关系，我们才期望将来所发生的结果也和我们所见的由同样物象而来的结果相似。"（《人类理解研究》）

然而这种根据经验而来的推论完全是由于习惯而产生的结果，而不是理性的结果。休谟认为，事物之间联系不是必然性的结果，归纳问题在逻辑和实践上都是不可证明的，因果关系不具有客观的普遍性。这种理性推断固然没有客观的普遍性，有着局限，但我觉得太正常不过了，我们的世界、我们人类、我们的宇宙都不可能具有完全的客观普遍性。就我们人类历史来说，也才几万年而已，说不定哪天消亡也是说不准的事。但我们又有什么可担心的，这并不妨碍我们的使用，自然科学的研究只要遵循这样的原则即可，足以创造辉煌的成就。

人之异于动物者几希，马克思也认识到这一点，他说人"是有生命的自然存在物"。（《1844年经济学——哲学手稿》）但人毕竟是宇宙的精华，万物的灵长，人不仅会比较，还会推理。能够删减以认，联类成识，建构人类自己的世界图景。正是在这个意义上，我强调一个人要善于联想，敢于想象，精骛八极，心游万仞，观古今于须臾，抚四海于一瞬。

一个有创造精神的人，大约就在于他善于想象，善于推理，能够触类旁通，一眼觑定，真的有极高的悟性和独具的慧眼。

2001年1月7日

认知的发生

我曾写过一篇《从何知道》，其中谈到我们的认知问题，追问人类认识的终极。现在觉得我们还要深入一层，使之更加透彻，更加完善。

瑞士心理学家皮亚杰曾提出他著名的“认知发生论”，认为人的心理图式经过同化和顺应获得新知。皮亚杰把图式的运用称作“同化”，意指简单地重建和运用新客体的关系。他把图式的改变以适应新的现实称作“顺应”。在某种意义上，它们是截然相反的过程，但在图式真正运作时，它们又是同时发生的。每当图式用于新的活动时，图式本身也受到影响，从而不断变化。当同化和顺应达到相对平衡时，也就产生了有意义的活动。美国科学哲学家库恩在《科学革命的结构》中也提出了“范式”论，认为科学的发展也是个动态结构。所有这些理论对我们都有启发，激发我们对认知作更深的研究。

我们认为认知的发生是以实践为源泉，以比较为核心，以心理图式为结构，个体利用自己的心理图式在实践中通过比较获得认知。没有实践，就没有认知的可能；没有比较，就没有认知的建立；没有图式，就没有认知的构造。心理图式，在我看来，实际上是一个整理归类、建立模式的过程。

认知，不论是外在的符合，还是内在的体合，没有实践，离开认知对象，就不存在什么认知。正确的认知、正确的思想不是从天上掉下来，而是从实践中来。只有深入实践，才能广泛接触，才能深刻比较，才能正确认识。“实践出真知”，那种毫无遮蔽的接触亲合是非常必要的，但是在现实中人们更多的盲从盲信，我们相信权威，相信舆论，相信主义，在无形之中我们被剥夺了认知和思想的权利。西方哲人痛感这一点，从尼采喊出“上帝死了”，到海德格尔的“解蔽”，到罗素、维特根斯坦的分析哲学，到后现代的解构主义，他们都想逼近真实的存在，与对象直接对话。休谟就说过：“我们的观念超不出我们的经验。”（《自然宗教对话录》）然而这并不意味着间接经验、理性概念就一无是处，它们在某种意义上也是一种实践。一切的思想，一切的理论，都是从实践中来，都是从比较中来，只有优与劣、好与坏的差别而已。

古人说：“权，然后知轻重；度，然后知长短。”可见古人就认识到比较对认识的作用了。人们时刻都在比较，不仅如此，还用工具量化，向数学转换。没有比较，我们的世界就是混沌一片，不但不能认清事物，而且连我们自己也弄不清究竟是何物。老庄认为“天下每每大乱，罪在于好知”，要求去智绝贤，退回到无知无识中去。这是不可以的，我们不能因为认识到人世的险恶、生活的烦恼而要缩回到娘肚里去。认知本是一个中性事件，不能因为某些人利用它为非作歹，我们就放弃认知，我们应该让它为我们的美好生活服务，为我们的最终目的服务。

我们的认知如同一粒种子，是在逐渐生长开花结果的。陶行知说："我们要有自己的经验做根，以这经验所生发的知识做枝，然后别人的知识方才可以接得上去，别人的知识方才成为我们知识的一个有机部分。这样一来，别人的知识在我们的经验里活着，我们的经验也就生长到别人知识里去开花结果。"（《中国教育改造》）20世纪70年代，美国心理学家维特罗克提出"生成性学习"理论。他认为学习过程就是学习主体的原有认知结构与从环境中接受的感觉信息相互作用，是主动建构信息意义的生成过程。我们在实践比较中建立一定的认知结构、心理图式，形成一定层次规律。我们是以我们的心理图式作为参照，和接受信息相互作用，或是俘获纳入或是调节适应，在现在中包含过去，孕育将来。这在自然科学中表现尤为明显，我们总结归纳出定理公式，再用它去解决实际问题，如果不能解决问题，那么就要产生新的理论了。人之所以高明，大约就在于人不是进行单个的比较，而是能够打通时间与空间的阻隔，在众多中比较，进行归纳整理，会通完形，从而发现规律。

认知是要我们以整个的人投入到真实存在中去纠缠的，从而形成清晰的立体的图象和谱系。

2001年3月16日

现象的还原

我们要谈认识论，大概是无法绕开现象学、绕开胡塞尔的。胡塞尔认为哲学的根本任务是理性地认识包括人生和自然在内的整个世界。先验的现象学把认识当成理所当然、不言而喻的错误，要求摆脱传统和现有的理论、学说的影响，相信自我直观的可靠性。胡塞尔的现象学的方法确能让人耳目一新，豁然开朗，如梦惊醒。

胡塞尔有感于现代工具理性及实证科学在一切与人性有关的领域中的霸权地位，使得科学本身在人的精神存在和历史性方面变得很不“科学”了，需要我们去蔽和还原，消除种种的对立，能够物我为一，从而“回到事物本身”。事实上，实证科学和工具理性都是从整体之中切割出一个局部，忽略这个局部与其他部分之间的关联，建立理想化模型，再用数学方程来描述这个局部，这就是所谓科学规律。所以说，自然科学也只是部分的真理，都有一定的适应范围，无限扩大只会成为谬误。所以，在胡塞尔看来，探求人文精神，首先需要把那些既定的实证科学成见放进括号里面，“悬置”（epoché）起来，也就是要破除一种根深蒂固的不确定的因人而异的“自然态度”，中止意识本身所固有的一种非反思和想当然的“存在设定”，从而纯粹凭借直观来对我们所意识到的“意向对象”（noema）加以描述。这就是现象学还原。通过本质还原，抓住呈现给我们的任何一个对象（不论是现实对象还是想象的对象）对它作自由的想象的变更，“使那些在所有变更中都保持不变的规定性的总和作为所有变项的必然内涵，即作为本质，而被直观到”，于是回到“那种科学原理建立于其上的最直接的体验或直观，看看它们在未受实证科学规范之前本身具有什么样的本质结构”。

现象学和存在主义有着千丝万缕的联系，胡塞尔和海德格尔之间就存在着师友情谊。但胡塞尔对海德格尔反理性的态度和拆构（Destrukion）方法十分反感。胡塞尔终生的努力是发现一种完美的方法，建立一个理性的、统一的知识体系。胡塞尔所建立的现象学方法，包括本质直觉的方法和先验还原的方法，都是为了用理性的思维方法认识世界的本源和结构。胡塞尔从来没有想到过理性不能认识存在，因为在他看来，理性和存在是统一的。其实，我们认为直觉和理性并非对立排斥，真正的理性也是生命情感的一种形式，也是源于实践直觉。正是在这个意义上，我们赞同胡塞尔。但海德格尔也非都是反理性的，海德格尔也有他的理性，只是不大爱说罢了。

我们认为认识最根本的方法在于比较，比较正是“看”的过程，是联系实践的直觉，是意向性的活动。本质还原和先验还原与我们的“比较说”并不矛盾，相反，有着异曲同工之妙。

我们认为推理是一种高级的比较，包括联类和删减，是触类旁通，是一眼觑定。正因如此，我们才强调想象比知识更重要，知识是死的，想象是活的。这是一个源与流的问题，源塞则不能流长，源涌则淙淙不息。在本质的还原中把现实的或想象的个别对象当作例子，并且在自由想象的变更中进一步产生对于把握共相所必要的多种多样的例子。例子只是作为无数可能的变项中的一个变项被使用，在产生这些变项以后，须把这些变项当作一个整体来注视。联类正是要联系同类加以比较，它不脱离具体对象，但又超越具象，在有限中见无限，在无限中回有限。这是思接千载，视通万里，大开大合，游心太玄。删减则是减头绪，整枝叶，去假存真，得其环中。“众里寻他千百度，蓦然回首，那人却在灯火阑珊处。”这是排沙拣金，是筛法离析，是蒸发结晶。联类和删减是有机整体，二者是交互为用，相互促进的，没有联类，删减则失去了根据；没有删减，联类则失去了意义。

不与存在，不与生命血肉相连的理论是给死人的纸钱，我们的比较是在实践中比较，是在直觉中比较，是在意向性的对象中比较。胡塞尔先验的还原是要把那种有关世界是自在地、客观地存在的观点还原为世界是关于先验的主体而存在的观点。应该说，胡塞尔是功不可没的。我们认为主客原本一体，物我只有为一，没有离开主体性的客观性，脱离意识的客观正如架空的理论一样是纸老虎。

2001年12月8日

辩证的辨证

项羽一生的巅峰在于他大败秦军的“钜鹿之战”。其实，若是两军对垒，正面交锋，项羽未必是秦将章邯的敌手，说不定还会身死族灭。但项羽毕竟是大获全胜，这是他各个击破策略的胜利，以实击虚战术的胜利。我们都要敬赞项羽，称他为大英雄。但我们也有疑惑，力不如人，却言胜利，岂不谬哉！

一个体操运动员与一个种地的老农相较，谁的人生更有价值呢？搞体操的不会种地，种地的不会体操，看起来，大有平分秋色之意，算是半斤对八两了。清代诗人顾嗣协《杂兴》诗云：“骏马能历险，犁田不如牛。坚车能载重，渡河不如舟。”讲的就是一个物也好，一个人也好，都是各有所长也各有所短的道理，需要人们辩证看待，关键是因材施用，扬长避短。

人生太多的问题，太多的疑惑，太多抉择，谁是谁非，何去何从，我们不停地问，不停地想，直到我们变得乖巧了，变得辩证了，变得齐物了。庄周说：“物无非彼，物无非是。自彼则不见，自知则知之。故曰：彼出于是，是亦因彼。彼是方生之说也。虽然，方生方死，方死方生；方可方不可，方不可方可；因是因非，因非因是。是以圣人不由而照之于天，亦因是也。是亦彼也，彼亦是也。彼亦一是非，此亦一是非。果且有彼是乎哉？果且无彼是乎哉？彼是莫得其偶，谓之道枢。枢始得其环中，以应无穷。是亦一无穷，非亦一无穷也。故曰：莫若以明。”（《齐物论》）事物是对待流转，人们应当排除陈见，照之于天。陈鼓应解释说：“在这种相因而旋转的情形下，是非判断，永无定准。‘因是因非，因非因是’，各人由于角度、标准的不同以及所持的角度、标准本身的变动，因而产生价值判断的无穷相对性。”（《老庄新论》）

明代开国皇帝朱元璋有许多儿子。在太子朱标病死以后，朱元璋曾想立为人深鸷老辣的朱棣为太子，但出于多种原因，最终还是立朱标的儿子为皇太孙，也就是后来的建文帝。朱棣积极练兵，割据一方，后来公然造反，扫平北方，经过三年反复苦战，终于打败建文帝，登上皇位。朱棣弑君篡权，造成生灵涂炭，的确不合礼法，可以说是个乱臣贼子，可是从能者居之来看，又未尝不可取而代之。

辩证的目的在于使人去掉偏见，达到中正，却不应是自欺欺人的虚无空幻，尽管是“天何言哉”。辩证法应和目的论结合，才是辩证的辩证。一个博士让他扫大街，或许这是真实，但对博士来说不能人尽其才，不符合目的，我们不免要扼腕叹息。一个人不能学以致用，而改作他行，譬如北大毕业生去卖猪肉，可能他也能学到新东西，可能收入并不比那些北大同学少，这是辩证法，但这种什么都会一点事实上并不能成为某一行业的行家里手，不能独当一面，更不能无可替代；就算挣了钱、发了家，也不能代表这个人的最大价值与意义。从上面我举的例子来看，我想强调两点：一是找准最佳生长点，二是无论何时何地都要尽心竭力，只有如此，我们才能逼近最终目的。

然而逼近最终目的的过程又是何其艰难，这在数学家陆家羲身上体现得尤为突出。

陆家羲出生于上海，家境贫寒，初中未毕业就辍学当了学徒。新中国成立后又去了东北一家工厂工作。1957年夏的一天，他购得《数学方法趣引》一书，一连好多天深深沉浸在书中十多个妙趣横生的世界著名数学难题中。但他意识到科学研究仅凭初中学历是不够的，需要进一步上学深造。同年秋考入吉林师范大学（现东北师大）物理系。大学毕业，陆家羲分配到包头钢铁学院，原本可以大展身手，不意学校下马，他只好到中学任教，先后在包头二十四中、九中当中学物理老师。在包头，没有亲人，没有家眷，从20世纪60年代起，他孤身一人，废寝忘食，以顽强的毅力继续进行着数学研究。他多次投稿给国内数学期刊，但不是石沉大海，就是遭遇退稿。在绝望中他借到两本国际权威性刊物《组合论杂志》，可是让他更绝望的是意外地发现：寇克满问题以及推广到四元组系列的情况，国外已经解决，虽然人家比他迟7至10年，但自己的论文至今无处发表。痛心疾首，无可奈何，他只好向另一个科学高峰——斯坦纳系列大集——发起冲锋。

这次陆家羲学聪明了，他将论文直接寄给了美国《组合论杂志》，很快得到发表，引起国际数学界的轰动，认为是近二十多年来组合设计中的重大成果。然而，国内召开组合论方面的数学会议，却只邀请国外数学专家参会。结果人家外国专家说，你们中国不是有陆家羲吗？他是这方面的权威，我不用参会。等到国内也知道陆家羲了，邀请他去参加中国数学会年会，可中学的领导不给报销会务费，理由是这不属于物理教学方面的会议。陆家羲太累了，1983年参会归来就猝然离世，年仅48岁。死后，他获得了一系列的荣誉，被追授为特级教师，1987年又获得国家自然科学一等奖，只是这些都与他无关了！

生活有时是无情的，让你不能获得最佳的生长点，这时候我们是否就甘于沉沦呢？那才是过错呢！孔子为人，是“知其不可而为之”，那是在毫不懈怠的努力啊！“老当益壮，宁移白首之心？穷且益坚，不坠青云之志。”宇宙本无情，甚至连目的也没有，不过自然而已，对于它来说，生死祸福、穷达荣辱都是不足道的。但从人的本性，从人的善心来说，希望有一个目的，这个目的我们不能亲见却可以推想。如何对待逆境磨难，正是区别人的志向才智的分水岭，艰难困苦不是我们目的破灭的契机，而应是我们通往目的的铺路石。

菩提说人生本来空幻，无可而无不可。就宇宙来说，的确是无可无不可，善恶穷达都是无所谓，它以博大的心胸承载万有，但从目的论来看，毕竟还有盛衰兴亡、善恶美丑。宇宙无情，而人却是情之所钟啊，所以我们要在无情的辩证法中找一目的论来栖身。人有意志目的，只有人才可知其不可而为之，知道“天行健，君子以自强不息”，人乃天地之心！

2001年5月10日

学术的分科

历史的洪流滚滚向前，时至今日，学术的分科是越来越细，专业性也越来越强，科学的门类真可谓林林总总、纷纭繁杂。天下之事是分久必合，合久必分，这不，现在又在强调学科综合，要求全面发展。凡此种种，确有研究学术分科之必要。

亚里士多德就做过学术分科的工作，他根据研究的对象和目的，将科学分为：逻辑学、理论科学、实践科学、制作科学。这种分类有它的阶梯性，但太繁杂，而且多有交叉牵连，划分的标准还是没有统一好。

美学之父鲍姆嘉登认为人类的心理活动可以分为知、情、意三个方面，应当由不同的学科去加以研究。研究“知”的学科是逻辑学，研究“意”的学科是伦理学，研究“情”的学科是美学。这种分类看似明晰合理，实则不是那么回事，试想一下，我们就不难发现，人是一个完整的人，我们做任何事情都不可能仅仅是知、情、意某一方面在起作用，怎么可以如此条分缕析呢？

黑格尔是最善于建立体系的哲学家，他要让思维与存在对立统一，他说："现时哲学观点的主要兴趣，均在于说明思想与客观对立的性质和效用，而且关于真理的问题，以及关于认识真理是否可能的问题，也都围绕思想与客观的对立问题而旋转。"（《小逻辑》）所以他要变静止为运动，他发明了他著名的正反合公式。黑格尔根据理念或曰绝对精神的运动发展，把科学大致分为逻辑学、自然科学、精神科学。黑格尔确有辩证的眼光，只不过他有神化的倾向。

有一点需要说明，西方是逻辑中心主义，每个哲学家都把逻辑奉为神明。可是逻辑究竟是个什么东西呢？逻辑并非是先天的自然存在物，没有人类压根就没有逻辑这么个东西，它的产生与存在完全是因为人类认识事物与自身的需要。所以说逻辑不是什么大罗神仙，而是认知的伴生物。

我曾经根据认知研究的对象，将学术分为五种，即人学、人际学、物理学、美学、天学。这种学术分科也不缜密严格，而且显得繁琐。特别是物理学不易界定，是研究人与物的关系，还是研究事物本身，而事物又包括什么内容，这些都不能明确。

或许我们可以简化一点，根据学术本身的联系，将学术分为：物理学、生化学、人文学。生化学实乃物质基础，是材料科学，主要研究各种生命和物体的物质建构情况；物理学则是研究物体运动变化的形式；人文学则是研究人类运动变化的形式。这种分类正是对称的马鞍形，而且生化与物理、人文两端相联系。这种分科既有静态的分析，又有动态的掌控。至于数学、语文则是基础的工具学科，是为真正学术运行作支持平台。逻辑不再作为一门学科，而是将放在人的认识中去研究。

今天的人文学科可能还没有真正意义上的概念术语，更没有自己的科学基础，所以人文学科至今没有很好地确立，这也是今天文科人处境尴尬的最主要原因。

今天的人文学科远远地落后于自然科学，遭人歧视白眼，大概也是罪有应得。要知道，自然科学之所以进步神速，那是因为不断有后人站在前人的肩膀上，在原有的公理定律的基础上再向前发展，从而越来越精细，越来越高深，乃至细入毫芒，雄盖宇宙。而我们的人文学科还没有形成多少共识，更不要说公理定律，每一个人文学者都是重新开始，自己钻研觉悟，等到学者一死，他的思想学术也就止步于此，后人又是从头再来。目前，还没有发现像自然科学家牛顿之类的人文大师出来建立学科体系的迹象。或许正因如此，我们才更加强调经典的意义与名家的意义。通过这些经典，也许我们可以少走很多弯路，让我们更快更好地发展我们的人文学科。

2001 年 8 月 25 日

条件反射与直觉主义

手指被针刺了一下，或是被火烧了一下，我们的手就会猛地缩回来，那么的不由自主、不假思索。瞧见美景，遇上佳人，自然感到心情愉快，那么的赏心悦目。毛主席说，别人打我一拳，我就要还他一脚，也是“礼尚往来”，自然之道。不假思索，出于无心，作出应答或回击，这就是条件反射。条件反射不是人类所独有，其他生物也是如此，连草履虫也会“趋善避害”，寻找适合自己生存的环境。甚至连自然界都遵循这一规律，譬如物理上有作用力就有与之相应的反作用力。如此观之，条件反射无所不在，不可或缺。

20世纪西方直觉主义盛行风靡，殊不知直觉主义不过是条件反射的精致形式。直觉不是靠外在的干枯的理论，而是靠整个的人去认知与反应。

柏格森认为直觉是对内心意识状态的体验把握绵延，本能与实在融为一体，“精神直接地洞悉精神”，达到了主观与客观的一致。直觉是使人得以体验事物本身运动的精神状态和洞察终极实在的非概念性认识，而理智的认识是一种僵死的、静止的认识，活的、创造性的、自由的东西只能是直觉的对象。克罗齐则认为认识活动分为直觉和逻辑，但后者必须依赖前者，直觉可以没有逻辑，逻辑却必须以直觉为前提。

直觉和理性看似对立，水火不容，而事实上，那些理性主义者也的确对直觉主义咬牙切齿，势不两立。遗憾的是，这些理性主义者并不知道理性的老祖宗恰恰是直觉。理性是我们理解世界的工具，随着时代、环境的不同，往往会失去它作为真理的地位，而直觉永远不会过时，反而历久弥新。虽然有时需要对直觉进行加工改造，但直觉永远是认知和生存的源泉基础。有哭有笑，敢爱敢恨，而不是被繁琐艰深的概念理论所蒙蔽，失去了知觉，失去了人的本真。

直觉不仅是一种认识能力，也是一种认识方法，它直击事物的本相，直探生命的本源。对于生命来说，直觉和理性就像是人的左眼和右眼，同等重要，只不过各有各的功能，各有各的方向。

厚重的文化、纷纭的理论、各色的主义，走马灯似的登场亮相，无休止的打斗，是各领风骚三五天，是它们障蔽了我们的心目，扰乱了我们的思维，使我们一片茫然，只好人云亦云，随波逐流，都是随人道短长。可是我们忘了一切的真理不在云天之外，恰好就在我们的“肉体”之中。如果所谓理论、主义不是以直觉经验为基础，不是以实践活动为根本，就一定是谶纬方术，是骗人的鬼把戏。用理论和主义来指导我们的思想和行为，似乎天经地义，然而不要忘记，离开直觉，我们就不再是作为人的存在，而成了理论和主义的傀儡，实在是降低了人的品格。人不知道自己活着是干什么，人类也不知道自己存在有什么意义，大多数的理论和主义在这些问题面前还是显得力不从心，茫然失措。如果盲目地将自己的灵魂卖给什么理论或主义，实在不是明智之举。禅宗说不立文字，不落言筌，要求直指人心，明心见性。这对今天的我们仍有启示意义。

但我们同样有信心，因为直觉永远不会失去，将与人类共始终，人们的愚昧和麻木，却不失他们潜在的生命力；个人的迷惘和错失，仍不失内在生命的跳动！

2000年5月25日

我是一元论者

我曾和人讲，我是一个彻头彻尾的唯物主义者，正因为这种彻底干脆，以致辨不出唯物与唯心了。我是一个一元论者。

记得我以前写过一篇《条件反射与直觉主义》，我就提出理性的老祖宗恰恰是直觉。我是一元论者已经由来已久。

自古及今，一元论的苗头也是早已有之，但绝少彻底的一元论者。从尼采开始，就有一元论倾向，然而也仅仅是倾向，在执行中很难一以贯之。以后心理分析之风大盛，人类对于自我有了进一步的了解，但多流于技术层面。

其实东方的佛教倒不乏启示。禅宗就说，修道的历程是：见山是山，见水是水。——见山不是山，见水不是水。——见山是山，见水是水。历尽艰辛，最后“见山是山，见水是水”已不是回到原初的蒙昧无知，而是一种存在主义的还原。

这一阵子看了一点胡塞尔，才知道胡塞尔对于弥合二元论的确是其功甚巨。胡塞尔关于现象还原的思想还要感谢他的老师布伦塔诺，因为正是布伦塔诺提出了“意向性”（Intentionalitaet）的思想。布伦塔诺说：“每一个呈现在感觉和想象中的表象（vorstellung）都是心理现象的一个实例；这里的表象不是指被表象的东西，而是指表象活动本身。”（《从经验观点看的心理学》第一卷）在布伦塔诺看来，心理现象指的是表象活动本身，而物理现象则仅是被表象的东西，就如看与听和被看见与听到的事物的形状与声音的不同。可以说，心理现象是将物理现象包含于自身之内的更复杂的一种现象，包括表象过程、被表象的东西以及两者之间的关系，是一种意向性的活动。胡塞尔在他老师的基础上，清除意向性学说的心理学和自然主义的因素，认为每个现象都有一个构成纯意义的意向性结构，任何意识都具有“性质”和“材料”两个方面，提出了“构成边缘域”，使之成为“一气”，不仅与刚过去的经验保持着相互构成的关系，而且为可能有的知觉“准备下了”与已有知觉的意义上的联系。借此，从而形成他的构成思想。胡塞尔的“意向活动”“范畴直观”实际上已经沟通了理性与直观，表明意识和事物的统一，突破了传统的二元思考方式。也正是胡塞尔开启了海德格尔的存在主义，有了深层的哲学跟进。

我以为胡塞尔是为人类摄下了饱满的一瞬，真能承上启下。但我以为他们没能告诉我们二者如何能够贯通，如何融合。

人的每一次的认知与发现都是直面外物，直抵本心，需要我们的直觉。当然任何认知与发现不是一次就能完成的，需要一个过程，有的则需要漫长的过程。在这个亿万斯年中则积淀成为一种理性，成为我们的一种文化基因，最终在无形中指导着我们的认知和行为。就好像红色的东西很能吸引小孩子的注意，小孩子可能就会去触摸红色的火焰，但刚一伸手就被灼痛了，条件反射地缩回手，下一次可能就长记性了。或许还要吃上几次亏，但逐渐就有了理性认识。古人一开始没有同姓不通婚的说法，也没有近亲结婚的禁忌，大概也是相信直觉的，但在实际生活中，人们吃过亏倒过霉，后来渐渐就形成一种禁忌伦理。所以说，理性是一种积淀，一种构成，直觉才是生命的原本。但是在那一刹那我们是以整个的人而存在的，以至于辨不出哪是直觉，哪是理性。

我们站在历史的长河中、生命的流程里，伸长脖颈去看宇宙人生的尽头（最高点），我提出了目的论。但我以为这还远远不够，我们越是向前走，反倒越要反顾瞻望。我们如果不能确认自我与宇宙，为天地立心，为生民立命，一切都将架空，一切的理论都是空中楼阁。

献身哲学的人不仅要耐得住寂寞，还要求不容苟且，不能宽容，只有穷追不舍，才得安宁，诚如前人所说，我们只能追求真理，而不能占有真理。我不知道这种企望是否可悲，但我们必须这样做，别无选择。

2000 年 11 月 29 日

理式与时间

人活在这个世界上，实际并不完全只是他自己，而是一个社会的人，被层层的理式包围着。这种理论，那种说法；这种主义，那种导向，我们实际上是在舆论的旋涡里旋转。林林总总，形形色色，一言以蔽之，可以说是真假并存，美丑互见，善恶相竞。

人类有史以来，整个世界就被一分为二，成为理想界、现实界，一直难以弥合，让人心焦。柏拉图提出“理念世界”与“幻影世界”学说，身在眼见的现实世界不过是理念的“摹本”“影子”，是“摹仿”“分有”了理念。在各种理念之中，善是最高的理念，各种理念在善的统辖下，形成一个有条理的、真实的世界；同时，善也是其他理念追求的目的，是宇宙的最高目的。普罗提诺提出“太一”说，认为世界万物是从“太一”那里“流溢”出来的。隔离宇宙人生，而去大谈理式，就如空中楼阁，镜中摘花，水中捞月，并不中用，也不现实。理式不是让人供奉的菩萨，而是让人开悟的丹药。直到现代主义，才被一以贯之，可是实际上是以“真”为帅，统领一切，强调此地当下的存在，成为一种“士兵的哲学”。可这是十分危险的，是要将宇宙的精灵降格为动物禽兽。真正的存在，真正的理式，关乎时间，关乎生命，就在宇宙人生之中。

离开了生命，离开了时间，就无理式可言。中国有气论，生命之气既是充塞天地的空间过程，又是生生不息的时间过程。时间是不可琢磨的，要诉诸内心体验，杜甫有诗云：“乾坤万里眼，时序百年心。”（《江村春日五首》）康德认为时间是内部直观的先验形式，却又具有经验中的客观普遍必然性。而柏格森则在《创造进化论》中提出：生命+生命意志=时间的绵延。人可通过直觉把握时间，当人排除实用、概念来直观外物，诉诸内心，就能把握生命进化创造的图景，人也在直觉中实现了自己的自由意志，因为他已经用自己生命参与了时间绵延。生命在时间中展开，所以海德格尔说人的缘在是一种时间性的牵挂。时间是人的直观形式，或人的直觉体验：人是怎样存在的，时间也就怎样表现出来。由此观之，理式也只能是时间中的理式。

就像陶渊明，我们都知道他是一位伟大的诗人，是田园诗派的创始人，是隐逸诗人之宗。但实际上，陶渊明在死后的几百年间几乎都是默默无闻，直到宋代，特别是到苏轼以后，才名声大振，成为一个永恒的存在。陶渊明生前，大概也只有颜延之比较赞赏和关照他，后来钟嵘的《诗品》也只是把他列入中品，而一代批评家刘勰更是根本没有注意过陶渊明。到了唐代，陶渊明也不大受待见。因为唐人意气风发，积极用世，爱好丰腴，崇尚情韵，这和陶渊明的隐逸与冲淡根本不对路子。就像李白说的：“龌龊东篱下，渊明不足群。”连忠厚的杜甫对陶渊明也是语带讥讽，看不顺眼，说什么“有子贤与愚，何其挂怀抱”。直到崇尚理趣的宋代，苏轼对其推崇备至，“渊明吾所师”，引为私淑弟子。说其诗歌“质而实绮，癯而实腴，自曹、刘、鲍、谢、李、杜诸人皆莫及也”，从此陶渊明才高不可攀，成为永恒。甚至连桀骜豪迈的辛弃疾都说：“更无一字不清真。若教王谢诸郎在，未抵柴桑陌上尘。”（《鹧鸪天》）

别林斯基曾说：“时间是最伟大的批评家。”时间不仅会批评，而且最公正、最伟大。真善美的分野实际是可以用时间来串通的，相互交通，成为一体。真是对过去的辨识总结，有所感知，看它符不符合。而善是对将来的预期亲合，有所感激，想它满不满足。至于站在永恒的时间来评判，要求普遍成立，则是康德“实践理性”深刻的地方。美则是二者之间的桥梁，在有限中见无限，着眼于现在当下的生命灵光，有所感动。当然，这些都不是终极意义上的真善美，只是一般意义而已。

依我看来，无须诅咒，无须逃避，不要为历史的荒谬而沮丧，不要为理想的光芒而忘我，直面现在，反思过去，放眼未来，在时间的长河中徜徉。真善美关乎宇宙人生，是与我们血肉相连，是三位一体的。相信，真到极处，就是美到极处、善到极处；同样，美到极处，就是真到极处、善到极处；善到极处，就是真到极处、美到极处。

2000年10月19日

永恒真理的胜利

早在两千多年前，诗哲屈原就曾发出“路漫漫其修远兮，吾将上下而求索”的豪壮誓言。古希腊哲人也曾说过，“吾爱吾师，但吾更爱真理”。然而何为真理？至今仍是一个千古之谜。

从英国的经验主义，到德国的古典哲学，关于真理说得最多的是“符合说”。洛克说：“我们一旦认识了的东西，我们就确信是如此；而且我们可以相信，不会有尚未发现的隐秘的证明来推翻我们的知识，或使之发生疑问。”（《人类理解论》第四卷第十六章第3节）洛克真是自信得很。黑格尔则说：“在哲学中，真理意味着概念与实在符合。”（《法哲学原理》）应该说，“符合说”是最深入人心的。当代分析哲学试图通过语义上的分析和阐释去寻求一定范围的、可控的、可传达的逻辑或“分析的真”。如弗莱格、罗素等人所谓的“指称论”，认为一个语词的意义就在于这个语词所指称的对象，或是语词与它所指称的对象之间的关系。存在主义则追求与存在相关的“本真”，从符合论的真走向了事物彰显自身的事件的真。海德格尔说：

"自从那悠远的时代，哲学就曾将真理与存在联系起来。"（《存在与时间》）而马克思则说："人的思维是否具有客观的真理性，这并不是一个理论的问题，而是一个实践的问题。"（《马克思恩格斯选集》第1卷）马克思主义的真理观存在于实存—实践的活动之中。

我们可以说各家都言及真理，然而都未必就是真理。真理可以无处不在，无时不在，然而永恒真理只有一个。正如康德所说："我们每人心中都有自己的真理，而真理却只有一个。"

索福克勒斯有一部著名悲剧《安提戈涅》。安提戈涅不顾国王的禁令而埋葬兄长，最终被克瑞翁处死；而克瑞瓮一意孤行，也是众叛亲离，最终妻死子亡。这里，有正面的安提戈涅代表的手足之情，有负面的国王克瑞翁代表的城邦法律，正是王法与人情的冲突矛盾，冲突的结果是两败俱伤。黑格尔分析说，悲剧冲突是两种理念的冲突，这两种理念各有其合理性，又各有其缺陷，两者冲突必不可免，冲突的结果是两种理念的和解，导致永恒正义的胜利。黑格尔认为，真理不是一蹴而就的，而是主观性与客观性矛盾发展的过程，他说："真理本质上是一个过程。"（《小逻辑》）在黑格尔看来，主观性与客观性的双重过渡构成了真理自身的辩证运动。

黑格尔的分析给了我们诸多启示。我们以为真理有部分真理与永恒真理之分，部分真理还算不上真理，只是潜在的真理，真正的真理应该超越无限的时空，要求普遍成立。一时的得失成败，一地的荣辱穷达，都是真理，都是真实的存在，然而又都不是真理，不过是人生幻相。人是缘在的，浮尘微茫都是真实的，这就要求我们执着于当下，如同我们在每个人身上见到上帝；然而这一切又都是梦影幻相，这就要求我们超脱于当下，如同我们听到了上帝的召唤。

永恒的真理只有一个，那就是整个的宇宙人生，它才是最大的真实，才是最终的目的。或许我们要悲观地说，我们可以无限接近真理，却永远达不到真理。幸与不幸都不必过于忧患喜悦，这不过一个自然而真实的选中。正是在这个意义上，我主张做一个性情中人，无论怎样做都不为错。然而部分真理还有大小之分，高下之别，我们需要不断超越，无限接近。

启蒙学者认为推翻封建统治，就会建立完美的制度，就能达到理性的胜利。恩格斯也曾赞美启蒙运动说："思维着的悟性成了衡量一切的唯一尺度……迷信、偏私、特权和压迫，必将为永恒的真理，为永恒的正义，为基于自然的平等和不可剥夺的人权所排斥。"（《马克思恩格斯选集》第3卷）那些口号和主义固然让人激动神往，然而现实往往令人失望，我们只不过在路上，还远远没有达到永恒真理。"人类一思考，上帝就发笑。"这话虽然有些过于悲观，但它足以提醒我们不要妄自尊大，把自己认识到的就认为是一个绝对真理，那不过是可笑的独断与妄想。

项羽身高八尺有余，力能扛鼎，才气过人，就是威风凛凛的秦始皇，他也不放在眼里，以为"彼可取而代也"。起兵以来，巨鹿之战，彭城之围，大小七十余战，所当者破，所击者服，未尝败北，于是分封诸侯，称霸天下。项羽至死也不服气刘邦，认为自己真理在握，"非战之罪"，乃是"天之亡我"。项羽打仗的确不错，是有把子力气，但这样真理就站在你这一边吗？要知道，取得最终胜利，不完全都是靠武力。项羽身死东城，最终也没有醒悟到这一点，只能含恨而死。那么，刘邦就取得永恒真理了吗？刘邦固然最终打败了项羽，取得了天下，开创汉朝四百年江山，然而始终褪不去流氓混混的本色，落下小人的骂名。他的口头禅是“为之奈何”，他在项羽面前总是那么低声下气，他在危险到来的时候选择抛妻弃子，他就是活着也总是那么窝囊与猥琐。

逝者如斯，而未尝往也。我们每一个人手中都拿着真理，却都是荐献给上帝的祭品。只有永恒真理的胜利。

2002年1月10日

见多不怪

在20世纪初，阿Q同学和小尼姑说上两句话就能爽上三天。要是在六七十年代，男人们见女人露出大腿，就要兴奋半天，垂涎三尺。可是今天，不要说大腿，就是女人露出肚皮或是事业线，男人们怕也没有多少感觉了。这真是咄咄怪事！

其实道理很简单，就是我们见得多了，说得多了，做得多了，就变得习以为常，见怪不怪了，在无意中提高了我们的心理阈限了。北欧和荷兰是世界上最开放的地区。你一个女孩子想袒胸露乳满街跑没人管你，甚至都没啥人看你。而这些地方恰恰是全世界性犯罪率最低的地区。据说英国男人做爱时间是世界各国中最长的。而阿拉伯世界，如伊朗、土耳其，女人还要戴上面纱出行，唯一可以露出的地方是眼睛，阿拉伯男人有这世界上最强烈的性欲。这就是阈限理论最好的应用范例。

生活中，这种见多不怪的事也太多了。曾几何时，我们单一的灰色中山装变成各种惹眼的服饰；曾几何时，我们不再全是黑头发飘起来，而开始变得五颜六色；曾几何时，我们坚守着相养以生的信仰，而今情人之类却大行其道，离婚也是家常便饭；曾几何时，马路上捡到一分钱都得交给警察叔叔，而今有人贪污几千万也是脸不红心不跳……

见多不怪，甚至习以为常。在我们的印象中，古代臣子见到皇帝都应该“下跪叩头”的。其实不然，从东周到秦汉上千年的时间，我们并没有发现有关“下跪叩头”的文字记载，倒有不少君臣相对而促膝谈心、移樽就教的佳话。对皇帝“下跪叩头”的礼仪的始作俑者，大概是汉代的叔孙通。从此朝堂之上，“醉或妄呼，拔剑击柱”的疏狂不见了，只有“振恐肃敬”和“皆伏抑首”了。从此，皇帝开始享受做皇帝的乐趣，“吾乃今日知为皇帝之贵也”。(《史记》)从此，臣子们跪拜如仪，乃至三跪九叩，再也挺不直腰板，反而觉得理应如此。吴晗在《朱元璋传》一书中曾这样描述我国古代的君臣关系：“在宋以前有三公坐而论道的说法……到宋朝便不然了。从太祖以后，大臣上朝在皇帝面前无坐处，一坐群站，……到了明代，不但不许坐，站着都不行，得跪着说话了。”君臣关系从坐而站而跪，权利不断向皇帝集中，臣子不断地矮化与猥琐，可是大家都以为再正常不过。

习以为常非朝夕之功，乃是无可如何，相互感染，重复打磨，情意的长期熏染积淀最终成为一种内化的心理结构、积淀的理性，改变了我们的眼光与心性，所以在面对审美对象时，无形中增益了我们审美感受。生活中常有这种现象，你乍看某人觉得其丑，等时间长了，看习惯了，也就不觉得有多碍眼了。又譬如，漫漫黄沙，茫茫戈壁，长此以往，人们也适应了，反而从荒凉中咀嚼出一种壮美。

有些东西习惯了，见多不怪，不觉有何不妥，反倒觉出美来。身上脏得长了虱子本是丑事，可是阿Q已经习以为常，不仅不以为丑，反以为美，和王胡比谁从身上捉的虱子多捉的虱子大。在应试教育下，很多学生深受其害，可是不少从高考制造工厂——毛坦厂中学、衡水中学出来的学生反而自觉维护他们的学校，甘做应试教育的卫道士。老夫少妻、包养二奶原本丑陋，可是成了一种现象、一种气候，似乎成了某些有钱有势人物的标配、炫耀的资本，大家也就不觉得丑了，甚至倒有了几分羡慕的眼神。

都说我们改造世界，可谁知道世界也在改造我们。任何东西一旦蔚然成风就可以风靡一时，左右我们的视线，混淆我们的听觉，调控我们的心理阈限。俗话说，谎言被说上一千遍也会变成真理。我们今天在讨论的很多见怪不怪现象，甚至突破了所谓的道德底线问题，都是气候所致，环境所致，人们被一遍又一遍地刷新了心理阈限。刘向《说苑·杂言》中说："与善人居，如入兰芷之室，久而不闻其香，则与之化矣。与恶人居，如入鲍鱼之肆，久而不闻其臭，亦与之化矣。"其实，何尝是人的鼻子可以改变，人的心理也能改变。古人可以安贫乐道，今天我们却可能笑贫不笑娼，我们的很多观念都在改变，以为可以为所欲为，无所不为。

文化传统，社会风尚，在影响着我们的心理阈限，也在影响着我们的感知能力和判断标准。

2008年8月21日

道可道，非常道

宇宙广渺，世事繁华，我们目观身接，映显于心，形成种种的表象。然而人们不满足于这种芜杂恍惚，要求的是能够理解且被掌握的全新图景。于是乎人们利用人类强大的心理统摄力，创造了逻辑世界。

西方哲人赫拉克利特将万物本原归结为“一”，即“永恒流转着的火”，即“逻各斯”。逻各斯的含义甚多，如语言、说明、比例、尺度等，然而它的原本含义就是“言说”，恰恰需要用语言符号指称。海德格尔指出：“Logos的基本含义是言说，……后来的历史，特别是后世哲学的形形色色随心所欲的阐释，不断掩蔽着言说的本真含义。这含义其实是够显而易见的。Logos被‘翻译’为，也就是说，一向被解释为：理性、判断、概念、定义、根据、关系。”（《存在与时间》）

后来，柏拉图将“逻各斯”移换为“理念”，开创了形上与形下的二分世界。亚里士多德则从“逻各斯”引申发展出形式逻辑体系，打开了经验世界与形上世界的通道。近代以来，以“逻各斯”为代表的西方语言逻辑传统，作为工具理性，培育了近代实证科学，也培育了数理逻辑。“逻各斯”作为语言逻辑传统的表征，它的衍变基本上是在语言符号的制约下进行的，一直支配着西方人的思维方式与行为方式。

逻辑虽说关系事物的因果规律，但只是人们对于宇宙人生的一种梳理与描述。正因如此，世界只有一个，逻辑却有多种，每个人都有自己的逻辑。每个人都有自己的眼光与心胸，凡音世相，经过取舍增删，认定评判，再和固有心理图式相磨合生成，种种迹象，样样心思，迥乎不同。我们常说，公说公有理，婆说婆有理，清官难断家务事就是这个道理。所以说，人嘴巴两张皮，说好说坏全凭一张嘴。起点不同，立场不同，逻辑的推理也不相同，自然是各讲各的理。

老子开宗明义地指出：“道可道，非常道；名可名，非常名。”任何言说，都只不过是通往常道的桥梁而已，远非真实。真正的逻辑只有一个，那就是存在本身，存在即逻辑。但存在又是一个庞然大物，而且恍惚不定，人们难以把握，要将其纳入逻辑的框架。所以，好的逻辑不仅需要实践体验，而且需要非常的大脑，能够思接千载，视通万里。

如果说逻辑的起点是存在，那么逻辑的支点就是公理。没有公理也就很难讲得清有没有逻辑。公理是人类理性直接认定的基本命题，无须证明，也不好证明。如几何中的直线公理：过相异两点，能作且只能作一直线。可是为什么这样呢？这就不好证明了，只能说是经过实践的反复检验，无数的事实归纳，最后大家公认。它是我们逻辑大厦的基石和梁柱，没有公理，无从建构逻辑推理。反过来说，一旦公理出了问题，整个逻辑体系就是狗屁不通，立即灰飞烟灭。

要想真正通人情达事理，达到真正的逻辑，通达圆合，就要不断地接近存在，逼近真实。相反，戴着有色眼镜，小肚鸡肠，头脑僵化，都是永远也不可能有什么逻辑。逻辑不能局限于一人一地一时，不能没有牢固的公理假设，否则就是歪理邪说。逻辑只能是普适的，是大家心同此理，人人都能接受的。相互理解，相互分享，才能从狭隘的逻辑怪圈中走出来，达到全新的视界。

凿破混沌，于是有了逻辑。因为有了逻辑，这个世界才如此喧嚣纷扰；也因为有了逻辑，这个世界才如此触手可及。

2006年7月15日

社会文化与个体认识

大凡一个社会、一种文化，只允许一种声音，不准提出异议，不能容忍不同意见，长此以往，必然造成“失语症”，结果人们都是一种思维，真是一呼百应，却永远与真理靠不上边。同时，利用权威进行恫吓，反复强调，一贯如此，结果受众就被变成了痴呆，被牵着鼻子走，没有了个体思维，没有了个体认识，没了创新，没了发现。进入这样群体的个人，会不由自主地失去自我意识，完全变成另一种智力水平十分低下的生物。这时候，“有意识人格的消失，无意识人格的得势，思想和感情因暗示和相互传染作用而转向一个共同的方向，是组成群体的个人所表现出来的主要特点。他不再是他自己，他变成了一个不再受自己意志支配的玩偶。”（勒庞《乌合之众》）人们成了一群乌合之众，头脑变得简单而极端、冲动而盲目，对于一切的意见思想，要么全盘接受，视为绝对真理，要么一概否定，认为绝对荒谬。

美国心理学家勒温的“团体动力说”就阐明了这一点。团体就是个场，对个体进行规范影响，个体无形之中被剥夺了思维和认识，而采取从众心理，一起随波逐流。某些政治人物确也聪明，就是利用这一点来进行“政治洗脑”。这就是要把一个人与原有团体的思维模式彻底切断，使之孤立，再按新的团体规范进行刷新重组，让你只听一个声音，反复灌输，不断强调，让你失去原有思维，与之保持一致。或许这就是一种磁化催眠现象。法国心理学家勒庞在《乌合之众》中说，领袖煽动信众、动员群众有最为重要的三种手段——断言法、重复法和传染法。也就是说，夸大其词、言之凿凿、不断重复、反复灌输、榜样示范、传染流行，绝对不以说理的方式证明任何事情，是说服群众的不二法门。

杨绛小说《洗澡》写新中国成立后知识分子第一次经受的思想改造。这种场的势力实在是大，就如一个人掉进了汪洋大海，个体是无力反抗的，最终只得举白旗投降认同，否则的话，让你处处矛盾，处处碰壁，让你无处生存，纵使你是金刚铁打，也难逃网的编织。生活中也不乏这样的例子，如某种观念，大家都这样看，最终你也要被同化。一般说来，这种场要长期一贯磁化，这样才能更出效果。美国传播学学者霍夫兰提出“睡眠者效应”，就是说时间一长，受众就失去了警惕，如同睡着了一般，而不再考虑是谁说的了，或者是否可信，而只记住了传播的主要内容。

我们说社会文化积淀，同样是这个道理。我们生长在一种文化环境中，长期受这种文化的浸润，骨子里就流着这种文化的血液。文化长期的如此传播，就成了万古不刊之理，不可动摇。不了解这一点，我们就想不通为什么古代会有那么多的腐儒，是那么的可悲可笑，可他们自己却毫无觉察，如在梦中。像“存天理，灭人欲”原本用心不坏，后来却被别有用心的统治者和一帮腐儒给庸俗化，理学成为禁锢人们思想的枷锁。乃至千载之下，辜鸿铭还在为三妻四妾制度辩护，提出著名的“茶壶理论”：一把茶壶可配四只茶杯，未尝见一只茶杯配四把茶壶的。可是他的逻辑实在混账，他怎么能够证明茶壶就是雄的，茶杯就是雌的。更何况茶壶和茶杯与男人和女人有什么联系呢？

但是，任何时代，任何时候，都有举世皆醉我独醒的人，这是为什么呢？这就让我们先来谈谈霍夫兰的“一面理与两面理”。霍夫兰在《美国士兵》一书中说，对于文化程度高的人，或是原先就持反对立场的人，要讲两面理，这样更易说服；对于文化程度低的人，或是原先就持赞成意见的人，要讲一面理。这就是说，受众本身的知识素质和批判精神可以打破那种传播的“神话”。那些没有头脑、没有思想的人是最易同化的，而对于那些具有独到见解、自成体系的人来说，这种神话影响就起不到多大作用。任何时代都有一些精英分子，他们敢于打破迷信，冲出重围。康德要求批判，尼采要求重估一切价值，海德格尔要求重新审视存在。虽然他们个人可能是不幸的，但对于社会文化的推动发展，他们是不朽的。

这种同化一致，这种政治洗脑，对于政治家来说，这是政治的手腕，或许是不可少的，但于真理和人类是不相干的。真理的发现和人类的文明进步需要不同的声音，需要怀疑的眼光，去创造去发明，而不是因循守旧，墨守成规，固步自封，不思进取。近代中西文化的对撞和交流，才给中国传统文化注入了新的活力。如若守着“祖宗之法不能变”的教条，中国就要落后挨打。一个人同样如此，需要审己度人，需要一面镜子，倾听不同的意见，这样才能确定自己的位置，获得珍贵的知识。真理是一矿石，需要冶炼打造，才见光润。没有比较，一味盲从，只能是误入歧途。

2000年4月29日

存在与思想

皇天后土，人事百态，纷纭复杂，变动不居，然而种种存在，在我们的心中却和谐有序，各得其所，为我们认知、思想，进而掌握、改造。人虽不过沧海一粟，然而因为思想却囊括宇宙。

然而思想如何可能？它不是天上掉下来的，也不是躲在家里造出来的，它是人们在长期实践过程中对存在的把握，从而创造出的第二存在。思想并不是一次完成的，而是一个永恒的发生深化的过程。黑格尔说，认识是一个由于其内在矛盾而运动发展的过程。我们在思想的路上，不都是真理在握。宇宙浩渺永恒，思想也广大无边。

对存在的认识、思想是从感性直观开始，从而让外在实体变成了我们内在的表象。这种直观是不大可靠的，可它却是我们思想的第一步，也是我们美感的源泉。美感就是源于我们当下的瞬间的第一印象，引发心灵的感动。所以，我们认为美感可以看作是一种认知，是将自我作为尺度的认识，从而具有情感价值。直观不离物相，却直指本心，通过自由感受、形式直观能够以美启真。

仅有直观是远远不够的。我们还要反复比较，有比较才有认知。关于这一点，我已经多次强调过，勿复赘言。另一种方式是联类删减，也就是对万象进行整合完形、省略悬置。英国休谟就提出过相似联想理论。他认为，在时空中相近或相似的印象所产生的观念是相互联系的，也就是说心灵有一种从一个观念向另一种观念转移的倾向，这一倾向使相似事物联结起来而形成了一般名词、一般概念。正是因此，我们强调天才所必备的一个重要素质，就是要有悟性，会联想，能够通观。如此才会惊风雨、泣鬼神，让世界形成一个完整、有序、清晰、明了的图像。

说到底，比较、联类删减是归纳思维，从无限的世界走向有限的理解。也正因此，我们才形成了各种概念范畴、公理定律。

这些认识思想要真正可靠，就必须具有普遍必然性。康德的“哥白尼式革命”，认为对象符合主体固有的认识形式。而认识形式是先天的，具有“人同此心，心同此理”的相同规则，因而具有普遍必然性。然而康德的说法也值得怀疑，人心何以相同？认识形式何以固定？在我看来，认识思想并不是绝对可靠的，至多达到逻辑的真理。因为人的心理图式也是动态结构，是在不断变化发展中的。所谓心理结构、认知图式都不是天生神赋，而是在长期历史与实践中积淀凝结，既有客观稳定性，也有个体相对性。无论外在的符合，还是内在的体合，都只是对实践存在的不完全归纳，不可能达到完全的真实。人生有涯，知也无涯，人生渺小，不过沧海一粟。人的认识能力有限，而我们的心灵却是无限的，因而我们可以无限接近真理，乃至掌握真理。

思想从实践中来，反过来又回到实践中去。整个世界不再是异己的世界，已经变成了人化的世界，外在的存在符合了内在的思想，我们运用思想去指导实践，掌握世界。这时，我们又开始了推理与解析，进行演绎思维，从普遍逻辑回归具体存在。推理就是运用三段论，由一般推导出个别，由规律推导出现象。而解析则是运用公式解析，由已知推导出未知，由条件锁定答案的过程。运筹帷幄之中，决胜千里之外。这时，我们目光如炬，可以洞幽烛微，见微知著，一切都不能遁形于我们的法眼。譬如《周易》就是了悟天地万物变化的奥秘之后，把其效法成形象，以透析其本质和规律，达到把握万事万物基本运动规律及其相互关系的目的。《易·系辞传》说："仰者观象于天，俯者观法于地，观鸟兽之文，与地之宜，近取诸身，远取诸物，于是始作八卦，以通神明之德，以类万物之情。"我们掌握了事物发展变化的命脉轨迹，无所不知，无所不晓，无所不能，无所不至。我们不再是存在的奴仆，而成了存在的主人。

因为存在而思想，因为思想而存在。离开了存在，也就谈不上思想，不过干屎橛而已；离开了思想，也就无所谓存在，所谓心外无物。存在永恒，思想万岁！

2005年10月26日

思想还原

这个世界上流行着各种各样的思想与主义，纷纷扰扰，让人头晕目眩，莫辨是非，只好人云亦云，随人说长道短，头脑成了别人的跑马场和种植园。

其实，这些思想洋洋大观，复杂而繁琐，的确让人摸不着头脑，看不出门道，这样好让人们服膺膜拜。然而，这些看似花哨、豪华的思想，只要我们掏出奥卡姆的剃刀和休谟的显微镜，就能剥去它的伪装，剔除虚妄；就能回归它的原点，还原本真。任何复杂的思想，只要看清它的出处，是要解决什么问题；只要明白它的落点，是要达到怎样的目的，就可以将它打回原形，认清它的真实面目。

我们姑且以法家思想为例说一说。

法家思想，一般的知识分子好像不太喜欢，像司马迁就批判法家刻薄少恩，商鞅“迹其欲干孝公以帝王术，挟持浮说，非其质矣”（《商君鞅列传》）。其父司马谈在《六家要旨》中评论法家说：“法家不别亲疏，不殊贵贱，一断于法，则亲亲尊尊之恩绝矣。可以行一时之计，而不可长用也，故曰‘严而少恩’。”也有些人则不这么看，认为“商鞅之法良法也”，商鞅是首屈一指的伟大政治家。有人说：“历代政治家有成就的，在封建社会前期有建树的，都是法家。这些人主张法治，犯了法就杀头，主张厚今薄古。”这些人都是服膺法家，崇拜秦始皇的，决心要干超过百倍的秦始皇事业。

看来任何一家思想，都会有人认为好得很，有人认为坏得很，究竟是好是坏，还是还原其本来面目，让它现出原形再说。

法家要解决什么问题？达到什么目的呢？我们看看商鞅就明白了。商鞅西入秦国，游说秦孝公。第一次陈说帝道，孝公不感兴趣。第二次陈说王道，仍然未能中听。第三次陈说霸道，正中孝公下怀。因为帝王之道非朝夕之功，不能让人及时名扬天下。“故吾以强国之术说君，君大说之耳。”（《商君鞅列传》）商鞅就是帮助秦王实现统一天下的强国梦。另外，法家学说还有一个诱人之处，就是君王不需是圣人，做超人。因为圣人那东西千年一遇，国家难以为继，不可长治久安。现在只要实施他们提出的一套方略，一个仅有中人之资的人就可以把国家治理得井井有条。

这样一看，我们就清楚了，法家讲的是治国之术，是专制宝典，为的是帝王，服务的是君主，为他们的王图霸业出谋划策。

法家的“法”“术”“势”，“皆帝王之具也”（《韩非子·定法》），都是统治国家的手段。这里的“法”好像讲人人平等，实际上却并不意味着人的尊严与地位，唯一得以上升的是置身法律之外的君王及其绝对权力。“法者，君臣之所共操也；信者，君臣之所共立也；权者，君之所独制也，人主失守则危。”（《商君书·修权》）你认为这是法治主义吗？那就大错特错。这个法就是王法，不是普通民众之法，是君王一个人的法，是皇帝和官吏用来驾驭百姓的。《管子·任法篇》云："有生法，有守法，有法于法。夫生法者君也，守法者臣也，法于法者民也。"说白了，法是为了君主专制，用来对付老百姓的，所以在"一于法"的政治体制下的君民关系，只是奴役与被奴役的关系。"术"是政治权术与手腕，就是"循名而责实，操杀生之柄，课群臣之能者也"（《韩非子·定法》）。"势"即权力与威势，令出如山，金口玉言，树立君王的权威。所以，"势"和"术"都是君主驾驭群臣的手段，君臣之间是彻底的利用与被利用关系。所有这些，最终只有一个核心思想，那就是专制极权，将君主提升到无以复加的地位，掌握赏刑二柄，操控天下。至于说鼓励耕战，所谓强国，实际上是为了军事扩张，称霸天下的意思，实则满足君王好大喜功、穷奢极欲的欲望。

法家是怎样对待人民百姓的呢？百姓不过是君王成就功业的工具与材料而已，做牛做马罢了，还得感谢君王给我们提供的幸福安康的生活呢！商鞅的做法是"三民主义"：辱民、贫民、弱民。让人民生活在恐惧、贫困、愚昧之中，从而为君所用，作供奉的牛马，做战争的炮灰，做帝王伟业的基石。商鞅说得很清楚："民，辱则贵爵，弱则尊官，贫则重赏。以刑治民，则乐用；以赏战民，则轻死。"（《商君书·弱民》）你以为老百姓听话卖命，就会得到多少奖赏吗？你又错了。法家深谙人心，主张刑多赏少。因为，"立民之所乐，则民伤其所恶；立民之所恶，则民安其所乐。"（《商君书·开塞》）不仅如此，老实人永远被踩在脚下，"国以奸民治善民者，必治，至强。"（《商君书·去强》）民众之中，稍有突出冒尖者，必然要发动群众进行摧毁，叫做"以弱去强"，这样好达到民弱国强的目的。还有就是去贤去奸，加强舆论控制，统一思想，保持一致。“禁奸之法，太上禁其心，其次禁其言，其次禁其事。”（《韩非子·说疑》）总之，君王以法赏罚之，以术操控之，以势威吓之，普通百姓不过被奴役驱使而已，为君王所养所牧，生杀予夺，不在话下。

至此，我们似乎明白为什么历代封建统治者都喜欢法家了，因为法家可以助推君主惟我独尊，任意役使，宰制臣民，去建立他们自己的丰功伟绩。所以，从汉武帝开始，中国历代封建统治者几乎都是“外儒内法”，满嘴的仁义道德，一肚子花花肠子，千万不能上了他们“明镜高悬”“爱民如子”之类的当。

现实中，思想的纷扰太多了，诸如左派与右派之争、主权与人权之争、应试教育与素质教育之争等，都可以用思想还原的方法作如是观。这样，谁是谁非，利害得失，我们就能洞若观火，无须我再赘言。

思想还原可能不能改变什么，但至少我们不会被人卖了，还帮人家数钱。

2016年8月6日

语词的游戏

曾有美国学者彻斯在《词的暴虐》一书中说，一切动乱都源于词的解释。这话虽有夸张的成分，却足以让我们警醒。人类创造了语言，标志着人类的文明，然而又被语言困扰，产生语言的争论，遭遇语词的游戏。所以，近人黄季刚说，“学问文章皆宜由章句训诂起。”（《黄侃年谱》）

瑞士人索绪尔《普通语言学教程》，区分了语言和言语，整个符号系统叫语言（langue），具体使用的词句叫言语（parole）。他认为，语言是作为能指的语言和作为所指的概念的结合，能指和所指是同时存在的。索绪尔说：“语言学的符号不是把一个事物与一个名称统一起来，而是把一个概念与一个有声意象统一起来。”例如，一棵树的概念（所指）和由词“树”（能指）形成的音响—形象之间的结构关系就构成一个语言符号。语言实际上是建立在各种关系之上的，而在这些关系中有两个向度尤为重要，这就是语言符号的句段的或水平的关系和联想的或垂直的关系（也译为语言的共时或纵组合的关系

（paradigmatic）和语言的历时或横组合的关系（syntagmatic）。词与词的线性水平展开，使意义的传达成为可能，同时这一意义的实现又给人以垂直的联想，从而与整个语言结构形成“共时性”关系。索绪尔认为语言中任何一项的意义都取决于它上下左右其他各项的对应，它的肯定有赖于其他各项的否定。

我们认为索绪尔关于语言和言语的区分以及两个向度的阐释，都是非常启发人心的。剥去了语言几层外饰，更见语言的本真，为我们认清语言奠定了基础。只是，关于能指和所指，我们还有保留意见。

我们认为，一个语词自身就是一个系列、一个系统，它是多义的，而不是某一确定的单义。英国瑞恰兹认为语词的意义“有着多重性”，是“复义”的，“认为一个符号只有一个实在意义”这只是一种“迷信”。（《论述的目的和语境的种类》）燕卜荪更在《复义七型》中详细说明语词的复义现象。瑞恰兹认为语词与所指客体之间存在一种转嫁关系，即涉及语词、思想、客体三者之间的关系，这种语词与所指客体之间的间接性使得语言具有多种功能，是复义的。

我们认为，从语言发生学角度来看，最初造词和所指客体是一一对应的。随着思维的发达，视野的开阔，人们需要更多的词语来表达思想情感和描述纷繁现象，而这时候往往并非是另起炉灶，而是利用已有的词语关系来产生新的语词，或者利用旧的语词来赋予新义。如汉语中的同源字和英文中的词根，就很能证明这一点。语言成了活的机体，在原有的基础上增添新质，新陈代谢，不断更新。

章太炎先生在《语言缘起论》中提出词义的“三品说”。一个词包括“实”“德”“业”三品，即包括它们的实体、品德、作业三个义项。如“玉”字，它的“实”是指美石，“德”为美好，“业”为佑助。这种三品说是反映出了语言本身的包蕴性，语词仿佛是一个多面体，可以作面面观。此外，还有“义域说”。清代的段玉裁说：“古训宽，今训密。”古词原先只表一个概念，但比较宽泛，有着较大范围的义域，在使用中有所侧重，一个词就出现了不同意义。如学习的“学”字，既可指学生的学习，又可指老师的教授。关于“引申说”，这就更容易理解，无论东方还是西方，词语的引申都是常见现象，它是词义运动的基本方式。

这里借用一下索绪尔的概念，我们也认为语词由能指和所指两个部分组成，能指就是一个语词语义的系列系统，所指就是我们用词时的词义和我们阅读时所发掘出的词义。所指永远都只是能指的一项意义或几项意义；或者是触发、生化出来的新意义，因为语词总是在灵活运用和发展变迁的。语词与语词组合成更大一级的语言单位，就形成更大一级的语义系统。如“江清月近人”，就不仅仅是江水清澈，月亮靠近人这样简单的意思。正是由于这种复义与单义的矛盾，使得语言几乎成了不可理解的东西。我们平常之间说着话，读着文字，似乎彼此沟通了解了，其实不然，我们在很多时候所看到的和所听到的都是我们自己。语言像个魔鬼，在变着花样戏弄我们。在我们的身边，为某一个语词、某一句话、某一篇文章的理解争论不休的例子，那是屡见不鲜。

那么是不是说语言就变得完全不可理解呢？也不是这样。近人马建忠说：“字无定义，故无定类，而欲知其类，当知上下之文义何如耳。”（《马氏文通·序》）这就是说，要通过上下文的制约、互见的关系，来认清词类，确定词义，其实就是从语境（狭义）来确定语义。瑞恰兹更是从语境来确定词义的，他说，语汇意义的功能“就是充当一种替代物，使我们能看到语汇的内在含义。它们的这种功能和其他符号的功能一样，只是采用了更为复杂的方式，是通过它们所在的语境来体现的。”（《论述的目的和语境的种类》）索绪尔只不过比瑞恰兹的语境说得更广泛些，从共时性和历时性两方面开拓。他同样认为语词的意义要取决于上下左右的关系来说明，即句段和联想的两个向度。其实，这也还是从语法角度来确定词义。通过水平向度，就是通过句位关系、句法结构来定义；通过联想向度，就是通过联想替换来定义。中国古代汉语中有同义连文现象，郭绍虞说：“于义为赘，于音所以足词。”（《中国语词之弹性作用》）实际上不仅如此，可以补足音节，同义连文还可以增加词义的明确性和单一性，起到确定词义的作用。汉语有些特殊，字词意义的确定，还可以借助训诂的方法，注重字源和音声。

我们谈论能指和所指，实则反映的是语词的贮存状态和使用状态的关系，所指具体而无穷，能指概括而稳定。语言是在社会生活、生产实践中产生的，在历史文化中积累的，而且我们使用语词的时候更有具体的情境，所以我们要确定词义，就得还原语境（广义），联想垂直向度，还须考虑到文化、历史、民俗、地理、考古、校勘等方方面面的东西。

语词分为实词和虚词。实词多与所指客体相关联，似乎是客观实在的，其实未尝不带有人们的主观判断和情感色彩。虚词是用来显示各种语法关系，传达语气神情的，可见也有几分主观感情的色彩。科学语言是讲求客观真实的，要求与客观实体相对应，而文学语言则不同，它是一种情感符号，关注的是人们情感和生命情调。你不能说“飞流直下三千尺”不对，是不真实的，不能以此要求文艺。因为语言本身的原因，科学语言也还有主观成分，也是复义的，不过在尽量减少而已。在法典，某些语词的解释说明就能看出这一点。朱光潜先生说过："科学的文字越限于直指的意义就越精确，文学的文字有时却必须顾到联想的意义，尤其是在诗方面。直指的意义易用，联想的意义却难用，因为前者是固定的后者是游离的，前者偏于类型后者偏于个性。"（《咬文嚼字》）在文学语言中，语词的多义性或许是它的优点，能够耐人寻味，可以激发联想，让读者去创造性地阅读。但是一篇文章若到了猜谜的程度，就难免让人有几分头疼。

文学是表达感情的，这时抓住情感脉络就很有必要，特别是分析其中的意象。对于审美欣赏来说，这样做大约也就够了。但对于文学研究，还有必要考证作者的有关背景知识，作品写作的有些情况，放在整个作品之中和时代背景之下来考察来寻找其确切含义。但有时这种做法是徒劳的，因为不少作品写作的时候只是想传达出自己内心情感状态。这种文学作品因为上下文不能制约、互见，不是相互关联的，要解读其中含义确是困难。像李商隐的好多无题诗，历来就是争论不休，莫衷一是。比如"蓝田日暖玉生烟"吧，光从这一句来看，好像还不难理解，但一放进整首诗中，就无法说明它的意思了。所以说一篇作品中某一语词意义，可能就不仅仅是词义系列中一项或几项了，往往更多的是触发生化出来的意义，成为一种象征和暗示。文学作品中语词所指实体往往并不重要，它只是情感的触发物，或是情感的表征和替代物。《诗经》中首句的起兴，往往就有触发的意思。袁行霈先生认为诗歌除了借助语言明确传达的宣示义，还有双关义、情韵义、象征义、深层义、言外义等多种启示义，他说："诗的多义性，就是说诗歌除了宣示义之外，还具有种种启示义。一首诗艺术上的优劣，在一定程度上取决于启示义的有无。一个读者欣赏水平的高低，在一定程度上也取决于对启示义的体会能力。”（《中国古典诗歌的多义性》）

一篇作品本身就是一个语义系统，语词只是构成线索和框架，留下大量的空白与不定点，其意义无法穷尽，是一个召唤结构，像语词一样也是多义的，需要读者在阅读中去填补空白、连接空缺、更新视域。诠释学家伽达默尔就强调理解的历史性，承认理解的偏见，认为这种偏见是积极的、合法的。没有“偏见”，没有理解的前结构，理解就不可能发生。对于文学来说，最重要的不是其中的意思或思想，而是情感，情感就是思想，故而对作品的多义性没有必要萦怀，非要找出确切的主题，只要得到情感的共鸣，情感心灵得到移易净化，看出与悟到宇宙人生的境相，就已经够了。当然一些文学研究者为了生计、职称的考虑，非得作一番考证，那也未尝不可。

在我们生活中都离不开语词，总要说话、写字，就要玩起语词的游戏，就像捉迷藏、猜谜语一般，来探求其中的信息，捕捉其中的意蕴。就如时下的一句广告词吧，“做女人挺好”，好像不难理解，但放在丰乳器广告的语境中，就是一语双关了，这样的游戏玩起来不是很有意思吗？

2000年4月22日

第二辑：人是什么

——人生自是有情痴

物质缘起

物质是什么，它是怎样构成的，这个问题已经萦怀许久，读师范时就开始孕育这个问题了。昨晚在睡觉的时候又想起了这个老问题，犹如一道闪电划过长空，又猝然相逢了，我不能放过这个机缘。是为题记。

关于物质是由什么构成的，随着现代自然科学的发展，人们认识到了原子、电子、中子甚至夸克等上百种基本粒子，可谓越来越精细，在微观世界的研究发现不断有新的突破，但还不足以说清物质是什么。中国古代有所谓“气论”，认为天地万物都是一气运化，气聚则生，气散则死。《淮南子·原道训》中说：“清阳者薄靡而为天，重浊者凝滞而为地。”古希腊人也智慧出众，德谟克利特在那样久远的年代就创立了原子论，而赫拉克利特更是了不起，认为物质是“一团活火”。人类不愧是宇宙的精灵，能够穷研物理，自古而今，代代不息。

现在我该亮出自己的观点了。我认为宇宙万物不过是能量的世界，由能量构成能量团、能量体。能量是终极存在，由能量形成能量团，即各种基本粒子，在由能量团构成能量体，即万事万物、大千世界。那么人们或许要问，这能量是什么呢？我们以为能量不是什么东西，看不见、摸不着，但它不是形而上学，而是实实在在，它是终极的客观存在，是运动变化的原因，是造物主意志的体现。这大约有如中国古人的气论。老子说："道生一，一生二，二生三，三生万物。万物负阴而抱阳，冲气以为和。"（《老子·四十二章》）一气运化，生生不息，宇宙正是由这阴阳未分之气构成推动的，逼近最终目的。

能量是如何构成推动宇宙的呢？能量聚集成为能量团，大约就是今人所说的基本粒子，如原子之类，能量团中能量大小不一，故而形成不同的原子。能量团再进行聚合，形成最基本的无机物，再到有机物，以至有了活性，构成细胞，得以分裂生长，发展成为简单的微生物，从而进化至我们人类。这是一股强大的生命之流，滚滚向前，而有文化有道德的人则是宇宙的最终目的。但不要忘了，在进行聚合的同时也在进行着分解。人有新陈代谢、生老病死，自出生的那一天始，同时也在走向死亡。物体的斑驳腐蚀，花草的荣枯凋谢，电子的丢失，原子核的裂变，诸如此类，不胜枚举。简而言之，聚合分解，变动不居，宇宙就是能量优化组合的空间和过程。

力不是使物体运动的原因，只是改变物体运动状态的原因，这就在于物体本身就是一个能量体，具有运动的能力。事物的变化发展都缘于能量的转移，能量的变化才是事物变化的原因，而运动变化不过是它的表现。因为能量有了变化，原有的格局就必然打破，从而有了运动变化，最后重新获得平衡。反过来说，能量团、能量体由于自身的运动变化，它的稳定格局要被打破，或者释放能量，或者吸收能量，最后重新趋于稳定。飞机能飞，火车能跑，在于有能量输入。至于化学反应，有的释放能量，而有的吸收能量，都是利用能量团的活动性。还有原子的聚变裂变，更是能量团分解的集中表现。

就像是原子弹爆炸也是需要引爆的，要求打破其稳定格局。核反应不同于一般的化学反应，实质上是原子核的反应与转变，能够在微秒级的时间内迅速释放巨大能量。一般原子弹的起爆需要先用高速烈性炸药来爆炸，产生高温高压，于是两个半球形裂变物质在炸药的轰击下迅速压缩成一个扁球形，达到超临界状态，从而引爆核弹。现在一般不再用炸药压力引爆，因为这样不易长期保存，而是采用电子装置激发中子流引爆。这样不但可靠，还可以做得很小，而且不易失效。

核弹之所以威力巨大，就是因为能量团分解的层级更高，分解得更彻底。

人也是一个能量体，人若想进步发展，大约也是要聚积能量，必须强健体魄，增长智慧，能吃饭，能睡觉，精神愉悦，善于思考。至于资财、富贵、权势原本身外之物，本应是上天对你的酬劳和奖赏。人应怀着最大的虔诚逼近自己的目的，相信该得到的都会得到，该失去的都会失去，因为能量的变化必然带来格局的变动。一个国家、一个社会要发展，就应努力创造，进行能量的优化组合，发挥最大的潜能。

2000年12月31日

生命冲动

我曾写过《生命的驱动》，由于仓促，未能详焉。要谈生命的驱动，不讲生命的基本欲求，那是不得要领的，只会讲点皮毛表象。西方的生命哲学对生命有不少深刻的研究，自叔本华、尼采开始，还有柏格森、狄尔泰、施本格勒——生命哲学是一种信念，相信人只能通过生命这个媒体了解和得到自己。生命哲学通过心理体验或本能冲动来体验和理解生命，深入到生命本身中去。驱动生命的动力，有人称之为内驱力，有人称之为生命意志，我则称它为生命冲动。这是一股强大的生生不息的生命之流，推动我们逼近最终目的，皈依上帝怀抱。生命冲动的主要部分和根基就是人类生命的基本欲求，这是生命存在的理由和动力。

生命的基本欲求不能等同于心理学上的“需要”。其实，需要暗含内在缺乏之义，有机械偏狭之嫌。生命的基本欲求和刺激也有所不同，因为它是源于体内的刺激，而且是一种常住的势力，不像体外的刺激可以逃避。我把生命的基本欲求看作三类，即食（生存）、性

（生殖）以及自我确证。人人都有这几种欲求，只不过存在偏差和转移罢了。

马克思的伟大，他的客观唯物，就在于他发现了人要穿衣吃饭，要有经济基础，然后才有上层建筑。恩格斯的《在马克思墓前的讲话》真是一篇好文章，言语通俗却能得其环中，深得马克思主义之精髓。“马克思发现了人类历史的发展规律，即历来为繁芜丛杂的意识形态所掩盖着的一个简单事实，人们首先必须吃、喝、住、穿，然后才能从事政治、科学、艺术、宗教等等”。（《马克思恩格斯选集》第三卷）人是铁饭是钢，一顿不吃饿得慌，吃饭是生命的第一要求。现在生活条件好了，人们没把吃饭当作一回事，可在贫穷的年代，人们就会真切体会到吃饭是人生的第一要义。像莫言小说《丰乳肥臀》中上官金童的七姐乔其莎，那样一个坚持理想、心高气傲、相信科学的知识女青年也败给了两个馒头，以致忘记了痛疼更忘记了耻辱。

如果说马克思发现了人要吃饭，那么弗洛伊德则发现了人有性欲。弗洛伊德认为性力（libido）是每个人生来就有的一种本能，这种本能驱使人去寻求快乐，特别是性快乐。弗洛伊德把性（力比多）提到了空前的地位，虽然他的学说也遭人诟病，但他对于性欲的提醒强调引人注意，也算是功业甚巨。不管人们如何看待，性欲是客观存在的，是生命的内在要求。上帝安排设计人的性欲，大概是要帮助人类的延续，实现生命的传递，实现宇宙的目的。

《孟子》中有段孟子与告子的论辩，孟子云：“犬之性犹牛之性，牛之性犹人之性与？”告子答曰：“食色，性也。”（《告子上》）这两种本性大约与禽兽相去不远。人和动物都是生命个体，只是处于最终目的的不同阶段而已。吃饭、性爱是自然事件，是本能欲求，也是妙道。

在食色之外，人还有自我意识。从人类自身发育来说，一个婴儿在最初也是没有自我意识的，会和镜子里的自己玩耍，以为那是另外一个婴儿。小孩最早称呼自己都是用自己的名字。譬如，有个小孩叫贝贝，你给她喝水的时候，她不是说“我不要”而是说“不要不要”或“贝贝不要”。这说明不管是进化还是发育，自我意识都有一个慢慢发展出来的步骤。康德说：“当儿童开始用‘我’来说话时，对于他就像是升起了一道光明……从前他只是感觉到自身，现在他是思维到自身了。”（《实用人类学》）人有了自我意识，好似一下子打开了另一个宇宙。从此有了独立思考的能力，学会了自我认知、自我掌控、自我反思、自我超越。但自我意识也使得物我两分、人我两分，打破原先自然原始的混沌状态，需要人们不断寻找自我，证明自我，才能保证新的宇宙不至于坍塌。于是，也就有了自我确证的欲求。

自我确证大约是人类高级的表现，正因为人类有意识存在，有自我存在，凿开了混沌，从而要求自我确证，从外物映现自我。人需要证明自己的存在，因为自我是个看不见的东西，需要通过外物来确定自我，找到自己的位置。当一个人脱离了世界，无法确证自我的时候，他也就不可能生存下去。外物生命力强大，这时激发我们生命的力量；外物生命力弱小，这时引起我们生命的愉悦。外物生命力相近，这时引发我们亲合的感动。自我确证要求我们超越自我，完成生命的成长，逼近最终目的。自我确证这一欲求从实践中产生，从实践中完成，有历史的完成，有个体的发展。正是有了自我确证，世界才变得如此多彩，人类才有着如此生机，知道除了吃饭性爱以外，还有更多的价值和意义。

食性大约是前人的发现，自我确证好像前人还没怎么注意，我现在提出，以期引发同好者的兴趣。

2000年7月19日

人之第三性

人有两种本能需求，就是“食”与“色”，《礼记·礼运》中云：“饮食男女，人之大欲存焉。”《孟子·告子上》中也说，“食色，性也”。其实，作为人生常识，将饮食男女看成人的共性，也是不言而喻的。何尝是人，就是飞禽走兽，不也如此。但人的本质远非如此，因为人不仅是存在，而且还有意识。人有第三性，就是自我确证的本能。

自我确证包含三个层次。

一是审美的自我确证。审美从根本上说是物我交融、互摄互映而生的一种家园之感，是一种生命的同频共振，物我亲合的感动，从而实现自我确证，产生一种自由的愉悦之情。但是这种自我确证有一个很大的缺陷，那就是它是当下的、具体的，很难持续永久。譬如读了一篇美文，抑或看了一处名胜，当时感觉很好，心旷神怡，但很快就成为旧迹，仍然回到现实生活中，只有在偶尔的回忆中，才会成为亲切的怀念。

二是宗教的自我确证。人生是孤独的、脆弱的，需要在皈依与分享中获得自我确证。所以，在许多时候，有信仰是一件好事，是有福的。现在，全世界大部分人都有宗教信仰，不管是基督教，还是佛教、伊斯兰教。一个人最可怕的是不知道爱，更不知道怕。从这个意义上说宗教有它的积极意义。宗教的自我确证包括宗教信仰、组织归属、个人关系。宗教信仰，大家都清楚，是从神那里分享荣光，乃至灵魂不朽和永生幸福。组织归属，则是人加入一定的组织机构，靠着组织的权威来获得自我确证，好像自己也高人一等。在宗教组织内，大家都是兄弟姐妹，背后有着强大的后盾，有着更多的认同感和归属感。个人关系在中国则最常见，就是我是某某的谁谁谁，我和某某握过手、吃过饭之类。连鲁迅笔下的阿Q都知道这点。现在比不了，就可吹嘘我的祖上比你们阔多了。至于什么夫贵妻荣之类更是如此，不在话下。

三是哲学的自我确证。这种自我确证是要点真本事，不是那种借势或想象。或改造自然、或建设社会、或创造作品，但无论哪种形式，最终目的都是为了得到他人的回应，把别人比下去。当年项羽要衣锦还乡，就是想炫耀一番。他说如果不这样，就像是穿着华丽的衣服走在夜色中，实在是毫无意义。至于这种自我确证在多大程度上获得满足，则要看你在多大范围、多大时空里征服人们。范围越大时间越久，就越能获得满足，从而志满意得，踌躇满志。但是这种征服往往是以偏概全的，是以己之长度人之短。因为一个人不可能在各个方面都有过人之处，只可能是在某一领域取得成就，从而成为历史的高度。就像李杜，他们成为诗坛的双子星座，高不可攀，但却并不是一流的政治家，他们没有那样的头脑和手腕。所以，我想任何一个人都不要过于自信骄傲，也不必过于自卑轻贱，能够找到自己的位置就好。

由此，我想到中国人一向追求的“不朽”。所谓立德、立功、立言，所谓不朽之盛事，都是为了自我确证。但在我看来，这些与不朽无关，不朽永远只能是一个理想，没有谁能真正做到，没有谁能征服永恒无限的宇宙人生。再说宇宙都有一个开始，有一个结束，更何况我们人类就不仅有一个开始，更有一个结束。如此看来，我们不仅是没有这个能力，而且也没有这个可能。我们最终都会老去，成为过眼云烟，我们所能做的就是不辱使命，同时让自己满意，让自己快乐。

或许我们还记得《陈奂生上城》中的陈奂生。虽然现在是肚里吃得饱，身上穿得新，但他并不完全满足，他还有精神追求，希望自己能说会道，碰上一件别人没有经历过的事。后来不是遇上吴书记，好意安排他住上了招待所，让他神气了好一阵子吗？可见，人在食色之外，还有第三性——自我确证。

因为自我确证的本能的存在，可以让一个普通的灵魂走很远，成为一只为自己骄傲开屏的孔雀。电学之父法拉第就是如此。

1791年9月22日，法拉第出生于英国伦敦城郊的一个贫苦的铁匠家庭。小学毕业，13岁的法拉第便辍学当卖报童，后来到了一家小书店当钉书员。整整7年的钉书生涯没有令法拉第沉沦，反而让他有机会读到了大量的科学著作。他每次收工后就聚精会神地读起书来，并且重做书上的实验，实验成功让他兴奋不已，忘记了已是深夜。法拉第不放过任何一个学习的机会，在哥哥的资助下，参加了伦敦城哲学会的学习。1810年法拉第有幸聆听了化学家戴维题为“自然哲学”系列讲座的最后四场。后来，法拉第把讲演记录整理装订成厚厚的一本寄给了戴维教授，并附上一封信，表达了准备献身科学的强烈愿望，希望求得一份相关的工作。结果他如愿以偿，20岁做上了戴维的实验助手。从此，法拉第开始了他的科学生涯。

法拉第所从事的实验研究课题广泛多样，起初主要是化学，后来是电磁学。化学方面，他在气体液化研究中采用低温加压方法液化了氯化氢、硫化氢、二氧化硫和氢；他又在燃气分馏中发现了苯；他还最先观察到了我们今天熟识的半导体现象和纳米粒子，还发现电解定律。法拉第除了有许多科学发现之外还有不少技术发明，诸如合成了六氯乙烷和四氯乙烯，制成了本生灯、光学玻璃、凝胶、碳钢、合金钢、电容器，并首创出金相分析方法。法拉第最出色的工作是电磁感应的发现和电磁场概念的提出。经过十多年的不懈探索，法拉第发现了电磁感应现象，发明了发电机，宣告了人类社会开始进入电气时代。法拉第让不同的能量之间实现了自由而有效的转化，完成了上帝才有的事业，成为天之骄子。

人之为人，其在自我确证乎？

2008年3月6日

本能的置换

人的生命冲动本是一种意向和动姿，但就其外在表现来看，它不是单一的，至少包括食（生存）、性（生殖）、自我确证三大本能以及休息本能。休息是对生命的调整和修理，以保证生命的正常运转。相对于三大本能，休息本能同样重要，但现在主要想看看作为生命正面的三大本能之间的关系如何。

我们知道，三种本能是备于一身的，就是说同时存在于一个人的身上。这些本能不是均等地同时呈现，我们看到的往往只是某一突出的方面。这三种本能是可以置换的，就是说，三种本能有着显隐，有的显现出来，有的隐退下去，本能之间可以进行替代互换。一种本能的兴奋可以抑制其他本能，从而占据主导位置。这就让我想起了弗洛伊德所谓的性力的“转移”“升华”。弗洛伊德说：“这一本能的满足可代以另一本能的满足。”（《精神分析引论新编》）我虽然欣赏弗氏的升华学说，但不认为可以替代满足，不过是搁置而已。

事实也确实如此。我们或许记得阿城的《棋王》中王一生，他的爱好就是下棋、吃饭，别的一切都可以置之不顾，而且乐此不疲，性欲则退隐了，成了潜伏的力量。在车轮大战中，王一生的眼里只有一个棋，把一切都抛掷脑后。商纣王沉溺于酒色，整天花天酒地，沉醉温柔乡里，饱口舌之欲，尽肉体之快，不再考虑王道霸业，不再考虑国家社稷。玩物丧志，智勇困于所溺，说的就是这个道理。生活中，那些事业心强的人，则没有太多的心思去留连女色，而那些拈花惹草的人，则没有多少斗志和进取心了。

然而我不同意弗洛伊德有关只是目标及对象关系的变更的说法，以为还是一种本能。作家的创作决不都是在做白日梦，在梦中获得性满足。司马迁创作《史记》，你能说是在想象中满足自己的性欲吗？司马迁是要完成父亲的遗愿，是要考察历史源流，总结历史规律，成一家之言。屈原的忧国忧民，九死不悔，并非为了山珍海味，美女靓妹，而是要将自己的生命融入楚国的兴亡。

马斯洛的需要层次理论认为，从低到高，人有生理、安全、爱、尊重和自我实现等五种基本需求。但这种需要层次并不完全是刻板固定的，虽然我们大部分人可能遵循这个次序，但也有很多例外。譬如说颜回，“一箪食，一瓢饮，在陋巷，人不堪其忧，回也不改其乐。”别人忍受不了的困苦生活，颜回不仅不以之为苦，反而快然自足。因为颜回还有别的更大的快乐，所以他能够依然快乐。这些本能需要不一定是相互排斥的，反而是互相联系的，甚至是可以置换的。所以我们有时看到有些人需求次序的颠倒，也看到有些人永远丧失较高的本能欲望。马斯洛说：“最占优势的目标支配着意识，将自行组织去充实有机体的各种能量。不怎么占优势的需要则被减弱，甚至被遗忘或否定。”（《人的动机理论》）

但要强调的是，这种置换不是某种本能的丢失，而是隐退和潜伏。不管你如何置换，三种本能都仍然存在，而且那些隐退的本能随时准备显现出来。那些隐退的本能被压抑和搁置得越久，就会积聚越多的力量，越具有爆发力。中国古代是禁欲的，但是到了明代中叶以后，色情文化则开始泛滥，真可谓“解缆放船”，一任感性欲望奔腾汹涌。那些僧侣吃斋念佛，坐禅戒定，是否就真的可以祛除人的本能，达到六根清净呢？实际上是不可能的，犹如镜中摘花，水中捞月。君不曾听说裴如海和潘巧云吗？不曾听说那个灯草和尚吗？

但人是可以修养净化的，就是说使三种本能恰到好处，保持平衡，不至于产生偏执，往而不返。大哲大圣的人不是没有欲望，而是一种淳化的欲望，使得各种欲望本能各尽其宜，各尽其用。不是不食人间烟火，他们一样要穿衣吃饭，但是他们知道什么是天理，什么是人欲，真正做到来去自然，宠辱不惊，充分发掘生命的潜能，达到生命的最大化。“位我上者，灿烂星空；道德律令，在我心中。”生命冲动经过整合，自己给自己立法，凝聚成强大的生命力量，至大至刚，与天地精神相往来。

我认为一种本能冲动还可以混杂其他本能，就是说在一个事件中可以满足几种本能欲求，或者挂着这种招牌，行着那样欲求。譬如性虐待，不仅是满足性欲，还有满足自我确证的因素。圣洁的恋爱中就包含多种本能，而不单单是为了性欲，这就不同于嫖妓了。两情相悦，相濡以沫，举案齐眉，白头偕老，正因如此，爱情才显得那么美丽动人。如上所言，本能之间可以进行组合重构，但可以有一种主导本能显现。

种种本能，这些生命冲动是生命的内驱力，是宇宙人生的生生之力，推动宇宙大化，逼近最终目的。

2001 年 2 月 4 日

意义的取得

人活着或许不需要什么理由，但却不可以没有皈依，就如同我们都需要一个美好的家园，而不愿做一个绝望的漂泊者。或许正是因为绝望、因为孤独我们才起了故园之思、信仰之心。我们总要在这纷乱喧嚣的尘世间寻找一点意义，作为支点，支起我们那颗孤苦无助的心。

花开花落，生生死死，宇宙大化流转不息，你我不过是匆匆的过客，伸手遮挽，喊着春且住，奈何芳菲都歇，日月交替，徒然空手，不觉让人低回。赳赳武夫，攀枝摘条，也是潸然泪下。生的时候，我们什么没有带来；死的时候，也是什么不能带走。有人总想抓住点什么，留住点什么，或建功立业，或创造发明，或著书立说。佛性不在心外，意义不在身外，不在生前，也非死后，活好每一天，过好这一世，更待何求。

我曾写过一篇《生命的两种形式》，提及生命的肯定形式和否定形式，恨当初未作深究，今且补上。弗洛伊德提到“生本能”和“死本能”，倒是颇能启发心智，人大概就在生死之间，在死中生，在生中死。提神太虚观之，生命哪一刻不在肯定，又哪一刻不在否定呢？肯定否定相互作用，生命才能生生不息。肯定形式与否定形式正是生命的两极，互动互成，正是一阴一阳之道，这是生命的运动调试的过程，达到生命的饱和，以期实现其最大化。宇宙万象，万事万物，无时无刻不在变化生灭，都著这种生命情调。春华秋实，夏种冬藏，冬天来了，春天不远，夏天之后，百草枯黄。人生易老，记得当年骑竹马，而今自己须发白，早是儿孙已满堂。在来去之间，我们渐渐长大，又渐渐老去。

尽心、知性、知天，一切皆要作自性观，就能烛照宇宙天地；反之，了然天理道德，也就能洞察心性人情。一草一木皆神明，人在宇宙之间，宇宙包蕴人在其内。盛衰荣辱，生死祸福，一切都任运自然，在这个自然而真实的过程中，尽心尽力，就能无为而无不为，无目的而合目的，就会功德无量，是为真如菩提。有着自己的目的，能够去尽心尽力，就有着浩然之气，塞于天地之间，至大至刚，勇往直前。富贵不能淫，威武不能屈，贫贱不能移。可以居庙堂之高，可以隐江湖之远，可以上得刀山，可以下得舞池。因为我们融入了宇宙大化，因为我们有着信仰目的，我们是在更广阔的时空定位，我们获得了巨大的勇气和力量，不再患得患失，不再畏首畏尾。宇宙生生不息，人生也是应该点亮，照出一片灿烂，荐献上帝神明。

印度数学天才拉马努金1887年出生于一个破落家庭。12岁时因为毕达哥拉斯定理，对几何学产生了兴趣，遂自行展开对等差级数和等比级数性质的研究。15岁时因为《纯粹数学与应用数学概要》一书，让他痴迷于用自己独特的方法对书中5000多公式进行证明。他以优异的成绩考入大学，对数学的热情变得更加强烈，每天废寝忘食，只研究数学。他曾向人描述神奇的现象——他每天晚上睡觉的时候，都会梦到自己所信宗教的女神——娜玛卡尔女神。醒来以后，他整个人有种被塞满的感觉，脑子里冒出了各种各样的公式，每天清晨都要赶快拿出笔记本记录。然而过度沉迷于数学让他挂掉了其他绝大多数课程，最终被学校开除。直到后来他遇到人生中的贵人——英国数学家哈代，二人合作，从此一发不可收。

正是因为他找到了自己人生的目的，才会恍若神助，才有了无穷的力量，演绎了一段绝美的传奇，为世人留下了近4000条数学公式。我们看到，好些时候，他一个人坐在家门口，看着邻家孩子在街上玩耍，大人们说他眼里“空空的”，其实他的内心像着了火似的熊熊燃烧，这便是数学之火。

人对宇宙人生的觉解不同，宇宙人生对人的意义也就不同，就会产生不同的人生境界。同是一棵古松，有人想着买卖赚钱，有人想着研究分析，有人想着寄托情感。冯友兰先生把人生境界划分为四个等级，即自然境界、功利境界、道德境界、天地境界。自然境界的人多的是本能或风俗，自己不甚觉解。功利境界的人多的是功名利禄，满足自己的私欲。道德境界的人是为社会而做，奉献爱心。天地境界的人是为宇宙而做，成为天民。前两种是自然的产物，后两种是精神的创造。人生在世，应该超越自我，在超越中获得最大的意义，得到最大的幸福。

张载的伟大志愿在于“为天地立心，为生民立命，为往圣继绝学，为万世开太平”（《近思录拾遗》）。如此宏愿，固然让人激动折服，但不免有着一代宗师的架子，让人敬而远之。真正的觉醒的人应是金光内敛，绚烂之极而归于平淡，在自然之中创造了伟大。

不要哭，不要笑，要的是理解觉悟，要的是真实的存在，投身宇宙大化，我在宇宙神明的怀里，宇宙神明在我的心里。

2000年11月4日

社会心理结构

我曾写过一篇《社会文化与个体认识》，今天，我想接着讲下去，谈谈社会心理结构问题。

经过两次鸦片战争，特别是1860年八国联军攻入北京的大挫折唤醒了一部分中国人，他们开始发起洋务运动。他们认为失败在于枪炮不如人，于是引进西方军事装备、机器生产和科学技术。其指导思想是“师夷制夷”“中体西用”，以为中国的政治制度及立国精神是至善至美的，无须改变，只要学习西洋的机械技术就已足矣。经过多年发展，大清有了号称世界第四称雄亚洲的水师舰队，自然信心满满，牛皮哄哄。可是他们却浑然不知，他们的改革维新不过是浅表的皮毛，没有深层的社会心理结构的改变终不顶事。结果，甲午海战，大清却不敌弹丸小国日本，北洋海军全军覆没，也标志着35年的洋务运动宣告破产。

一场社会革命，一次社会变革，个人的得失荣辱，社会阶级位次的变动，这些大约还是表层的东西；科学的发展，文化的繁荣，技术的革新，经济的发达，也只是中层罢了；只有社会心理结构的变动，气度风貌的改换，才是深层的变革。鲁迅考察辛亥革命得出两个结论："招牌虽换，货色照旧"（《两地书·跋》），"改革一两，反动十斤"（《二心集·习惯与改革》）。民众依然愚昧麻木，政府依然腐败欺压，帝国主义依然嚣张猖狂，这样的革命不过剪剪辫子，换换旗帜，换汤不换药，远未触动社会心理结构。故而孙中山先生临终还说："革命尚未成功，同志仍需努力。"我无意褒贬抑扬哪种层次的变革，事实上，这三个层次还是有联系的，只是有时并不同步而已。

假使这个世界存在最大的敌人，那么这个敌人是谁？这就是社会心理结构。在社会心理结构面前，我们个体的人就显得微不足道了，简直不堪一击。一些天才圣贤往往生得太早，超越了他生活的时代，那么他生下来就是个悲剧，虽然他是先觉与先导，后人很是仰慕。鲁迅先生在《战士》一文中讲过这样一个故事：一个战士与无物之物战斗。这个"无物之物"不是别的，正是社会心理结构。对于无物之物，我们个人永远伤不了他，准确地说，是不能置之于死地，我们永远是输家。社会心理结构对我们个人影响太大，制约着我们一言一行，是一只无形的手在支配着我们。正是在这个意义上，我们说每个人都有时代的局限。

如果说，一个人的中枢系统是个体心理结构，那么，一个社会的中枢系统就是社会心理结构。随着心理结构的变化，就会表现出另一种作风、另一种气派。所谓社会心理结构，主要是指社会价值取向，对人事的评价标准及其欲求强度。说得通俗一点，即社会主旋律，社会导向。社会心理结构还有总体与局部之分，局部与总体往往不是平衡发展，局部与局部之间还有诸多差异。这就是说我们既有大环境，也有小环境。相对而言，小环境与我们个体关系更为紧密。当然，总体趋势最终要拉起局部变化或是局部拖着总体前进。

物质的和精神的东西对于建构社会心理结构同样重要，二者是相辅相成的。一般而言，每个社会，每个时代，都重视思想教化，大众传播，企图建构他们希望的社会心理结构。譬如秦代的愚民政策，明清的读经高压，都是有一定成效的。然而物质实践是不可泯灭的，人们还会认清现实的。因为衣食住行要比谶纬咒符有力得多，生命是永恒的。譬如互联网时代的到来，不仅缩短了人与人之间的距离，也改变了人们的思维和心理，不仅有资源共享、网上购物、手机支付，还有自媒体、大数据分析等。而一个文艺工作者，一个人文学者，他所能做的，不过是给社会心理结构注入一点新的东西，如同一滴水融入海里，所以不应高估自己。应该说，社会心理结构最终还是依赖社会现实的。

大的社会心理结构是好是坏，我们个人基本上无力改变，虽不能随波逐流，但大概也只能和光同尘、随遇而安。对于一个个体而言，一个小环境的氛围、品质、文化，比相对“遥远”的大环境更加关键，对我们的影响更大，息息相关。对于个人来讲，选择和创造一个好的小环境、小天地，对于自己的学习、生活、工作是大有裨益的。一个家庭，夫唱妇随，举案齐眉，父慈子孝，母爱子亲这是非常有利于个体的成长和发展的。不幸的家庭，常常鸡飞狗跳，往往要造就一批变态或畸形的人物。一个家庭的品格、取向、情趣，对于其中的成员影响更是巨大的。同样，一个工作单位的心理结构对于我们的发展和前途也是至关重要的。一个没有生气、十分腐朽败落的单位，即使位次很高，对于个人发展也是不利的，还不如弃之而去。当然，我们亦可改变环境，但不是仅凭一己之力，这种力挽狂澜的收效毕竟不会太大，需要的是大家一同努力。就像当年小岗村18位农民按下鲜红的手印，搞起了大包干，拉开了中国农村改革的序幕，成为历史的标志。（当然，也不要忘了冰消雪融、改革春风渐起的大背景。）

2000年5月17日

人的定位

人是什么呢？莎翁说人是宇宙的精华，万物的灵长；亚里士多德说人是政治的动物；马克思则说人是各种社会关系的总和。有人以为人和动物无异，一样欲火中烧；有人则认为人和神灵相亲，具有发光的理性。有些人过于自信了，以为自己是天之骄子，可以惟我独尊；有些人过于谦卑了，总要俯首听命，相信富贵由天。如是纷纷扰扰，我们被弄得头昏脑涨，我们迫切需要给人定位。

人不过是一个自然的存在物，在本能原始冲动与纯粹精神形式的对立互补中，人确定了自己的定位，是“零”，是“无”，是“未知数X”。这是一股强大的生命之流，精神潜伏在生命之中，精神赋予生命展开的形式，生命赋予精神现实的意义。这是大化流行，生生不息，无限逼近最终目的。德国哲学家舍勒说：“人是一个能够向世界无限开放的X。”（《人在宇宙中的地位》，贵州人民出版社1989年版，第49页）人具有超越的意向与动姿，这个趋向于定位X有如一条生命里的洪流由下而上奔涌，把生命强力奉献给精神价值，逼近最终目的。这一超越的意向动姿就是爱，就是祈祷，这种爱源于上帝，又皈依上帝。上帝并不遥远，只要我们发明本心，虔诚祈祷，我们就和上帝一起生存，一起成长。

中国哲学的气论认为气是一切之根本，一切物体都是气的聚结与消散，“天地合气，万物自生”（王充《论衡·自然》），“人之生，气之聚也，聚则为生，散则为死。”（庄子《知北游》）管子说：“凡人之生也，天出其精，地出其形，合此以为人。”（《管子·内业》）王充则说：“人之所以生者精气也。”（《论衡·论死》）人所禀受的是元气中最精微的部分——精气，因为人有智慧。“禀性受气，形体殊别”（《论衡·初禀》），“禀气有泊厚，故性有善恶也”（《论衡·率性》），即世界万物都是由阴阳二气自然巧合生成，由于禀受元气的粗精厚薄不同而产生了形体上的千差万别。人、物虽然有别，但都是一气运化，这让我们有了平等意识、抚爱之心。

而气是一种连续性的存在，是一气流行，弥纶天地，所以整个世界为一连续、整全、流动之实在，通过气把物质、运动、时空三者有机地统一起来了。这种宇宙论为儒家、道家等各派哲学所共有，是中国哲学宇宙观的基本立场。存在的整体即是人与世界的统一，即天人合一。所以把握物体要从整体上把握，把握人也要从人与世界这一整体、系统出发，回归天人合一的自然整体，从而能够“推天道以明人事”，发展出通达的智慧。

莱布尼茨曾把整个宇宙比作一架巨大的钟表，这让我联想到，人大约就是钟表中一个小小的部件。人是生活在关系中的，是世网上的一个“节”，这就是人之缘在。其实，佛教在很早就认识到现实中的种种关系，但是释子们不敢正视这些让人窒息的关系，强调“缘起性空”，一味地说是幻影色相。人不仅要与人发生关系，而且要与自然宇宙发生关系，人是整个宇宙上的一个节，决不是存在于真空之中。中国传统哲学注重把人看作一个有机整体，如中医中的气论、经络学、藏象学。人与宇宙人生就如细胞与人体一样，是要依存于人体的，与其他器官组织相互作用。

自古及今，人类的关系越来越复杂，人愈易受关系的制约。行为主义感兴趣的只有两件事：他们能否制约某人，以及如何才能把它做得最好。要想控制某人，很重要的一点，就是利用关系，张开罗网，将其缚住。当然，要说清这些关系的缘起，则必须说明人之本性，这不是这里的任务。

我们上面的分析并不意味着人完全没有自由的意志，任人宰割。困在罗网的鸟雀尚且奋起，涸泽之鲋尚有蹦跳之机，百足之虫，死而不僵，高贵的人难道就要委命系首，听天由命了吗？当年陈涉不过是一个破落户，如果他无所用心，就不会喊出“王侯将相宁有种乎”。张大千有一副对联说得好：“人到万难须放胆，事当两可要平心。”这个世界虽没有孤立的人，但决非不能创化。不断进取，不断提升，这是上帝对我们的期望，也是我们的本性。

不要总是“眼睛向上”，而不看脚下的实地，也不要因为害怕摔跤跌痛，就索性躺在地上，人应该以最大的热情去参与社会、宇宙的创化。

2001年4月8日

生命的两种形式

中国古代的生机哲学对生命有着很深的认识，如气论和阴阳说。《易传》上说："生生之谓易。""一阴一阳之谓道。"（《系辞上传》）《吕氏春秋》云："太一出两仪，两仪出阴阳。"（《大乐》）是故一气运化，阴阳交媾，滋生万物。明代罗钦顺说："盖通天地，亘古今，无非一气而已。气本一也，而一动一静，一往一来，一阖一辟，一升一降，循环无已，积微而著，由著复微……有莫知其所以然而然，是即所谓理也。"（《困知记》）整个宇宙只是一气，往复循环，气之变化秩序即是理。古人认为精细之气乃是太始根源，一而为二，阴阳相交，推动衍生，从而生生不息。阴阳五行，相生相克，才是整个世界。

中国艺术就深谙此道，讲求虚实相生。实则架构立骨，充实而光辉，借虚来统摄和拓展；虚则生发无限，纯粹而灵动，借实来诱发和深化。宗白华说："艺术的表现正在于一鳞一爪具有象征力量，使全体宛然存在，不削弱全体丰满的内容，把它们概括在一鳞一爪里。提

高了，集中了，一粒沙里看见一个世界。”（《美学散步》）

在我看来，生命有两种形式，即肯定形式和否定形式。不光人有生命冲动，宇宙万类也有生命冲动，这是一股强大的生命之流。生命不仅仅要肯定，同样需要否定，肯定否定交替，在肯定中否定，在否定中肯定，才能完成生命的成长。肯定形式就是对生命情致的满足，是对生命形态的一种肯定，是生命的理想形式；否定形式是对生命情致的限制，是对生命形态的一种否定，是生命的现实形式。酒色财气，功名利禄，是很多人梦想和追求的，但这并不是完全的真实。批评教化，反思省悟，倒是不可缺少的，它让我们不断自新。若能从心所欲而恰到好处，那就是至人了。动物与人相较，不仅是肯定形式要比人简单，而且其否定形式也要羸弱得多。肯定形式是否定形式的基石，否定形式是肯定形式的航标。没有肯定，只有否定，生命就没了生气，而逐渐枯萎；没有否定，光有肯定，生命就没了新境，又困顿失措。

一个人，一个团体，一个社会，都应具备这两种形式，然而这二者的和谐平衡，实属不易。柳宗元寄情山水，实有悲愤。一方面自称愚人，一方面颇有自慰，“漱涤万物，牢笼百态”，自己有独特才能却被埋没，只能明珠暗投，虎落平阳，总是悲叹感慨，找不到寄托，看不到希望。正因为生命的肯定形式和否定形式难以平衡，柳宗元才过早地凋谢了。同样是参加王叔文革新运动失败被贬，“巴山楚水凄凉地，二十三年弃置身”，刘禹锡却穷且益坚，豁达乐观。“种桃道士归何处？前度刘郎今又来。”依然如故，不改初衷，痛快淋漓地抒发了自己不怕打击、坚持斗争的倔强意志，终于笑到了最后。大凡有为之人，似乎还是肯定形式强一些，往往火气过旺，神不守舍，加速了生命消耗，就不可尽天年了。一代宗师李小龙，功夫一流，身体倍棒，可是就在如日中天之时却突然离世，引发后人种种猜想。我倒觉得，这大概就是生命透支，所谓过犹不及。我们常常说一个人不必过于激进，因为刚猛易折，同时，由于否定形式的不力，也使他们的学术思想打了不少折扣。

有时我们过于强调否定形式，以为失败是成功之母，需要加强挫折教育。但我们忘了成功是成功之父，一味地遭遇挫折打击，只会自卑绝望，丧失自我意识，无法实现自我成长，最后破罐子破摔。有时我们过于强调肯定形式，结果自我膨胀，盲目自信，故步自封，以为老子第一，真理在握。可是，生命却一天天地堕落腐化，走向穷途末路。一般人在成名之后，早已守成，抱残守缺，齐白石老人却反其道而行，开始对自己越来越不满意，“余作画数十年，未称己意，从此决定大变，不欲人知，即饿死京华，公等勿怜，乃余或可自问快心时也。”在六十多岁还进行“衰年变法”，从此变通画法，走向大写意，自创红花墨叶一派。白石老人诗云：“扫除凡格总难能，十载关门始变更。老把精神苦抛掷，功夫深浅自心明。”正是这种清醒与反思，勇于否定自己，让白石老人开辟了艺术的新境。

发展自我，超越自我，生生不息，不断开辟人生的新境。这是我们的使命。

2000 年 6 月 13 日

生命的成长

生命的成长，不仅是指身体机能的生长、发育、成熟，更是指生命状态的调试，是生命的肯定形式与否定形式相互作用的过程。在这个过程中觉解宇宙人生，了悟自我生命，整合生命状态，给自己以最高的命令。一个人身体可能壮硕成熟，但他的生命可能还很荒芜孱弱，没有开出绚丽的花，结出丰硕的果。生命的成长，生命变得越来越精致，越来越轻灵，越来越绚烂，走向更广阔的时空，升入更高的人生境界。

人是要长大的，尽管有人永远也长不大。生命总是在内外交流互动中成长，超越自我，增添新质。没有否定形式就不可能长大，没有否定形式就不可能发展人的德行和知行，就不能涤除情感上的偏执、理性上的虚妄，也就不可能提高人生境界。越是具有创新精神的人，越是否定自我，越是勇于实践开拓的人；越是否定自我，越是能够达到更高的层次、更高的境界。但是，如果光有否定形式而没有肯定形式，人就不会找到自己，就成了无根蒂的游魂野鬼，就失去了生命生长的基点。一个纯粹的人，他决不能容忍没有肯定形式，他必然深入地开掘，不断地探寻，在否定中肯定，在肯定中否定，再在否定中肯定，收获成长的快乐。没有肯定形式，我们的生命就失去了意义，就成了累赘，真是生不如死啊！

一个人要否定自己，改过自新是很难的，需要契机，更需要自身的反省与顿悟。当年的楚庄王三年不理朝政，整天声色犬马，淫逸享乐，弄得天怒人怨。这时候大臣进谏，他终于悟出"不飞则已，一飞冲天；不鸣则已，一鸣惊人"的道理，亲贤臣远小人，一举成为霸主。而苏洵年轻的时候，也是稀里糊涂地过日子，游山玩水，任侠使酒，根本不知道读书。可是这个时候，孩子都有了，自己还是一无所成，妻子程氏只能把读书的希望寄托在孩子身上，苏洵怎不羞愧。游历多年的苏洵终于认识到自己的不足，看清了人生的方向，二十五岁开始读书。经过一年多的学习，自以为小有成就，可是应举却落得铩羽而归。这才意识到要出成果非下苦功夫不可，于是闭门谢客，整日端坐书斋，手不释卷，发愤苦读了六七年，终于文才大进，下笔如有神，顷刻数千言。后来带两个儿子苏轼、苏辙进京赶考，拜见当时文坛领袖欧阳修。欧阳修对苏洵的文章大为赞赏，认为可与贾谊、刘向媲美，向朝廷大力举荐。苏洵一时名声大振，终成一代大家。

肯定形式和否定形式相互作用的过程是痛苦和甜蜜的，但或许更多的是痛苦或一种平静泰然。夏蝉为了那短短的几个月的鸣唱，它耐心地静静地等待十几年，忍受着蝉蜕的巨大痛苦。一个真人敢于面对惨淡的人生，敢于面对重重的困难，前赴后继，勇往直前。他一刻也不停留，即便是稍事休息，那也是酝酿下一次的冲锋。失败痛苦对他来说，不是死亡的丧钟，而是战斗的号角。他的生命已经丰裕充实，精神已经至大至刚，与万物容通，与天地同流。德国哲学家费尔曼说："掌握自己就是在相互矛盾的努力中找到平衡。"所以我们不要害怕恐惧痛苦，痛苦恰恰是生命成长的契机。一次失败，一次痛苦的经历，或许就是下一次华彩生命乐章的前奏。

生命的成长，就是整个宇宙人生对自己的意义发生变化，就是自我生命状态的调整。没有新鲜的眼光，没有新鲜的感受，没有活气的心灵，没有崇高的魂魄，本身就是一个死物，宇宙人生对他来说是熟视无睹，充耳不闻，自我生命也是一潭死水，没有情感的律动。伟大的不在于人的智力，不在于人的地位，而在于人的气度，人的精神。生命的成长正是自我生命投身宇宙人生，自我生命从宇宙人生中映照，宇宙人生从自我生命中汲取。我们要历练人生，甚至遭际命运的捉弄，即使如此，我们也不能放弃生命，我们仍然要执着今生，知其不可而为之，投身大化，不遗余力。活着就是活着，活着就是意义，而且是最大的意义。

在生命的成长中，哲学有什么可以贡献的呢？哲学是对于人生有着系统反思的思想，也必然给我们到来全新的生命图景。费尔曼对这一问题的看法很好，兹抄录如下："哲学的任务始终也是通过澄清思想对澄清情感做出贡献。""哲学的任务就是加强个人生命的法则，以便对同体系一致的思考和行动作出积极的抵抗。""哲学不能代替人塑造生命，但它能鼓励人去寻找自我。"（《生命哲学》）哲学的确没有多大作用，它不能代替我们的生活，生活的路仍然需要我们一步一步去走，在构境尘网中挣扎奋起。但哲学分明有很大作用，因为理性也是生命情感的一种形式，哲学可以给我们以生命的启示，带领我们对宇宙人生、自我生命作整体观照，从而通天尽人，勇敢地坦然地面对生活，做一个有道德有文化的人。

2001年6月8日

达于至人

在现实社会中，人分三六九等，有的高贵，享受着鲜花与掌声；有的低贱，承受着尘埃与孤寂。因而，人生的烦恼与争夺大抵都是因为这人生的分别，人情的冷暖、世态的炎凉。

然而，至人却没有如此的烦恼，他们超越天地，穿越时光，成为永恒的这一个。

庄子说："至人无己，神人无功，圣人无名。"（《逍遥游》）至人就是完美的人，心灵自由的人，真正的圣人。他能够纯然快乐，因为他超越了普通的界限，还超越了我与世界、我与非我、主观与客观的界限。《史记·屈原贾生列传》中说："至人遗物兮，独与道俱。"司马贞《史记索隐》则说："体尽于圣，德美之极，谓之至人。"就是说去蔽去垢，发蒙本真，合于大道，就可谓至人了。

我所说的至人，是听从上帝的召唤，遵循X的意向与动姿，尽心尽性，达到极致，实现最终目的的人。这样的至人可以至微至陋，更是至大至刚，与天地同寿，与日月齐光。这样的至人至亲至近，更是至艰至远，乃至高山仰止，景行行止。其实，人人都可以成为至人，我们具有这样的意向与潜能，但我们遭遇蒙蔽，丧失本心，真正能够成为至人的人却微乎其微，少之又少。

顺乎自然又超越自然，可以达于至人。老子说："人法地，地法天，天法道，道法自然。"（第二十五章）X的意向与动姿是道，更是自然，可以说是一种天生的本性，是客观的合目的性。不违自然乃得其性，就是将自己投入到宇宙大化中去，自强不息，生生不已。人本无差等，但人本有差异，只要应天而动，尽心尽性，发挥极致，做最好的自己，就是顺乎自然，就能达于至人。只不过历史与现实中有太多的诱惑与成见，我们往往身不由己地被裹挟进去，趋炎附势，随波逐流。我们可能以为，有地位，可以骑在民众的头上作威作福；有金钱，可以一掷千金，好是气派排场；有权势，可以左拥右抱，良宵一刻值千金。可是我们完全忘记了自己存在的使命与意义，忘记了最初的梦想，违背了自然，背离了大道。我们绝大多数人都忍受不了贫贱，忍受不了孤寂，所以我们不能发展个性、完善人格、发挥潜能，自然也就不可能成为至人。归去来兮，回归自然，顺乎自然，就有神灵来栖，就有了浩然之气，就可以无所畏惧，无所迷惘，从而勇往直前。发明本性，顿悟成佛，此言不妄。

在庄子看来，如果有人凭借自然的本性，顺应六气的变化，而游于无穷之中，他还需要依赖什么东西呢？大概就是孟子所说的"万物皆备于我"，"上下与天地同流"。这样的人就是至人、神人、圣人。孟子说："尽其心者，知其性也。知其性，则知天矣。存其心，养其性，所以事天也。"（《尽心上》）好好地珍惜、存养、敬奉自己本有的好的品质、德性，各就其位，就是事奉天道了。

顺乎自然的同时意味着超越自然，需要创造生化。顺乎自然不是说可以什么都不要做，成为白痴等死，相反，生生不息就是自然的本性，指向最终目的就是自然的理想，所以人不可以不创造，不可以不努力，不可以不做最好的自己。康德说：“人就是现世上一切创造的最终目的。”人是目的，这个人就是至人，就是要求得意识的自由，脱离意欲的局限，自己为自己立法，按照X的意向与动姿决定自己的生存的方式，不计祸福，不计荣辱，具有大无畏的精神，散发出任何力量都摧折不了的精神力量，最终指向文化的人、道德的人。自然因为我们而精彩，自然因为我们而点亮，自然因为我们而生动。

至人是真善美的统一，是真善美的合体。因此，至人是不分高下，没有差等的。至人都是天之骄子、上帝的宠儿，是自由王国的王者，他们都获得了永生，成为不朽。相反，仅仅是真、是善、或美，那是有高下之分的，是可以比较分别的。至人在普遍联系的宇宙之网中找到自己的那个交叉点，找到自己的位置，成为大化流行中不可或缺的一环，获得最大的幸福与荣耀，成为不可磨灭的永恒！

2011年2月7日

道通为一

庄子曾提出“莛与楹，厉与西施，恢恑憰怪，道通为一”（《齐物论》），大概是反对人为的分别与比较，以及由此引发的不必要的麻烦与纷争，觉察到万事万物通于大道。我们说道通为一，则是另一种理解，也就是说各种事理是相通的，原理是一致的，可以进行通观，所谓“心理攸同，道术未裂”的意思。

我们的经济学，有计划经济和市场经济两种经济体系，但现在行市场经济的多，搞计划经济的少，大家都比较认可市场经济，连我们这样搞了几十年计划经济的老牌社会主义国家都开始改弦易辙，也搞市场经济了。不是说计划经济就一定不好，而是我们实在没有那个能力进行计划。经济活动千头万绪，瞬息万变，我们怎么可能都能计划好？如何做到人力、物力、财力等都能合理配置，有效运行？于是我们顺应自然，实行市场经济。

市场经济有两个假定：一个是资源稀缺，一个是人的理性。通过充分自由的市场竞争，从而实现资源的优化配置，达到自我组织的效果。正如亚当·斯密所说："借由追求他个人的利益，而超出他原先的意料之外。我从来没有听说过有多少好事是由那些佯装增进公共利益而干预贸易的人所达成的。"（《富国论》）市场调节可能有滞后性，但这不能成为人们批判、否定的理由。因为只要做事就可能犯错误，我们要允许试错，从而改正错误，获得成长。市场这只看不见的手因为人的理性选择，追求利益的最大化，从而可以进行自我调节、自我教育、自我成长。

那么，政府能否干预经济活动呢？我是不赞同调控与干预之说的，但我以为可以进行引导。引导不同于干预，它不是直接作用于市场主体，直接地运用行政、法律手段干预，而是顺应市场规律本身，引导市场理性回归。如古代的常平仓，这种粮食储备，对于稳定粮食市场就发挥了很大的作用，既避免了"谷贱伤农"，又防止了"谷贵伤民"。

人的学习教育何尝不是如此。我们可以进行严厉管教来培养孩子吗？结果只能是"毁人不倦"，将一个个人才给扼杀了。古代帝王之家难道对于教育孩子不用心吗？他们很小就接受最好的老师的最好教育，严格至极，可是结果大多不成器，成了王朝的掘墓人。就像明代的万历皇帝，张居正作为老师可谓尽心尽力，结果让万历皇帝从小倍感压抑，极度自卑。等张居正一死，万历皇帝就抄了他的家，险些要开棺鞭尸，后来万历皇帝的政治也是极度颓废。道理很简单，学习过程中，人的情感、思维等心理活动，不是我们能控制得了的，再严厉的家长或老师，你也不可能时时刻刻盯着孩子，你也不可能管住孩子的内心活动。除非自觉自愿，否则，任何严厉的管教都注定是失败的，是不可能有好结果的，只会干扰孩子自我教育、自我成长的过程。虽曰爱之，实则仇之；虽曰忧之，其实害之。因为，从本质意义上说，一切的学习都是自学。任何人都不可能代替孩子学习。

所以，我们常说，没有尊重就没有教育，没有自由就没有教育。

但这也并不是说教育者就什么也不做了。我们要做的是引导孩子，让他们发现学习的乐趣，采用喜闻乐见的活动形式引导他们，激发他们的内部动机以及外部动机，而不是呵斥责骂与种种规矩，真正是不言之教，润物无声。比如说阅读，是个好习惯，但我们却不能强求，去规定孩子必须读书，如何如何。我们可以给孩子讲故事，亲子共读一本书，举办读书会，写作研究性学习报告等。时至今日，应试教育大行其道，海量刷题、天天考试就能提高成绩吗？如果学生没有动力，从内心就反感抗拒，那么只会磨洋工瞎糊弄，刷得再多也不会有多大效果，反而耗时费力。做题也要适合适量，否则，只能是作茧自缚。

治国为政也是一样的道理。一个国家一个社会涉及方方面面问题，我们要想事事都管，件件都问，那又怎么可能呢？大概只会官僚机构臃肿，如同癌症一样疯长，最终油尽灯枯，轰然倒地。事实上，我们完全没有这个能力，不仅是因为问题太多，而且是因为我们很多时候无法看清问题实质，找到有效的方法。如果这个时候，我们盲目作为，过多干预，只能是瞎折腾，作弄和作践老百姓。老子的高明就在于数千年前就看出了这种危险，从而提出无为而治。

过分膨胀的欲望带来人与人之间的冲突，过分严酷苛刻的社会制度带来人性的压迫与扭曲。“五色使人目盲，五音使人耳聋，五味使人口爽，驰骋畋猎使人心发狂，难得之货使人行妨。”（第十二章）政府权威所集中化的控制越强，对于百姓的压迫与蹂躏就越大。“朝甚除，田甚芜，仓甚虚；服文采，带利剑，厌饮食，财货有余，是为盗夸。非道也哉！”（第五十三章）一方面是专制者的穷奢极欲，一方面是老百姓的无以为炊。规矩禁忌太多，弄得百姓手足不知所措；法令制度森严，把人民捆得动弹不得。统治者越是强作妄为，越是祸害不浅。“天下多忌讳，而民弥贫；民多利器，国家滋昏；人多技巧，奇物滋起；法令滋彰，盗贼多有。”（第五十七章）“民之饥，以其上食税之多，是以饥；民之难治，以其上之‘有为’，是以难治。”（第七十五章）

所以，老子极力呼吁为政要“无为”，这也是他整个思想的归旨所在。“我无为，而民自化；我好静，而民自正；我无事，而民自富；我无欲，而民自朴。”（第五十七章）今天的政府还想有为，那大概也只能是倾听百姓的心声，顺应民意，做个顺水人情而已。

如此的听任民众，相信孩子，进行无为而治，不教之教，却带来了一个巨大的问题，那就是民众值得相信，孩子值得信赖吗？没有这个前提与基础，真有大厦将倾的危险。

这就回到一个聚讼纷纭、争论不已的老话题——性善还是性恶。儒家相信性善，讲求发明本性，尽心知性就可以知天。法家大概相信性恶，要求化性成伪，加强人的改造。其实，我们更相信人性本身没有善恶，不过自然而已，如同“道”一样。人性通俗地讲就是自然，更玄妙一点的说法是生命冲动、X的意向，无目的而合目的，最终指向有道德有文化的人。从某种意义上说，上帝与我们同在。这种道德、文化是在长期历史实践中而来，不是某个圣贤的发明，也不是某个权威的强加。从这个意义上说，我们相信人性是好的、善的，只不过是普通意义上的善良而已。美国心理学家罗杰斯就说过：“人的基本属性自由发挥作用时是建设性的，可以信赖的。”（《充分发挥作用的人》）因为，当我们个人从防御中解放出来，当他对他的所有各种经验全都趋向开放时，他的全部行为将变得更平衡、更现实，这种制约平衡使他成为一个健全的人，向着X的意向前进，而不是毁灭。

所以说，民众与孩童值得相信，大可放心。少去干预少去妄为，真正地放开与自由，我们失去的将是可恶的锁链与死寂，获得的将是无限的生机与希望。

2017年5月25日

从『文学不死』说起

刘梦溪在一次访谈中说："我想每个人年轻的时候都是文学爱好者，甚至都是诗人。但随着年龄的增长和知识的提升，人开始感到文学不能满足自己的需求，而愿意去追求历史的真相和事物的本真，从而离开文学，进入史学和哲学。所以，对学术的兴趣以及对真相的探求使我在相当一段时间内离开了文学，甚至有点厌弃文学。"这不仅是刘先生的感受，我们很多人可能也有这样的体会。但是否据此，我们就可以认定文学最终要走向终结与死亡呢？

其实，文学死亡之说早已是不绝于耳，最著名的大概就是黑格尔的艺术终结说。在黑格尔的观念中，绝对精神有自我异化和自我展开的过程，由此构成整个世界自然史、人类历史和精神文化史。就是在最后的绝对精神阶段，也是由艺术走向宗教，最终走向哲学。在艺术里，我们认识理念是由感性形式达到的；在宗教里，是通过想象达到的；在哲学里，是绝对心灵的自由思考。黑格尔认为，艺术的形式不是心灵的最高需要，艺术不可避免地要走向终结，所以他宣称："艺术对于我们现代人已是过去的事了。”（《美学》第一卷）可是，事实却是有人的地方就有文学，文学仍将被我们需要，无论过去、现在，还是将来。因为，罗马城不是一天建起来的，人也不是一天就成人的，谁都懵懂过年轻过感性过。而且刘梦溪先生还有话说，“可现在当我回头看时，又感到文学是史学和哲学的很好补充，尤其是对情感的补充，有些史学和哲学探索不到的东西，文学都可以感悟到。”

文学不死，从根本上说是因为文学具有满足人们本能需求的特殊功效，文学让我们感动，让我们产生情感的共鸣，同情的理解。

人有自我确证的本能，在世界上确证自我的存在。但自我确证有三种：一是崇高的我确证，二是亲合的自我确证，三是卑下的自我确证。崇高的自我确证要求超越自我，战胜艰难险阻，提升精神境界。任何的英雄豪杰都有拼搏努力的经历，无论是消灭敌人，征服对手，还是发明创造，都要求超越自我，增益自己。就像司马迁身残形秽，为了成就一家之言，还原历史真相，生死早已置之度外，进行了艰苦卓绝的《史记》写作，最终获得了崇高的自我确证。卑下的自我确证表现自我优越，一任驾轻就熟，自高自大，满足自我夸耀。像我们讲的某些中国人的奴性，他们在主子面前为了活命和讨好，只能是俯首帖耳、卑躬屈膝，当然是无法获得自我确证的。但是奴才也有主奴二重性，奴才在比他更弱小的生命面前又变成了主子，要颐指气使，要肆意蹂躏，来获得他可怜的卑下的自我确证。还记得老舍《茶馆》里有个老太监，作为太监作为奴才原本很是不幸了。可他还要买个老婆，天天掐她用烟头烫她，从而获得快感。连个死太监都要欺凌弱小呐！

亲合的自我确证是你与我的相遇，是情投意合，是亲密无间，是生命的同频共振。这时我们物我两忘，你我合一，互摄互映，观照彼此，从而生命变得更加强大，精神达到极大慰藉，心灵找到自己归属。我们说真正的友情、爱情大概都属于亲合的自我确证，没有实利的考虑，完全是意气相投，彼此共情同感，产生的是平等的对话，心意的相通，自由的愉悦。记得那年我得神经衰弱，头脑昏昏沉沉，完全是心灰意冷，垂头丧气，可当我得知朱光潜、傅雷等大家都得过神经衰弱，好像终于找到自己的同类，得到极大的安慰，病情也减轻了很多。可以说，亲合的自我确证是你我靠得最近的，也最令人感动，最具感染力。教育中，最好的教育是先让彼此成为“自己人”，走进对方的心灵世界，以此为契机逐步施加影响，从而春风化雨，润物无声。所谓“亲其师，信其道”，做教师的必须有亲和力，走进学生的内心世界。

尽管时下“文学已死”“否定美学”之论甚嚣尘上，但文学或者说艺术给人的感动，让人获得的亲合的自我确证，恰恰是难能可贵的。艺术的美感，是“情往似赠，兴来如答”的物我盘桓，共鸣同感。这说的是优美，美感还有崇高与喜感两种类型。崇高需要克服困难，是伟大心灵的回声，使人获得崇高的自我确证。喜剧则往往是因为倒错悖谬，不合常情常理，让人粲然一笑，显示自己的优越。一般而言，欣赏喜剧不要费什么力气，长此以往，就如鸦片中毒，让人精神委顿。所以，一般纯粹的搞笑片，无聊的动画片，我们的少年儿童还是少看的好。虽然味道诱人，但没有多大营养，以此为主食，不是让我们提升上去，而是让我们堕落下去。

每个人的生命状态不同，精神境界不同，欣赏艺术就会有不同的喜好，但首先肯定是那些让自己感动的作品，投自己的脾气，合自己的胃口，这应该是无可非议的。但为了调节我们的生命状态，适当欣赏不同类型的作品，也是不错的选择。既理解“白马秋风塞上”的豪迈，也懂得“杏花春雨江南”的柔情。既能读屈原的深情，读李白的飘逸，也能感受杜甫的沉郁，体会柳永的缠绵。

伟大人物往往是孤独的，不仅是因为他们超越他们的时代，更是因为他们具有强力意志，不易找到类似的亲合的美感。但这并不意味他们主动摒弃亲合的自我确证，一味追求崇高的自我确证，非不为实不能也。毕竟，亲合的自我确证才是最体己、最贴心的，谁有理由去拒绝呢?

说起文学，谁人不起家园之感!

2014年8月7日

审美与认识及道德的关系发微

美学之父鲍姆嘉通认为人类的心意活动有知、情、意三个领域，那么哲学分类也应有相应的三个部分，有研究知性的逻辑学，有研究意志的伦理学，而研究情感的自然应有相应的独立学科——美学。这样一来，美学取得了独立，但也给人造成一种错觉，以为审美就是审美，一无依傍，和认识、伦理等各自独立，毫不相干。然而，人只能是有机完整的人，知、情、意是不可能完全割裂开的，分为审美的人、逻辑的人，道德的人。我们必须充分认识审美与认识、审美与道理之间的区别与联系，或许才能更深刻地理解审美的本质，进而领悟“人是什么”的真谛。

一、审美在物我的感动

苏轼有一首《琴诗》，“若言琴上有琴声，放在匣中何不鸣？若言声在指头上，何不于君指上听。”可见美妙的琴声既离不开物，也离不开人，是心与物的合鸣共奏。王阳明说过山中之花，“你未看此花时，此花与汝同归于寂；你来看此花时，则此花颜色一时明白起来。”（《传习录》）审美不完全在于外物，也不完全在于自我，而是人对审美对象的一种整体体认，是对象的形式与主体的心灵的双向交流，需要物的生动与人的确证，发生情感的同感共鸣，生命的同频共振，从而由衷地亲合感动。

中国人的传统认为美在意象，构成有意味的形式，也就是常说的情景交融，物我两忘。物我猝然相遇，产生“第一印象”，从而勾魂摄魄，迷恋其中，于是乎“情往似赠，兴来如答”。审美对象有情有意，以某种生命姿态作用于我们，和我们的生命情态若合若契，物我交感，双向互动，乃至物我的生命之气同频共振，出现同一的节奏与韵律。最终泯灭了物我的界限，身与物化，我化为物，物化为我，最终物我同一，物我两忘，获得一种高峰体验，获得一种大解脱大自由，达到一种超人逍遥，上下与天地同流的境界。朱光潜说：“凝神观照之际，心中只有一个完整的孤立的意象，无比较，无分析，无旁涉，结果常致物我由两忘而同一，我的情趣与物的意态遂往复交流，不知不觉之中人情与物理互相渗透。”（《诗论》第三章）这样把人与自然、人与外物的隔阂打破，大自然没入我，我没入大自然，所谓“心凝形释，与万化冥合”（柳宗元《始得西山宴游记》）。宗白华则说：“美与美术的源泉是人类最深心灵与他的环境世界接触相感时的波动。”（《美学散步》）情与景交融互渗，主观的生命情调和客观的审美对象交融互渗，心灵与对象完全合一，自然产生由衷的感动。

审美是你与我的相遇，心意的相通，平等地对话，是完全的情投意合、亲密无间、互摄互映，彼此共情同感，生命同频共振，作出审美判断，以己度物，获得自我确证，生命变得更加强大，精神得到慰藉，心灵找到归属，产生亲合的感动、自由的愉悦。所以说，审美不仅是一种情感体验，而且是审美判断在先，获得自我确证。亲合的感动意味着平等、自由、无利害关系，无须俯仰，无欲无求，只是观照形式，想象力和知解力和谐活动，从而产生自由的审美愉悦。同时，这种审美愉悦也包含创造的愉悦。美是要人的意识去发现它、照亮它。叶朗先生说："美绝对不能离开主体的审美活动，它是人和世界的一个沟通、一种体验。美是一种发现，发现就是一种创造。"（《胸中之竹——走向现代之中国美学》）我们欣赏自然事物有创造，欣赏艺术作品有再创造，而创造本身也会带来愉悦。

柳宗元说："美不自美，因人而彰。兰亭也，不遭右军，则清湍修竹，芜没于空山矣。"（《邕州马退山茅亭记》）美离不开人的照亮，审美感受是当下的具体感受，首先是个人的体验，那么也就具有相对性。我们是独特的"这一个"，每个人的生命状态不同，生活习性不同，精神境界不同，而且还处在动态变化之中，或积极或消沉，或强悍或纤弱，欣赏艺术自然就会有不同的喜好。只有那些投自己的脾气、合自己的胃口的对象才会让我们产生审美的愉悦、亲合的感动。同一片风景或是同一作品，不同的人感受不同，有的觉得很美，有的认为未必；有的感到这里美，有的认为那里美，都不是完全相同一定的。当然，审美相对并不意味虚无，就没有审美判断的标准，毕竟人同此心，心同此理，还是有"先天共通感"的，譬如西施之美，黄山之奇，大家也还是大致认同的，审美也必须具有普适性、共通性。

二、审美有直觉的认识

鲍姆嘉通把美归属认识领域，称之为“感性认识的完善”，认为是以低级认识能力为主干而又交织各种心理因素以及审美观念和审美技能的综合活动。一般认为审美不同于认识，大概源于康德的观念。康德在进行美的分析时，其中“量”的契机分析：无概念而具普遍性。审美判断一不出现概念，二不构成逻辑定式，自然不同于一般认识。审美既不同于任何感官的快乐，不能实用；也不同于任何概念的认识，不是科学。如“这朵花很香”，是感官判断，没有普遍性，仅是快感。“这朵花是植物”，则是逻辑判断，具有客观普遍性，是认识。“这朵花真美”是审美，为反思判断，不具有客观规律性，只具有主观普遍性。审美判断是判断在先，快感在后，是审美对象的表象与主体心意功能结构两相适应，和谐活动而后产生快感。但我们必须清楚认识有广狭之分，从广义认识来说，知性、判断力、理性都是认识能力。所以，康德在做美的分析时，借用了范畴分类法，而他遵循判断的逻辑功能去寻求审美的契机，是因为审美判断中“总还是含有对知性的某种关系”（《判断力批判》），毕竟审美是多种心理功能的自由和谐的活动。汪裕雄先生说得好：“审美也属于广义的认识机能，它和知性有联系，但又跟狭义的认识机能（理论理性——知性）不同。它包含认识，但又不能归结为认识。”（《汪裕雄美学论集》）

克罗齐认为，人的精神活动可以分为认识和实践两种。认识活动可以分为直觉活动和逻辑活动，实践活动可以分为功利活动和道德活动。直觉作为一种认识活动，是对于特殊事物的认识，产生个别意象，具有美与丑的正反价值，归于美学这个精神部门。四种活动之间有个逻辑关系，就是后一个活动依赖于前一个活动，前一个活动相对独立于后一个活动。比如说，直觉可以没有逻辑，逻辑却必须以直觉为前提。克罗齐提出“审美即直觉”说。直觉不假思索，不审意义，是心中只领会事物的意象的一种认识活动，具有“独立”“静观”“直接”“创造”的特点。而且说，“直觉即表现，表现即创造”（《美学原理》），也就是说我们审美地看的时候，要表现，要创造。没有表现力和创造性的看，不是艺术家的看，也不是审美的看。其实，审美也就是我们常说的第一印象，是一种感性的体认，是对个别事物本然状态的即时判断，它悦耳悦目，它愉心快意，它悦志畅神，使心灵达到自由的发展，从而产生审美愉快。就像王夫之所说的“现量”，通过感觉器官直接接触客观事物，把握事物的“自相”（个别），是纯感性知识。“‘现量’，‘现’者有‘现在’义，有‘现成’义，有‘显现真实’义。‘现在’，不缘过去作影；‘现成’，一触即觉，不假思量计较；‘显现真实’，乃彼之体性本自如此，显现无疑，不参虚妄。”（《相宗络索·三量》）审美的直觉不离物相，直指本心，既有契合的感动，又有类比的想象。而且，审美的形式感既与宇宙自然的节奏相通同一，又与自己的愉悦情感相通同一，同宇宙自然直接相关，通过形式感受和自由直观去引导、启发科学，感受新天地，发现新秘密，导向真理。

美感是由感知、想象、情感、理解等多种心理活动组成实现，它们相互交织，通力合作，产生美感。《文心雕龙·神思》中说：“神用象通，情变所孕；物以貌求，心以理应。”应该说感知与理解都是认识，都有客观规定，要以对象为转移，本身并不自由。就是想象也属于感性认识，需要凭借条件，未必完全自由。然而在审美活动中，无论是感知，还是理解，都已经不完全是客观认识，而是融入了情感成分。这里的感知既是受动的，也是主动的，有情感的渗入，有主动的发现与创造。如，“垆边人似月，皓腕凝霜雪。”（韦庄《菩萨蛮》）词人就不仅是说女子的白，而且包含光彩靓丽的感受，让人为之眼前一亮。这里的理解是一种融汇性理解，汪裕雄先生说：“审美理解最基本的特点，是它始终渗透在感知、想象、情感诸因素之中，与之融汇一体，构成一种非确定的多义性的认识。”（《美学基础原理》）这种理解不是独立过程，也不完全是逻辑判断，更多是反思判断，更多涉及人生价值意义，涉及情感体验，包含深刻的价值理性。如“不识庐山真面目，只缘身在此山中”（苏轼《题西林壁》），这句诗不是为了说出一个什么科学定律，而是包含深刻的人生喟叹。世事人生何尝不是如此，如同井底之蛙，目光短浅，满是成见，自以为真理在手。所以钱锺书说：“理之在诗，如水中盐、蜜中花，体匿性存，无痕有味，现相无相，立说无说。”（《谈艺录》）当然，理解有深浅之别，有即时与历时之分，由直观欣赏到批评研究，就不仅是价值理性，还要有逻辑理性的参与，从而会意领悟其妙。如，“把吴钩看了，栏杆拍遍，无人会，登临意。”（辛弃疾《水龙吟》）这一“看”一“拍”，不结合背景，不联系前后文字，不进行推理分析，大概难以理解其中妙处的。

我们知道，审美活动是一种社会学的价值活动，是把主体需要作为参数加以判断的。而价值关乎主体需要的满足与否，是评价意义的客观化。冯契认为人对客观事物的认识不是单纯的认知，而且还包含着评价。“完满的定义就是要比较全面地反映事物的本质，而要达到这种逻辑的要求，就要把人的全部实践既作为检验主客观是否符合的标准，又作为事物同人的需要之间的联系的确定者，把这两方面都包括到概念的定义中去。”（《人的自由和真善美》）也就是说，认识既要反映事物的自然属性，也要包括事物同人的需要之间的联系。审美就是一种评判与评价，是主观的价值态度，是反思的情感。日常生活中的喜怒哀乐都是一次性的，时过境迁，情感贮存在记忆里，来不及时时省察，只有在审美时才会省察反思。审美和艺术就是帮助我们来反思的，反过来体味人生，体认人生的价值与意义，达到新的人生高度与境界。

三、审美是道德的象征

审美有助于建构完善的人格，获得道德的自由。审美一方面尊重人的感性需求，能够发展人的自然人格；一方面给人提供一个理想境界，使人获得超越性的精神享受。最终把道德他律变成自律，形成稳固的道德情操，达到自由人格。所以说，审美能够把人从自然人格引向现实人格，并求得现实人格的超越，净化深化，超越功利，形成情理交融的新感性，达到自由人格。正如李泽厚先生所说，“审美因为由全身心所发动并作用于整个心灵，便可以转化为实现人的各种潜能、品质、性格的积淀物，从而使个体成为创造的主体。”（《实用理性与乐感文化》）审美能够使得感性生命与理性结构和谐统一，帮助我们完善人性，建构文化心理结构，形成新感性，成为一个愿意做和应该做的人。席勒非常重视审美教育，他说：“要使感性的人成为理性的人，唯有先使他成为审美的人，此外再无别的途径。”（《美育书简》）“正是审美的理性因素与道德情感相通，而审美的感性因素又牵动道德情感走向与个体感性融合，构成道德认知、道德行为转化为道德自由的中介。”（杨思寰《美学引论》）这样，以美储善，因为同情而感动，因为理解而自觉，外在的道德规范要求与个体内在的意欲感性融合，逐渐实现道德自由，让不计利害超越生死的道德实现成为可能。

在康德看来，判断力是联结认识与实践，自然与自由，知性与理性的桥梁。自然的必然律和道德的自由律，外在的大自然与内在的小宇宙，因为有了判断力，走向融合一体的境界——人类追求的理想境界，真善美合一、天人合一的境界。“美是道德的象征”，这是康德的著名论断。就纯粹美来说，存在一种“知—情结构”，作为审美判断是想象力和知解力的和谐活动的结果，是形式的合目的性，类似游戏，提供一种自由感，使人获得感性的自由，从而成为通向道德自由的初阶。就依存美来说，康德认为依存美是美善相彰，与道德理性联系在一起，它没有道德的目的，却有道德理想。依存美的美感属于“理—情结构”，指向审美理想，是道德自由的预演。所以作为核心的艺术美不仅具有美的价值，而且具有对人生的意义，深入心灵的影响。就崇高感来说，就更具伦理的内涵。对自然的崇敬感就是对我们自己的使命的崇敬，通过这种偷换的办法，把对自身使命的崇敬转移到对象上。崇高唤起我们理性力量，通向理性的自由，指向具有使命感的文化的道德的人。汪裕雄先生说：“‘道德的象征’却涵盖了纯粹美、依存美、崇高三者；这三者是由自然目的论整合起来的，它们各自通过‘道德的象征’作用，而指向自然的最终目的：‘道德—文化’的人。”（《汪裕雄美学论集》）

审美经验和道德实践之间，有一种深刻的关系，二者性质上具有相似性，审美判断和道德判断具有类比关系。康德说：“我们经常用一些像是以道德评判为基础的名称来称呼自然或艺术的美的对象。我们把大厦或树木称之为庄严的和宏伟的，或把原野称之为欢笑的和快活的；甚至颜色也被称为贞洁的、谦虚的、温柔的，因为它们激起的那些感觉包含有某种类似于对由道德判断所引起的心情的意识的东西。鉴赏仿佛使感性魅力到习惯性的道德兴趣的过渡无须一个太猛烈的飞跃而成为可能。”（《判断力批判》）

康德反对经验论幸福主义，道德讲求绝对命令，无关经验感官，不是来自个人幸福欲求，而是纯粹理性的实践力量。“康德在伦理学上的所谓‘哥白尼革命’，正在于把道德基础从经验的外在对象（物）转移到先验的主体（人）的意志中来。”（《李泽厚十年集》第二卷）康德说：“德行之所以有那样大的价值，只是因为它招来那么大的牺牲，不是因为它带来利益。全部仰慕之心，甚至效法这种人品的企图，都完全依据在道德原理的纯粹性上。而只有当我们把人们视作幸福成份的一切东西都排除于行为的动机以外的时候，这种纯粹性才能被确凿无疑地呈现出来。由此可见，道德愈呈现在纯粹形式下，它在人心上就愈有鼓舞力量……”（《实践理性批判》）审美也是如此，要求无利害，无概念，离开了实体，无关实用，没有了私人性；不凭借概念，不构成逻辑定式而普遍令人愉快。所以，蔡元培认为审美超利害之计较，泯人我之界限，并说：“美感之超脱而普遍，则专己性之良药也。”（《美学观念》）

审美与道德都存在普遍有效性问题。“纯粹实践理性的基本法则：不论做什么，总应该做到使你的意志所遵循的准则永远同时能够成为一条普遍的立法原理。”（《实践理性批判》）道德与否，就看道德律令是否普遍有效，成为立法形式。而美是不依赖概念而被当作一种必然的愉快的对象。它之所以普遍有效，源于“先天共通感”，是人同此心，心同此理，具有族类性质的先天必然性，因为共通的心理结构和精神积淀。

康德认为，人作为血肉之躯的感性动物，只有相对价值；但人作为理性者的存在，本身就是目的。成为一个有文化有道德的人是最终目的，这是自然的客观合目的性。“人是目的”成了绝对命令、道德律令的最后依据。所以说，“这样行动，无论是对你自己或对别的人，在任何情况下把人当作目的，决不只当作工具。”（《道德形而上学基础》第二章）在人是目的面前，人与人是平等的、自由的，因为人人皆可为尧舜，都可追求最终目的，做最好的自己。而审美是无目的而合目的，它为审美而审美，没有具体目的，却符合人的心理功能的协调活动，具有形式的合目的性。于是乎，获得感性的自由，人做回了自己，返璞归真，回复本然状态。

康德认为道德律令是绝对服从又法由己立，它以人为目的而普遍有效。这就是“意志自律”，也就是道德自由。康德强调，人作为感性现象界的存在，从属于时间条件，他的任何行为、活动和意志不过是自然机械系统的一个部分，遵循着严格的因果规律，并不自由；但人作为本体的理性存在，可意识到自己是不属于时间条件的，他的这同一行为、活动和意志只服从于理性的自我立法，获得自由。我“能作”是因为我“应作”，也就是孔子说的“从心所欲不逾矩”，做到俯仰无愧，成为天民。而审美判断中想象力自由立法，是想象力和知解力的和谐活动，审美感受是一种自由感受，不先存目的、概念，是自发自觉自愿的感动。一方面摆脱了私人功利而取得自由，一方面摆脱了概念和逻辑定式的束缚而达到认识的自由。

认识是以物为转移，讲的是必然律，要求我们无限逼近于物，掌握本质规律。审美是以人为尺度，讲的是自由律，要求对象十分契合于人，体验亲合生长。道德是以天为依据，也就是自然，包括物与人，既讲必然律又讲自由律，要求天人合一，走向最终目的。而审美是第一位的，它是一派天真的开始，也是反本归依的终点；它是逻辑认知的助力，可以以美启真，它是情感信仰的条件，可以以美储善。审美沟通认识与道德，让我们不忘初心，让我们走向最终目的，获得大自在大解放。李泽厚先生说得好："美学作为'度'的自由运用，又作为情本体的探究，它是起点，也是终点，是开发自己的智慧、能力、认知的起点，也是托寄自己情感、信仰、心绪的终点。"（《实用理性与乐感文化》）

附记：如果说我的这篇文章还有一些价值，那是因为先师——著名美学家汪裕雄先生的缘故。文中不少观点和提法，都源自我当年聆听恩师教诲时的笔记，而今这些思想也已经成为我生命的一部分，这里不便一一注出。

2017年7月12日

第二辑：为什么活

——众里寻他千百度

向上帝祈祷

若是有人非要问究人是什么，我要说人不过是一个生命，一个正在成长的生命。人的主体性乃是一个X的意向和动姿，是指向最终目的的意向和动姿。生命不断逼近最终目的，最终目的不断浸入生命。一切即一，一即一切。

德国哲学家舍勒晚年创立了以生命冲动和精神本质为基础的哲学人类学，就是要回答“人是什么”“人在宇宙中的地位”问题。他认为人具有两种本质——冲动和精神。冲动有无机的自然冲动，有有机的生命冲动，包括感受冲动、本能需求、习惯联想、实践智能。冲动尽管具有不可遏止的力量，但并非人最深层的本质，而是依据“精神”，从而使人成为人。这样人具有相对独立而又相互统一的双重本质，冲动是盲目的、不可截断的力量，需要精神的引导和控制；精神具有至上性，但自身无法发挥，需要冲动来实现自身，精神和冲动结合才具有实践能力。于是，X的动姿性的“生成”（Werdung），让我们实现生活的“精神化”和精神的“生活化”，从而真正超越现实，成为真正的人，完整的人。

精神以冲动力量为支柱而又给予冲动以深刻的影响，这种内在和谐使人成为完整的人，于是“人是一个能够向世界无限开放的人”（舍勒《人在宇宙中的地位》）。这时候，人和上帝是相通的，所谓肉身成道，道成肉身，人和上帝成为“命运的伙伴”，二者一起生存、成长。

舍勒说：“关于‘人’的唯一合理的观念不折不扣是一种‘拟神说’，一种作为无涯无渚的栩栩如生的上帝映象的X的观念，一种上帝的比喻，是上帝映在存在巨墙上的无数身影之一。”（《舍勒全集》卷三）上帝既是抽象的理念，又是鲜活的肉身。人的X的意向和动姿让我们爱慕上帝，追求上帝，因为上帝不仅在天国，也在我们每个人的身上。上帝不是供人膜拜的稻草人，不是用来吓唬人的鬼化身，而是让我们开悟尽性的公案，是提醒我们不忘使命的号角，是引我们通向天国的领路人与摆渡人。上帝通过生活的精神化和精神的生活化而获得灵光；人是“上帝的显示”，是趋向上帝的本质，是超越自身的意向性。人趋向接近上帝，上帝也趋向接近人。基督说圣主、圣子、圣灵三位一体，我却要说，我们就是上帝，上帝就是我们，这就是三位一体啊。

舍勒说：“人不寻求上帝，人是活生生的X，X祈求上帝。”（《舍勒全集》卷三）不必打坐供奉，不必焚香跪拜，尽心尽性，澄明开放，就是荐献给上帝的最好的馨香。古人说“惟德是辅”就是这个道理。有德之人才会得到神灵的护佑，失德的人连上天也会抛弃他，人必须敬畏上天，谨遵使命。孔子生病，弟子们要为他祷告，孔子说不必祷告，因为自己“祷之久矣”。人不寻求上帝，但我们却时时在向上帝祈祷啊，因为X的意向和动姿在祈求上帝，上帝已浸入我们的生命，督促我们提升逼近。

X的意向和动姿，用我们中国道家的说法，那就是“道”。老子说：“道生一，一生二，二生三，三生万物。”从宇宙来看是大化流行，推动着我们向最终目的逼近；从我们个体的人来说，就是率性自然，做一个最好的自己。这样，也就是天人合一，从而生生不息。

佛家说：“万类之中，个个是佛。”是因为俗世的污浊喧嚣遮蔽了摩尼珠，失去本性，迷失自我。六祖慧能说：“不悟即佛是众生；一念悟时，众生是佛。故知一切万法尽在自心中，何不从自心顿现真如本性。”（《坛经》）所以说，“百千法门，同归方寸；河沙妙德，总在心源。”（《五灯会元》卷二）佛性就在我们身上，何必外求，若是拜佛占卜，不若缘木求鱼吗？僧肇说：“道远乎哉？触事而真。圣远乎哉？体之即神。”（《不真空论》）若能般若观照，发明本心，心斋涤除，妄念俱灭，那就是至佛。天国的路就在眼前，就在当下，尽心尽性，砍柴担水，也是妙道。

人们原本无心向上帝祈祷，但X的意向和动姿要求我们趋向接近上帝。人有本能冲动，尤其是自我确证的本能冲动要求我们做最好的自己，实现我们自身的最终目的。每个人的禀赋爱好不同，但都是唯一的个体，不是任何他人可以代替的，具有不可取代的价值，都可以在世界中找到自己的位置。然而，在现实世界中，我们的人生往往受到压抑，生命变得异化，生命冲动得不到自然和谐地发展，成为一种病态与畸形。于是，我们远离上帝，也被上帝所抛弃。从宇宙来说，要求逼近最终目的，创造有文化有道德的人，实现天人合一，人与上帝同在。从无机物到有机物，从微生物到动植物，从禽兽到人类，这是无数次自然选择的结果，是生物进化的结果，而贯穿其间的则是宇宙推动力——道。上帝无处不在，道无时不在，一旦发明本心，回复本真，人就会获得大道，就会有如神助，从而天人合一。所以说，我们要向上帝祈祷，莫失莫忘。

我们可以不必相信基督，可以不必相信菩提，但我们要有一个鲜活灵动的生命，向上帝祈祷，逼近最终目的。

2001年10月10日

最终目的

黑格尔批评谢林的同一哲学，说它是一种“清一色的形式主义的哲学”（《精神现象学》）。谢林反唇相讥，恰恰击中了黑格尔的致命弱点。谢林认为哲学是发现现实的最后的原则，而黑格尔的消极哲学认为这个原则是最高的本质，是绝对观念。这种消极哲学不能解释现实的世界，它推演出的只是事物应该怎样存在，而不是存在的东西如何存在，它论证的只是假设的王国，完全放过了现存的东西。我们认为哲学的根应深植于大地，那种不食人间烟火，无视人间悲欢的哲学是干屎橛，真正的哲学应和宇宙人生一起咏唱，一起悲哀。可能，哲学既不能离开现实也不能缺少理想，没有现实只是理想不过是虚诞伪善的教条，没有理想只有现实我们可能就会落入“权谋”的圈套。

海德格尔痛感传统西方哲学是在探究寻找现象背后的本体之类的事情，而存在本身却被隐蔽了。在他看来，根本没有本体这回事，人们问的原来是存在。他认为哲学就是“关于存在的理论和概念的解释，又是存在的结构及其可能性的理论和概念的解释”（《现象学基本问题》)。海德格尔把此在的生存看得十分重要。对此在的生存的“生存论分析”才被看作是解决其存在意义问题的基本出发点:“其它一切存在论所源出的基础存在论必须在对此在的生存论分析中来寻找。”(《存在与时间》)正因为海德格尔关注存在,揭示人的本真“此在”(或曰缘在),得其环中,存在哲学才有了永不枯竭的生命力。

不敢面对惨淡的人生,不敢正视严酷的真实,是不可谈哲学的。没有悲天悯人的情怀,没有照之于天的眼光,同样是不可谈哲学的。我们是如此真切地感受到人生的血泪和烦忧,我们又是如此倔强地坚持人类的尊严和理性,我们有恨,但我们更多的是爱,我们怀着对上帝的信仰诗意地栖息在大地上。幸福比羽毛还轻,灾祸比大地还重(《庄子·人间世》),庄子害怕了,要求无用之用,要求心斋坐忘,与世无争,不问世事。我们却不,我们要在此在当下寻找我们最大的幸福,不是逃避,不是幻想,我们要求真实的存在,让自己消融在宇宙大化中。中世纪教父德尔图良说:“正因为荒谬,我们才相信。”无知和荒谬并不可怕,只会激起我们思考与探索的勇气与力量,最终真正达到真理与信仰。

苏轼《临江仙》:“夜饮东坡醒复醉,归来仿佛三更。家童鼻息已雷鸣。敲门都不应,倚杖听江声。长恨此身非我有,何时忘却营营?夜阑风静縠纹平。小舟从此逝,江海寄余生。”词中所论我们感同身受、亲切贴近,所写理想也是超然空灵,旷达恬淡,给我们以人生的慰藉。正因于此,这首词才被传唱至今。然而这毕竟是七宝楼台,是天上的月,眼前的寂寥艰辛将更添人生的伤感和空幻。这是无济于事的,只能让人沉溺于伤感哀叹之中,黯然销魂,缱绻凄怆。无论我们怎样超脱,可我们还是无法摆脱形体,徒增一种人生困惑与感伤,只能长恨不已。大概只有清风朗月可以共适，可以畅神盘桓。

仅仅揭示现实的残酷又有多大用呢？怯懦的人因此而少活下去的勇气，而坚强的人却在思考我们的出路。在这种真实中我们可以做些什么？是与世沉浮，还是逼近我们的最终目的。

目的有与之相近的两个概念，一个是原因，一个是理想。目的不同于原因或理想。原因是跃乎其外对过往的分析，譬如地上湿了，可能是因为刚下过雨。理想不过是主观愿望的表达，比方说当个什么长之类的。而目的不同，它是一种客观存在的生命趋势，是一种潜在的、隐伏的生命力等待着开掘发挥。亚里士多德十分推崇目的因，把它看作一切变化的最高原则，认为任何事物都是为了一定的目的而存在的，“在那些产生出来的、而且是由自然产生出来的东西里面，是有那种有目的活动存在的”（《物理学》）。其实亚里士多德所谓的目的不过是事物的一种德性功能，并非真正的目的。板栗能吃，房子能住，人可以作奴仆，也可以当领袖，然而这些不是最终目的。目的还是个动态的调节过程，以期将潜能充分发挥出来。

人的最终目的是将生命调节至最饱满的状态，实现生命的最佳的优化组合，将生命发挥至最大值，获得最大的幸福。这是一个X的意向和动姿，是一股强大的生命之流，让我们逼近最终目的，走向上帝怀抱。这种冲动与意向是与生俱来的，只不过后天我们很多人受到太多的诱惑与蒙蔽，让我们渐渐失去人味，不再是一个纯粹的人，斤斤计较，患得患失，而忘却我们原本的目的。这种目的不是虚妄空幻，它是真实的存在。它植根于现实人生，尊重人的生命冲动，是生命的最大真实。最终目的是上帝的灵魂，需要我们的信仰，信仰使我们个体处于极度的热情状态，充满激情和力量，获得永福。克尔凯郭尔说：“惟有通过信仰，一个人才可以说把握了存在。”（《恐惧与颤栗》）然而人们在尘世中被麻痹迷惑了，以至生命钝化，正鉴于此，我们才要求解蔽去垢，涤除玄鉴，找到生命的本真。如果说哲学还有点作用的话，正在于我们可以借助它的穿透力找回生命的本真，仅此而已。

生命形式遵循真实的原则展开，在现实中是要受到牵制阻碍的，但我们的生命不要因为世网此在而枯萎凋谢，而是顽强生长，以期实现最终目的，这又是一种真实。人有他的最终目的，宇宙自然也有它的最终目的，也是一个动态的调节过程，而人是包容在宇宙自然之中的。宇宙的目的是人，是有文化有道德的人，所以说人是目的。也因为如此，我们怎能辜负这样的目的，而自甘沉沦。

康德说：“如果理性必须先验地指定有一个最后目的，那么，这个最后目的只能是服从道德律的人（或者任何一个世上的有理性的存在者）。”（《判断力批判》下卷）我们慈祥的康德先生太看重道德了，或许是因为只有道德才可以普遍立法，才有绝对自由，才有可能天人合一，走向最终目的。在道德和幸福之间的矛盾难以消除，最后只好请道德上帝来调节评判。不过我同意康德关于人是整个自然界的最终目的的提法。我们认为宇宙的最终目的在于天人合一，在于有文化有道德的人。因为有文化有道德的人已经实现了宇宙生命的最大值。

我们热爱生命，我们同样热爱人生，我们要在今生今世、当下此在获得我们的最大的幸福。

2001年9月22日

生命的驱动

我一直在苦苦思索，人为什么要活着，为什么总要忙忙碌碌，奔波于茫茫人海之中。我在寻找，在寻找驱动人们的动力。

趋利避害，利己牟私，逞强争胜。从人类诞生那天起，人类就存有一种原始生命冲动，以此来驱动人们的行为，来满足人们的基本生命欲求；同时，在这种生命冲动中，人们发现并确认了自我。随着人类的成长，自我意识越来越强烈，从而激发了更强的生命冲动。

这种原始生命冲动原本不分善恶，就如一团阴阳未分的生命之气。这是一股强大的生命推动力，推动人类向它的最终目的进发，然而仅凭这种冲动并不能达到最终目的。就个体而言，人之初生，无所谓善恶，但年事渐长，不少人为名利所牵，更有甚者，为谋取一己之私利，不惜践踏损坏他人生命，形成弱肉强食的怪圈。人若都如野兽，没有精神，没有道德，那是宇宙的悲哀，它不能产生出一个和它同寿同道的人物。做道德的人，不是我突发奇想，而是人们在经年累月的苦难中得出的结论，因为人们感到仅凭原始生命冲动驱使，只是做着一个机械运动的游戏，生命在这个游戏中耗尽，老是在原地转圈，终有一天转不动了，也就灰飞烟灭。

自然并不是偶然的、杂乱无章的事物的堆积，而是有系统地组织起来的，部分与整体相互依赖，互为目的与手段，有着内在的机制，那么我们会不禁把它看成是合乎目的的，看成好像是某种理智的设计。宇宙大化流行，生生不息，好像有一个目的，朝着好的方向发展，逼近最终目的——有道德有文化的人。这个宇宙中似乎存在着一种充满了关爱一切、祈愿万物并培育引导万物的意志，流淌着关爱万物、慈悲万物、祈愿万物都好的念想。日本人稻盛和夫说："正是因为我们人类生存在这样一个推进森罗万象及一切事物向好的方向发展、让万事万物都幸福成长的宇宙中，所以我们只要遵循宇宙的意志，思善行善，那我们的命运就一定会向好的方向发展。"人从自然宇宙那里得到自己的目的与规范，自然宇宙又是人的一切行动的根本条件和最终根据。

在人类的艰难历程中，人们找到通向最终目的的路，这就是天人合一，与宇宙同在，做一个道德的人，使宇宙万物成为生命同一体，这样形成一个阴阳来复、神气和畅的有机体。人向上帝祈祷，上帝向人召唤，在有限中通向无限，达到最终目的。德国哲学家马丁·布伯说，真正的超越是在"我"和"永恒的你"的关系中，直接领悟上帝的启示，并且说，"从世界看，此历程即是皈依；从上帝看，此历程则是拯救"（《我与你》）。

这时，代表宇宙的道德上帝出现了，他在召唤着我们去靠近他，做一个道德的人。他评判着人们的善恶美丑，进行褒奖贬罚。当人们都成为有道德的人，与天地合一时，道德上帝也就死了，人类自己成了道德上帝。

一个有道德的人，他在和万物的映照中确认了自我，在时间长河中定位。他不以外物为驱动力，而是靠内在道德驱动，能够自己为自己立法。他把万物、天地和自己融为一体，彼此融通互换，保持生命的生机。这样的人不是不食人间烟火，不是不需穿衣吃饭，不是不要住行娱乐，而是在于他们懂得生命、热爱生命、尊重生命、爱护生命，在于他们和天地万物成为有机整体、亲密不二。“宠辱不惊，闲看庭前花开花落；去留无意，漫随天外云卷云舒。”这样的人就能和外物相处和睦，情往似赠，兴来如答，我没入宇宙的怀抱里，宇宙融入我的心情中。这样，大约离彼岸天堂不远了。

人生在世，就是要成为最好的自己。一方面不断探索发现，创造财富，人们通过创造来不断地丰富自我，完善自我，做一个有文化的人；一方面则通过奉献，造福社会，做一个有道德的人，以维系和强化人与社会，人与万物之间的这种生存上所固有的依赖关系。而正是有了这种创造与奉献的过程，从而才有社会的进步和自然的目的。所以，莎士比亚说：“上天生下我们，是要把我们当作火炬，不是照亮自己，而是普照世界。”（《一报还一报》）

有人称康德是“冥河的摆渡者”，说得真好。人生就有一条冥河，希望我们能够渡过。

1999 年 9 月 23 日

因为信仰

因为信仰，我们才活着。

人活在这个世界上，总要有生命展开的形式，是崇尚游戏人生，就这样苟且过了；还是崇尚各色主义，营营碌碌没有停歇；还是信仰宗教神佛，用今生的辛苦换取来世的幸福……我却认为，人的本质在于思想与创造，让我们超越了有限的时空而趋向永恒，人生目的就是我们的信仰，皈依我们的上帝，是朝着人的极致、宇宙的极致进发，与上帝同在。

宇宙人生是个真实的存在，又是一个客观的目的。是这种真实带来了目的，是这种目的说明了真实。

康德将目的分别为主观目的（外在目的）和客观目的（内在目的），二者的区别在于把对象看成目的还是手段。康德说："我们可以简直把结果看为一种艺术作品，又可把它看为其他可能的自然对象用来作它们的艺术材料的。换句话说，我们可以把结果作为目的看，或者作为其他原因达到其目的手段看。"（《判断力批判》下卷）一种是属于作为自然对象的事物本身的，原因和结果交互作用与相互依赖，就像枝叶与根干；一种是对它物有适应性，以此适应于彼，却不能保证有绝对目的论的判断，就如沙土肥料与树木的生长。

康德认为绝对的目的论只能是内在的客观的目的性。这是一种有目的的因果性联系，原因与结果的各因素之间并存，彼此互为目的和手段，结成有机整体。其特点有三：一是各个因素是按照一个目的而联系起来的，使得事物的各个部分与其整体之间保持有机的联系。二是各部分交互产生，互为因果关系，因而原因就是结果，结果就是原因。这样就是由于它们自己的因果作用而构成一个全体。三是一个事物是一个有组织的并且是自行组织的事物。这是一种生生的力量，是一种生命的意向，是自产生、自调节、自组织。

自然有其客观合目的性，宇宙人生是一个完整的生命系统，成为一个X的意向和动姿，生生不息。万类各有自己的目的，处于有机联系的和谐关系之中。整个宇宙的创化过程，即自然向人生成的过程，指向文化的人、世界文化的人，是圣人君子，是大德真人，从而止于至善。这里生香活意，生机勃勃，欣欣向荣，是一幅全新的宇宙图景，是真善美合一的自由王国。这是一种理想主义体系，是康德人类学的结穴，它不仅为自然界提供了统一性，更重要的是确定了人类在自然界中的地位，规定了人类努力的方向。

每个人有自己的客观的内在目的，若能见性开悟，就有上帝来巢。这种目的不是外在的适应，而是内在的完善。这是生命的驱动，这是上帝的意志，是一个必然的过程。这是因为生生的生命力量的推动，是X的意向和动姿，迫使我们去完善自己，达到生命的极致，人生的极致，成为一个有道德有文化的人，达到最终目的。现实人生，只是因为沾着尘滓，心灵蒙蔽，执着世相，使我们不省自己的目的。但人毕竟具有自我意识，能够求得意识的自由，脱离意欲的局限，自己为自己立法，按照自由意志决定自己的生存的方式，发明本心，向上帝祈祷，从自然的人转为文化的人、道德的人。

在宇宙人生中，部分与整体是互为目的与手段，人与人之间也是互为目的与手段。正因如此，宇宙人生是有机整体，人与人之间也是血肉相连。我们要实现自己的人生目的，也需要帮助更多的人实现目的，更要实现宇宙的最终目的，这就是最高的道德。爱心、同情心是道德的基础，老吾老以及人之老，幼吾幼以及人之幼。譬如夫妻，彼此互为目的与手段，平等互爱，相互促进，彼此把对方视为自己生命的一部分，合为一体，各自实现自己的目的，琴瑟和鸣，百年好合。邻里之间、集体之间、国家之间都是如此，最终成为和谐完美的整体。自然界有着不少灾变，给人带来祸患，有些是自然原因造成的，更多的却是人的无情的利己私欲带来的，没有达到天人合一，人与自然和谐共存。一个人只有从道德良知出发，无条件地服从道德律令，遵从理性信仰，在心中竖立道德上帝，不计祸福，不计荣辱，求取意志自由，人才具有大无畏的精神，散发出任何力量摧折不了的精神力量。

人之所以超越动物，最重要的一点就是人可以有信仰。因为信仰，我们而存在；因为信仰，我们而伟大。信仰使我们从物欲的泥淖中超拔出来，获得巨大的精神力量，成为一个饱满充足的自己。于是，我们突破并连通了无限的时空，我们的意志得到了极大的张扬，得到最大的自我确证和幸福满足，达到一种澄明的精神状态。因为信仰，让我们的身上有了神的灵光，不再是一个凡胎肉体，能够上下与天地同流，足以鄙视一切富贵、贫贱、威武！

我们今天所处的这个时代，实际上很多人已经丧失信仰，以至将没有信仰变成信仰，既不懂得爱，又不知道怕，已经突破了道德的底线。这是一个多么可怕的时代！许多人变得麻木不仁，变得游戏人生，浑浑噩噩的生，不明不白的死，从土里来到土里去。没有信仰的人生是没有希望的人生，没有信仰的时代是没有希望的时代！

我信仰，我存在。

2003年3月12日

一生何求

诗云："知我者，谓我心忧；不知我者，谓我何求。"人生天地间，营营碌碌，东奔西走，牵肠挂肚，究竟在追求什么？怎样才能活出真我？

司马迁说："天下熙熙，皆为利来；天下攘攘，皆为利往。"（《史记·货殖列传》）所谓人为财死，鸟为食亡，无利不起早，是利益让我们为之欢畅，为之烦忧，一切都是假的，似乎只有永恒的利益。纪晓岚也说过，天下只有两条船，或是追名，或是逐利。是名利牵动着我们的神经，影响着我们的一颦一笑，为之倾倒，为之癫狂。

司马迁、纪晓岚辈是文人学者，说得高深，如西门庆之流则来得通俗。词话本《金瓶梅》卷首有一首《四贪词》，提出"酒、色、财、气"四个字。这是西门庆生活的写照，也是普通人生的总结。就小说所写的西门庆生活来看，酒色写的是生活上的腐化堕落，财气则是他人生追求上的魔怔疯狂。人生在世，忙忙碌碌，急急巴巴，跳不出七情六欲关头，打不破酒色财气圈子，这大概就是众多人生的写照。

或许，有人不是如此的卑下猥琐，他们追求远大的理想，投身无限的事业，希冀不朽。《左传》上说：“太上有立德，其次有立功，其次有立言，虽久不废。”“不朽”似乎确有巨大的诱惑力，看上去十分美好，可仔细推敲一番，这也不过是一种聊以自慰，甚至自欺的迷信罢了。名列经传，留存在后人的记忆里就真的不朽了吗？杜甫名传千古，可是杜甫在地下却无知无识，不能知道，对他来说已经没有多大意义，不过是后人的谈资与文化的积淀。更何况，我们后人说着道着的杜甫不过是一个名词概念，与真实的活的杜甫又有多大联系？再说，如果我们看得长远一些，这些记载的文字，我们人类以及我们的世界都可能变化以至消亡，一旦真成为万法皆空，所谓不朽还有多大意义呢？

人的本质是什么？怎样才能活出真我？何处才是我们最后的家园与归宿？这些都近乎天问！

人生的前提是独立，人生的本质是创造，人生的保障是平等。独立自由才有生机，没有独立就没有善恶，就没有价值与意义，更不会有创造与发明。平等和谐才有美好，一枝独秀不是春，百花齐放春满园。创新创造才有快适，创新创造就是我们人生的目的与意义。

诗人裴多菲说得好：“生命诚可贵，爱情价更高。若为自由故，二者皆可抛。”只有自由的人才可能成为自觉的人。没有自由，没有独立，人就不能自主，就缺少意志，人不过只是一具躯壳，行尸走肉而已。这样的人不可能有成长与发展，只是一个消极抗拒的活物而已。中国人一向缺乏自我，缺少人格的独立，直到魏晋时期，才有人的真正觉醒，追求真性情、真自我，他们在现实生活中不曾萦怀，不虑荣辱，不计得失，都有事业的追求。宗白华先生曾经深情地说：

“这种精神上的真自由、真解放，才能把我们的胸襟像一朵花似地展开，接受宇宙和人生的全景，了解它的意义，体会它的深沉的境地。”（《美学散步》）我们每个人都是自己，不依附于任何主义与个人，即使是父子、夫妻也不例外。可以说，人与人相处的最重要的原则就是尊重，就是给对方自由的空间，否则必然是对抗、折磨乃至毁灭。之所以有伟人与凡人，就在于伟人有着强烈的自我意识，追求独立自由，而不是盲从权威，匍匐称臣，而凡人却恰恰相反。

古代中国是个等级森严的国家，人与人是不在一个层面上的，有人则高高在上，颐指气使，生杀予夺，有人则匍匐在下，俯首称臣，交出一切的思想与智慧，所以在封建时代的中国几乎没有什么平等可言。

平等应该是近代从西方来的舶来品，是西方人文精神的一个重要标志。像英国的洛克就认为人的最初的自然状态就是一种人人平等自由的和平状态，“人们既然都是平等和独立的，任何人就不得侵害他人的生命、健康，自由和财产。”（《政府论》）法国的卢梭更是宣称：“人生而自由平等。”（《社会契约论》）当然，西方人的平等是为了签订一个永久的社会契约，保障各自的权益。我们说要平等，那是为了更好的发展创造。平等不仅让我们和谐相处，减少侵损，更是让我们相互肯定，彼此认同，相亲相爱，激发我们更大的创造潜能。没有压迫，没有妨害，而是和谐抚爱，欣赏激励，共同进步。

在中国人眼里，天地有生生之大德，整个宇宙体现为一种宇宙生命，表现为大道流行，生生不息。老子说：“道生一，一生二，二生三，三生万物。”（《道德经》第四十二章）《易传》则认为：“易有太极，是生两仪，两仪生四象，四象生八卦，八卦定吉凶，吉凶生大业。”（《系辞》）道生万物，由太极至阴阳至八卦的演化过程中体现“生生之德”，体现宇宙万物永不止息的生化过程。人是宇宙中的一员，理所当然也要参与到宇宙大化中去。德国哲学家柏格森则提出“生命之流”学说，主张创造进化论。他认为生命进化具有内在的创造动力“生命之流”，向着生命内部的“生命冲动”方向进化，从而派生各异的生命形式。可以说生命冲动是人的本质。人类学家舍勒则认为人的X的意向和动姿促使生命向精神生成，精神向生命生成，万众一心地祈祷上帝，奔向上帝。

总之，上天注定，人的本质不是堕落，而是创造，只有在不断的永恒创造与追求中，才会有生命之花的绚烂绽放，才会获得人生的意义，才能与天地为参。不过，不要过分得意，你我只不过是大化流行中的一环，继往开来，传承精神而已。

2010年2月4日

生命诚可贵

莎士比亚有一句名言："人类是一件多么了不起的杰作！在理性上多么高贵！在才能上多么无限！多么文雅的举动！在行为上多么像一个天使！在智慧上多么像一个天神！宇宙的精华！万物的灵长！"（《哈姆雷特》）在文艺复兴时期，西方人文主义（人道主义）兴起，就是要肯定"人的尊严""人的伟大"，提倡"个性解放""个人幸福"，肯定个人的努力能揭露出宇宙的秘密，并为人类谋求福利等。显然，在人类看来，人类居于世界中心，高于万物，可以君临天下。而人之所以存在而杰出是因为有生命，而且是有自主创造能力的生命。人最重要的就是生命权，"生命诚可贵"，看来并非妄言。

诚然人有理性，人有思想，人能劳动，人能创造，好像比别的生命更加高贵，可它毕竟是生命，从这一点来说，和蚂蚁、臭虫没有多大区别，可以一样被轻易地碾死，对这个世界不会产生多大影响。甚至没了人类，地球照样运转，星空依旧灿烂。明末清初的张献忠，就是浑蛋一个。他烧杀掳掠，嗜杀成性。他以奸淫为乐，以烧光杀光为快，以至于妇女视张献忠为恶魔，见了他的军队，要主动脱光衣服献身，才能侥幸免死。到了四川，穷途末路的他更是兽性大发，变本加厉，砍足、断头、剥皮，生命如同草芥，以至川人几乎被杀尽，光是成都最后统计剩下不过二十来户了。历史上像这样的屠杀还不胜枚举，死上几十万、几百万、上千万的多的是，也未见得上帝有什么拯救，阎王有什么惩罚。生命就这样轻忽地倒下，填了沟壑，喂了野兽，还能和高贵有多少联系！

生命诚然可贵，生命同样微贱，我们既不可自轻自贱，也不能自高自大，还是保持一个平常的心态为好。人固然是自然的最终目的，但不能因此就以为高人一等。我们都不过是宇宙大化中的一环，相对于无限的时空，我们不过是沧海一粟，都可以忽略不计。更何况我们还在路上，远未达到目的。

生命必须遵从更高、更好的选择。我看那个宋襄公就不可以学。面对你死我活的敌人，他还心存不忍，要尊重别人的生命，不愿攻击杀人，可是结果就是自己被杀，宋军一败涂地。在这里，尊重了别人恰恰是忘记了自己的生命。面对敌人的屠刀，你不能伸长脖子等人来杀，而是要尽快结束他的罪恶的生命，这才是更好的选择。动物生存有时必须杀戮，弱肉强食，是自然的选择。动物杀戮是为了生存，为了果腹而已，而不会任意地大开杀戒。所以说，你有消灭生命的权力，但没有消灭生命的自由。只有普遍立法，能够推而广之、四海皆准的才是道德，才能够自由。史怀哲说，农民在牧场割草喂牛割下了一千株花，可是他必须注意，在回家的路上，不要因为沉浸在消遣心情里而划掉路旁的花朵，因为这样做是不必要，是对生命犯下罪行。生命之间是普遍联系而心意相通的，人并不是孤立的存在，所以我们必须敬畏生命，抚爱生命，和谐共荣，所谓民吾同胞，物吾与也。我们必须如史怀哲所言，“爱护并促进生命，把具有发展能力的生命提升到最有价值的地位。”（《我的呼吁》）如果恣意妄为，为非作歹，必将产生与之对抗的力量，所谓“恶人自有恶人磨”!

匈牙利诗人裴多菲说：“生命诚可贵，爱情价更高。若为自由故，二者皆可抛。”孟子也说过：“生，亦我所欲也，义，亦我所欲也；二者不可得兼，舍生而取义者也。生亦我所欲，所欲有甚于生者，故不为苟得也；死亦我所恶，所恶有甚于死者，故患有所不辟也。”（《告子上》）因为有比生命更想要的，有比死亡更厌恶的，所以不做苟且偷生的事，有的灾祸也不躲避。正因如此，有人蹈死不顾，视死如归，有人横刀向天笑，有人不惧向我开炮，他们要用热血绽放生命之光，用死亡书写最美的诗行。1928年2月6日，在广州红花岗畔的刑场上，两个青年革命者周文雍和陈铁军，面对敌人的枪口，从容不迫地举行婚礼。陈铁军当众宣布：“我们要举行婚礼了，让反动派的枪声作为我们结婚的礼炮吧!”他们慷慨就义，用鲜血给自己穿上了世界上最美的婚纱。鲁迅说，我们从古以来，就有埋头苦干的人，有拼命硬干的人，有为民请命的人，有舍生求法的人。为了正义与自由，为了我们的使命，牺牲在所不惜，生死置之度外。

生命诚可贵，可并不妨碍我们消灭生命，抛弃生命，因为有比生命更重要的东西。

2008年7月5日

背负宿命的人

人是有X的意向与动姿的，最终投身到宇宙的大化中去，这不是你愿不愿意的事情。这就是说，人是有使命的。然而这种使命在现实中并不是人人都能意识到的，事实上只有极少数的人听到上帝的召唤，意识到自己的使命，这些人就像是上帝之子，抑或是宗教中选定的圣女。所以，这些人注定要背负着十字架，成为宿命中的人。

这种人在生活中往往低到尘埃里，但是精神上他却是王。他们是那么的毫不起眼，甚至让人乏味，觉得他不像是活着的人，更像是从古书中穿越来的人物。现实中的灯红酒绿让人沉醉，现实中的功名利禄教人疯狂，而他却不为所动，宁愿形影相吊，茕茕孑立。人人都追逐着时尚潮流，趋之若鹜，而他却要踽踽独行，另辟蹊径。这样的另类和傻瓜怎不招人厌恨，乃至人人得而诛之而后快。

司马迁就是一个背负宿命的人。他原本完全可以走另一条路，做意气扬扬的郎中，一个年青的皇帝侍卫；做一名春风得意的外交官，吃香的喝辣的。这是人们向往的生活，所谓“人往高处走”，凭他的聪明才智完全可以走向高处看风景，生活得异常滋润，混得如鱼得水。然而他却被宿命选中，注定掉进冰冷的窟窿。

因为司马迁出身史官世家，自小就生长在著作信使的环境中。真正的历史就是要以审判的眼光看待历史，激浊扬清，如同“孔子作春秋而乱臣贼子惧”，是指点江山，激扬文字，春秋笔法。后来，司马迁又师从大学者董仲舒、孔安国，就更让他添了智慧思想，脱离了一般的尘俗。其父司马谈就是伟大的历史学家，志向高远，可惜憋屈而死。所以，他在临终前将未竟的事业嘱托给儿子司马迁，要求他去完成《史记》。而后来司马迁因为替李陵辩护，说了句公道话而遭受耻辱，接受宫刑，更是用痛苦与屈辱在不断地擦拭他的灵魂，让他更清楚地看到自己的人生宿命，那就是要用全部的生命去完成一部烛照千古的著作——《史记》。在完成《史记》之后，他知道自己终于可以丢下十字架了，于是他写作《报任安书》表白天下，以明心志。对于尘世与生死再无眷念，于是司马迁毅然选择下狱而死。

背负宿命就意味着要走一条布满荆棘的路，要将自己的生命放在神的祭台上，而放弃那些可以轻而易得的幸福。就像毛姆的小说《月亮和六便士》说的一样，就是有那么一些人，放弃了那些轻而易得的六便士，却去追逐那虚无缥缈的遥不可及的月亮。是啊，满地都是六便士，而他偏偏抬头看见了月亮，这或许就是一种宿命。

《月亮和六便士》就讲述了一个被梦想俘虏、背负宿命的人的故事。一个原本在银行工作的证券经纪人查理斯，长得一般，业务凑合，有老婆孩子，不爱说话，不善交际，说话索然无味，只知勤勤恳恳养家糊口的老实人。谁能想到他人到中年却突然响应内心的呼唤，如同着了魔一般，身不由己地让他舍家弃子、抛弃一切，只身前往巴黎去学画画，到南太平洋的塔希提岛与土著人一起生活，获得灵感，创作出许多艺术杰作。他是为绘画而生的，别人也许会同情他的穷困潦倒，而他拿起画笔的时候，却觉得自己是一个君王。

别人的人生是在不断地做加法，呼喊着我要生存我要发展，汹涌着欲望的水，拼命地要抓住点什么，而他却在做减法。他要舍弃他现在拥有的一起，拒绝再做“丈夫”“爸爸”“朋友”“同事”“经纪人”，变得一无所有，一文不名，赤身裸体地踏进内心召唤的冰窟窿里去。

这样的人似乎是可恨的，因为他没有责任心，没有人情味，一心钻进自己织的精神的网中，却留下了一地鸡毛。可是又觉得这样的人太可怜，他们是身不由己，就像查理斯自己说的那样：“我必须画画，就像溺水的人必须挣扎。”他的生命不属于他自己，而是属于神灵，显得很是无辜。

人生究竟是要做加法还是减法？事实是，没有一无所有的人生，也没有样样尽享的人生。人生不可能十全十美，好处占尽，人总是要有所求有所不求，有所为有所不为。其实，那些背负宿命的人也没有什么两样，只不过他们意识到自己的使命，所求的与所舍的与一般人不同而已。

这让我想起了陆游，他在弥留之际不像一般人那样挂念的是儿孙的发达，身前的荣辱身后的荣名，而是写下《示儿》，念念不忘的是王师北定，恢复中原。这是他一生念兹在兹的事情，而忘却了尘世的幸福。由此看来，陆游也是被宿命击中的人啊！

这是上帝的宠儿，还是被人们唾弃的人？幸乎不幸乎，又有谁能说得清。

2012年2月25日

相亲相爱

宇宙之大，人之渺小，怎不让人恐惧，若是这个世界充满异己的力量，那将是一种彻骨的无助的孤独感，无亲无依，如同一枚飘零的枯叶。现代人生，人情似纸，人心冷漠，没有同情怜悯，而且麻木迟钝，甚至显现一种人性的残忍，把自身以外的任何痛苦和不幸当成一种赏心悦目的对象和体验。诚如萨特所说，他人即是自己的地狱。其实并非没有了人情，而是移情了，移向了宠物，移向了旅游，移向了看球赛，移向了听音乐，移向了八卦新闻，总之从活生生的人面前移开了。人不仅需要物质消费，同样需要精神消费，只不过存在消费水平的差异而已。我曾论及团体的由来，谈到利益合作，但真正的亲合已经超越了利益关系，是出于自我确证的本能需要。如何克服因隔离而产生的痛苦？如何同我们自己、我们的人类群体以及自然合而为一？这都是需要我们去思考的。

在这个人世间，除了永恒的利益，还应有爱。最基本的爱是父母与子女之间的爱，尤其是父母对子女，嘘寒问暖，操心牵挂，甚至愿意用自己的生命去换子女的生命，这确是骨肉深情，人间至爱，真的成为生命同一体。这种深情至爱我们很难简单地用利益关系或血缘关系来解释了。对于恋人，我们情投意合，是内心的默契，是生命的唱和酬答。没有切肤之痛，没有梦绕魂牵是不可说爱的，只有感同身受，只有灵犀相通才可言爱。同而不党，相交似水，是对生命的欣赏，是对人格的崇拜，肝胆相照，体己会心。亲人、朋友、自然，我们相亲相爱，泰然自若。

春秋初期的管仲和鲍叔牙是莫逆之交，彼此了解，欣赏信任，不离不弃，他们的深情厚谊成为世代相传的佳话。他们合伙做生意，管仲在分红的时候却多拿钱财，别人都替鲍叔牙鸣不平，鲍叔牙却说："管仲不是贪财，是他的家庭负担重。"管仲经常帮鲍叔牙出主意，结果反而把事情给办砸了，鲍叔牙也不生气，还安慰管仲说："事情办不成，不是因为你的主意不好，只是有时时机不好。"管仲参军，冲锋杀敌时多次临阵脱逃，大家都笑话他是个懦夫。鲍叔牙却为他辩解说："管仲并不是怕死，是因为家有老母无人照料。"齐桓公继承王位，管仲因为站错队而成了阶下囚。齐桓公想让鲍叔牙当宰相，帮助他治理国家，鲍叔牙却认为自己没有当宰相的能力，反而大力举荐被囚禁的管仲，最终让齐桓公任命管仲为宰相，而自己甘心做管仲的助手。所以后来管仲说："生我者父母，知我者鲍子也！"

这种爱，这种亲合，是生命的映照，是自我的确证，是生命的成长。两个生命个体各有生命状态，若能同构共振，就有亲合的可能，完成生命的生长。不过，生命状态是动态的，时过境迁，而且，每个生命个体仍有其相对独立性，人各有己。很多时候是此一时彼一时，就像王国维和罗振玉。当年王国维到上海谋生，业余上东文学社补习日文。校长罗振玉巡视学员的学习情况时，看到王国维给一个同学写的扇面，上面有咏史诗一首：“西域纵横尽百城，张陈远略逊甘英。千秋壮观君知否？黑海东头望大秦。”罗振玉大为赞赏。自此，罗振玉成为王国维生活的资助者，事业的提携者和学术研究的领路人。罗振玉不仅资助王国维留学，给王国维推荐工作，还共同进退，一起流亡日本，一起研究学术，甚至成为儿女亲家。可是情随事迁，因为种种的原因，二人心生嫌隙，隔阂渐深，最终分道扬镳。

虽然恒久的相亲相爱很难很难，但无论如何，我们心中都应有爱，没有了爱，我们的心将是空寂的荒原。一个人不仅要懂得爱，还要有主动爱、创造爱的能力。摩登时代，多的是漂泊的幽灵，彼此对立，人人自危，找不到精神的家园，只有百年的孤独。在这样一个异化的时代，我们更应建立起爱的故园。

西方讲求征服改造，多的是惟利是图，少的声应气求。中国人对待宇宙万物有一颗抚爱之心，是盘桓留连，一往情深。中国人讲“天人合一”。天地自然在变化运转更新，人也采取同步的动态结构，达到物我两忘，物我同一，这就是“与天地参”，即人的身心、社会群体与天地自然的同一。张岱年认为所谓天人合一，有两种意义：一是天人相通，二是天人相类。张先生尊天人相通而斥天人相类，这固然有一定道理，那种简单的比附联类是牵强附会的，毫无意义可言。但我们认为二者契合相应，交通往来，这才是真正的天人合一。

人自呱呱坠地，就脱离母体，成为独立的个体。在成长的历程中，人各有己，物我两分，判然相离，这看似天经地义，但我们同样需要亲合皈依。我们从宇宙万物中获得生命，我们的生命也必将归依宇宙万物。

2001年6月10日

真善美与假丑恶

古代的哲学家柏拉图在《理想国》中认为，人有理性、意志和情欲三种不同等级的灵魂，分别与统治者、武士和平民相对应。近代的鲍姆嘉通认为人类的心意活动有知、情、意三个领域，那么哲学分类也应有相应的三个部分，有研究知性的逻辑学，有研究意志的伦理学，有研究情感的美学。康德以后，哲学家们把人的心理功能区分为知（理性）、意（意志）、情（情感）三个部分，相应地形成了真、善、美三个范畴，科学、伦理学、美学三个知识领域，认识活动、实用活动、审美活动三个活动类型，最终达到求真、向善、爱美的三大目标。

人们追求真善美，憎恶假丑恶，但我们并不认为真善美与假丑恶就是截然二分、泾渭分明的，真假、善恶、美丑是相互对立而存在，相互斗争而发展，没有了假丑恶，真善美也就失去了它存在的依据。尽管我们都向真善美，但如果我们以通达的眼光来静观默视，假丑恶自有它的道理，甚至可以说假丑恶是真善美的一种形态。幻象虚影，魑魅鬼怪，并不完全是虚无假相，也不完全是毫无力量，存在就是合理。方生方死，因是因非，假到真时真亦假，真到假时假亦真，事物总是对待互化的，宇宙人生原本浑然一体，不过一个真真切切的存在。

真善美与假丑恶常常是相互纠缠，在一定条件下还可能相互转换的。京剧中有“白脸的曹操”，认为白脸代表着阴险狡诈；在我们一般观念中曹操好像是个十足的坏蛋，被称为“奸绝”。特别是曹操逃亡途中误杀吕伯奢一家八口，成了他一生的污点，而那句“宁我负人，毋人负我!”也成了曹操最著名的标签。但历史上真实的曹操“至少是一个英雄”（鲁迅语），他具有多重人格，雄略如汉武，雅量同周公，忌诈像刘邦，可以说美丑并存，善恶互见。《雷雨》中的周朴园，原来是一个发着昧心财、自私冷酷的人，可是在身败名裂、家破人亡之后，却良心发现，进行一生的忏悔，开始做一个好人。

真主要关乎物，主于知，是人们通过比较才稍益渐进的。通过比较，人们知道了事物的长短、轻重、多少，正是在比较中人们才发现了电磁场，发明了原子弹，了解了艾滋病。不仅如此，就连人也是通过比较才确定自我的。可以说，没有比较就没有认识。也正是在比较感知中人们建立了一系列的尺度标准，建立了一系列的范畴术语。但是真是相对的，因为比较是相对的，总要一个相对的参照物，参照物的不同，比较的结果也就不同。正如庄子所说的“小知”与“大知”，“小年”与“大年”，当然滑入虚无的完全齐物是不可取的。亚里士多德认识不到惯性，以为有力才能运动是真，直到牛顿才认识到了惯性。以前人们一味地强调征服自然、改造自然，现在人们才认识到环境保护、人与自然和谐的重要。真的是此一时彼一时，以前的真变成了现在的假。

美主要关乎人，主于情，需要人们去体悟，才会产生审美愉悦。同情地了解万象，两相契入，互摄互映，通天尽人，在一刹那间达到永恒，达到不朽。没有血性热情的品质，没有抚爱自然的性情，是不可言美的。美分为优美、崇高两种类型，也是以自我的生命为参照的。而悲剧则属于崇高，丑或滑稽实则属于优美。但在一气运化之时，只有美，就像山川河流没有哪一个丑。因为只有堕落异化之后，才有丑的产生。美丑是因为人而存在的。美丑也有其相对性，各美其美，各丑其丑，当然也有其共同性。我们并不认为生活中的腐尸与粪便是美的，但摄入艺术之中却往往能化丑为美，成为审美对象，令人解颐。

善主要关乎天，主于意，是上帝的意志，人们的理想，是要自己为自己立法。那些杀人越货的家伙，那些不把人当人的浑蛋却并不认为自己是罪恶。君不见当年日本侵略者屠戮妇婴，奸淫抢掠，却说是为中国人办好事吗？建立大东亚共荣圈吗？在那些人眼中，自己的行径是善，还夸口是执行上天的意志。这也是善啊！中国古代的统治者不也满口的仁义道德，可历史总在“想做奴隶而不得的时代”与“暂时做稳了奴隶的时代”之间徘徊。（鲁迅《灯下漫笔》）古人认为烈女贞洁，不嫁二夫是善，今人却以性自由、纵欲放浪、游戏人生为好，可见善在不同人身上也是大相径庭。我们以为大善至善应以普遍成立为原则，引向宇宙人生的最终目的。这话看似大而无当，但我们虽不能至，心向往之。

认识求真，是以物为转移，讲的是必然律，要求我们无限逼近于物，掌握本质规律。爱美之心人皆有之，审美以人为尺度，讲的是自由律，要求对象十分契合于人，体验亲合生长。道德向善，是以天为依据，也就是自然，包括物与人，既讲必然律又讲自由律，要求天人合一，走向最终目的。三者各有侧重，各有其意义与功用，但并不是说它们就没有联系，不能统一。就好像看电影，尽管可以虚构，但如果没有情感的逻辑，生活的真实，这部电影就不能深入人心，受到感动。再比如，黄金分割比例，最具美感，同时也科学真实，它被广泛地运用在艺术、建筑、工业设计等领域，美神维纳斯的身材就合乎这样的比例，埃及金字塔、巴黎的埃菲尔铁塔等都有黄金比例的运用。

我们以为真善美是一以贯之的东西，殊途而同归，都需要我们不断进取、不断提升，最终实现宇宙人生的最终目的。

2000年10月27日

第四辑：活得怎样

——人生到处知何似

构境下的存在

自从上帝造了亚当以来，人类就不断地叩问主宰自己生存的是谁。希腊人归结为盲目的命运，而文艺复兴时期，西方人则认为人的祸福臧否在于自己的性格，到近代人们则认为人受社会力量的摆布。

中国人很爱讲“命”。儒家虽讲命，但仍不废人事，实以尽人事为根本，所谓尽心尽性；道家则不谈人事，传言天命；释家则讲因缘际会，要求去蔽开悟。庄子说：“知其不可奈何而安之若命，德之至也。”（《人间世》）张载以常然者为命，以偶然者为遇。“行同报异，犹难语命，可以言遇。”（《正蒙·乾称》）

无论东方还是西方，都认为人不可能完全超然物外，都还是有待的。就像卢梭所说的：“人生而自由，但却无往不在枷锁之中。”我们认为，我们的存在就在当下，而且是时间性的当下的构境，是构境塑造和成全了我们。这是我们探看追问的立足点，而不要去构建那些蹈空的概念术语。我们生活在一个无形的网里，是宇宙人生的一个小小细胞，成就为其中的一个部件，固定为其中的一个质点。老子曾说域中有四大，“道大，天大，地大，王亦大。”或许人是应该有所敬畏的，人的本质不仅仅是权力意志的张扬与挥洒。人活着就不能不有所牵挂，这种牵挂是我们对我们的存在构境真切体验的良好契机，去体验那种种的烦恼、苦闷、生和死，多出一种泰然，一种淡定，明白天人之际，明确自己的位置。

然而这并不意味着我们不关心人的生命冲动，人应该在构境下去逼近自己的目的。我们仍然可以在我们能力范围内创化，以自己的创化参与宇宙的创化。就像苏轼，自有见识，既不赞同新党，又不讨好旧党，结果里外不是人，一再遭遇打击贬谪，可是他却可以“一蓑烟雨任平生”，完成了从苏子瞻到苏东坡的蜕变，创造属于苏轼的艺术人生。构境不应成为我们生命萎靡的遁词，而应成为我们存在的巢穴。构境不仅仅是羁绊我们的罗网，也为我们提供了渡河的筏苇。

诚如萨特所说“世界是荒诞的，人生是痛苦的，生活是无意义的”（《存在与虚无》），“他人即地狱”（《禁闭》），但我们仍然可以“自由选择”，创造出独特的意义。萨特认为“存在先于本质”（《存在主义是一种人道主义》），是人的选择造就了他自己。尽管人生在世，有种种外在因素和过去影响，但这些都不能对人的存在起决定作用。因为各种条件能否发生作用，归根结底取决于人自己的选择，选择一条通往未来的路。从这个意义上说，除了人自己的自由选择之外，没有什么东西能够决定人的存在。从自在走向自为，人有着无限的可能，君子自当自强不息。

活着就是意义，存在就有意义，尽性尽力就是最大的意义。虚饰假借的东西毕竟掩盖不住他内在的软弱，是太阳就不是乌云所能永远遮蔽的。是金子总有闪闪发光的一天，是小人终有倒台的时候。莫道上帝长偏了心眼，却恰恰是在抱怨叹息中错过与荒废。

我们应该拓展我们生存的空间，而最关键的是改造我们切身的构境。这种境域的改造，对我们的存在又尤为重要。史铁生在花样年华时遭遇瘫痪的磨难，可他终于在绝望中撞开一条自己的路，可以告慰他那苦难而伟大的母亲。构境有选择我们的可能性，而我们自己正要造就这种可能性。改造境域也是我们主体性的一种表现。

叔本华说最大的悲剧是普通人普通境遇的悲剧。就像《红楼梦》是彻头彻尾的悲剧，悲剧中的悲剧。因为它“则见此非常之势力，足以破坏人生之福祉者，无时而不可坠于吾前；且此等惨酷之行，不但时时可受诸己，而或可以加诸人；躬丁其酷，而无不平之可鸣：此可谓天下之至惨也”。（王国维《红楼梦评论》第三章）这种悲剧正是我们构境下存在的悲剧，我们不能满足于悲剧的痛快，还要在悲剧中创造出喜剧来。

2001年2月24日

华严与缘在

“缘在”（Dasein）本是海德格尔的哲学术语，在《存在与时间》中，海德格尔试图通过对人类缘在的生存方式的分析来揭示缘在的本性——牵挂（Sorge）。而华严宗是中国化的佛教宗派，由法藏确立，以阐扬《华严经》之幽旨。法藏继承了智俨的法界缘起思想，用缘起因分、性海果分二门阐明宇宙万法的实相。一中一西，一古一今，一是现实幽情，一是宗教道心，似乎是风马牛不相及的。近来正好读海德格尔和华严，倒觉得二者是灵犀相通，遥相呼应。

《华严法界玄镜》中说：“言法界者，一经之玄宗，总以缘起法界不思议为宗故。”华严宗正是立足法界，以因缘为契机，通过对法界种种关系剖析，破除人生幻相，达到无尽圆融的无碍之境——华严境界。

华严宗提出了许多成双捉对的范畴，如六相：总、别；同、异；成、坏。用总相别相说明了事物整体不可切分，是十指连心，是牵一发而动全身。“是故无有不多之一，无有不一之多，一多既尔，多一亦然”。（《华严经探玄记》）用同相异相说明事物的同一性和差异性。譬如椽与瓦可以有同一性，而椽与瓦也有差异性。又用成相与坏相说明成坏的相对性。“十复相迭，相即相入，重重成无尽也。”（《华严一乘教义分齐章》第四）华严正试图通过这些相对的范畴来揭示重重的关系之网。诸佛和众生交彻，净土与秽土融通。法法皆彼此互收，尘尘悉包含世界。

华严宗还有“十玄门”，如一多相容不同门，诸法相即自在门，因陀罗网境界门，微细相容安立门，十世隔法异成门。《金狮子章》中说：“狮子是有为之法，念念生灭，刹那之间分为三际，谓过去、现在、未来。此三际各有过去、现在、未来，总有三三之位以立九世，即束为一段法门。虽则九世各各有隔，相由成立，融通无碍，同为一念，名为‘十世隔法异成门’。”可以说这正是对时间性的生动揭示。“十玄门”所要论证的正是这种缘在，在这种层层种种的牵挂羁绊中真实存在，不以心意为转移，脱离现实，抱怨叹息都是不中用的。宇宙万法，有为无为，色心依正，过去未来，通通互为因果，相资相待，圆融无碍。华严宗讲“互摄互映”，正是对缘在的牵挂的传神写照。世界就是如此真实，如此残酷，它是按照它的固有法则运行，不带一丝怜悯。

人间世是如此赤裸的真实，又何来幻相呢？宗密说：“若无净明不变之境，何有种种虚假之影？”（《华严原人论》）从真如来看，这些世相又都是泡影，犹如镜花水相，而世人却以为真。所以人应该去掉成见，涤洗业障，最终能够通天尽人，达到理事无碍。来之自然，去之自然，一切都自然圆融。

海德格尔所说的“缘在”（Dasein）是一种意向性状态，是存在者所遭遇的场所。人的存在方式首先是有所作为，与其他事物“遭遇”，与生存环境相联系，形成世界。这就是“在世之在”（Being-in-the-World），所有事物都与人的生存及其环境不可分割地联系起来。他把人显示事物的存在方式称作“烦忙”（或译为“操劳”），把人与事物的遭遇关系称为“打交道”。“烦忙”和“打交道”共有多种方式：不得不做某事，制作某事，利用某事，安排照顾某事，放弃某事随它去，承担某事，贯彻某事，查看某事，询问某事，重视某事，讨论某事，决定某事，诸如此类。

缘在的生存活动是在世界中展开的，它的“在世”一开始就是与他人“共在”（Mitsein），把自我和他人同时显现出来。“共在”的关系决定了自我和他人的关系不可能是非此即彼，而可以是此消彼长，从而显现出人的“烦神”。非本真的“共在”有两种情况：一是让自我消失在他人之中，一是用自我代替他人。特别是第一种情况，人在日常在世的生存活动中无时无刻不依赖于“常人”，向大家靠拢，向公众看齐，以常人的身份在逃避自己，进入一种沉沦状态。从开始的不太情愿的服从，到逐步地丧失自我的个性，最后与集体的生活方式完全认同，随波逐流，人云亦云。而“共在”的本真状态应该是——超脱，保持适当距离，达到自我与他人之间的平衡关系，既以我为主，又回应他人。

缘在完整的存在状态是“烦”（Sorge），也就是“牵挂”。“烦”揭示的是将来-过去-现在的整体结构，与人相伴始终。如果不胜其烦，觉得可畏，“畏”就使人滑入非本真的沉沦状态。为了从沉沦状态中解放出来，立足于自身而在世，“烦”的本真的、也是最后的形式必然是“面对死亡的决断”。我们说未知生焉知死，反过来说就是未知死焉知生。只有在面向死亡的心境中，人才体验到存在的全部意义

——对他的全部可能性的依附、设计与实现。我们必须直面死亡，置之死地而后生，在自身良知的呼唤中走出沉沦，进入本真的生活。

海德格尔认为牵挂的含义就是“作为存在于（世界内所遭遇着的存在者）的状态里的、已经在（此世界）之中的先于自身”。当然海德格尔并不是主张一种社会决定论或社会与人的相互决定论。实际上是说人如何出其缘发本性而沉沦于世间，经历种种浮生幻境而大彻大悟，明了自己的真理乃是“缘起性空”的时机化时间，并由此而得大自在的故事。“此缘在就是这个‘之间’（Zwischen）的存在”，“‘缘’这个词意味着这个根本性的打开或解蔽状态。”（《存在与时间》）切入火热的人生，纠缠浮沉于其中，忧心牵挂，却能自我决断，奋斗不息，投身宇宙大化的洪流，见性悟道，超脱空灵。华严宗与它实有异曲同工之处。

对于世相的揭示和彻悟固然是件好事，然而我们却不知道如何与世沉浮，在沉浮中捉住一根草茎。这正是我们需要努力的方向。

2001年3月25日

绝必有处

韩愈有一篇散文《张中丞传后叙》，文中记载说论者因为城池的陷落是从许远所分守的地方开始的，从而就诽谤污诟许远。韩愈不以为然，反驳说："人之将死，其脏腑必有先受其病者；引绳而绝之，其绝必有处。"文公可谓一眼觑定，义正词严，极具说服力。

这让我们联想到生活的偶然与必然。

世人喜欢把偶然和必然分开，为自己的错误与失败寻找托辞，从中可以慰藉。遇到种种的不如意，总不愿意从自身找原因，总要归咎于偶然失误。然而这不是直面人生的态度。生活就是这样残酷的真实，不容我们去自欺欺人。其实，偶然背后包含必然，偶然不过是必然的表现形式。无风不起浪，无火不生烟，只要是真实存在的，即便是泡影幻象，也有幻象的原因，也是一种必然。

生活太复杂了，完全超出了我们思想的范围，往往会冒出一大堆出乎我们意料的事，没有奈何，归之偶然。譬如某人出了车祸，这是谁能料想到的呢，顷刻之间就身首两分，我们只好说这是偶然事件，以为是盲目的命运作祟。但是我们仔细默想一番，这种偶然实在是一种必然，就如我们都固有一死，但死于何时何地却是偶然的具体的。

反过来必然也一定要表现为具体的偶然。两军对峙交锋，实力悬殊，必有一败，至于战败的具体情形则看似偶然。拉断绳子，必然需要一个断处，世上不会存在没有断处的断的绳子。

就说武昌起义好像是从天上掉下来的，一夜之间就山崩地裂，老大帝国就倒了台。武昌起义原定于1911年10月6日，谁知计划泄露，起义只好延期至10月11日。10月9日，又出事了。孙武等革命党人在俄租界的宝善里制造炸药，不慎发生爆炸。引来了俄租界的巡捕，搜走了未及带走的起义名单、旗帜、文告、弹药、印信等。俄国巡捕搜走就搜走，中国内政，关你鸟事，结果俄国人却喜滋滋地交给了湖广总督瑞澄。这下好了，瑞澄立即下令关闭武汉三镇城门，严令按照名册抓人，当晚就逮捕了起义总指挥部的彭楚藩、刘复基等，并于10日清晨枭首示众。武昌顿时笼罩在一片白色恐怖中，革命党人人人自危。人为刀俎我为鱼肉，这种恐惧让大家纷纷互相联络，寻找同志，投靠队伍，原来未必想干的，开始想干了；本来未必坚定的，坚定起来了。10日晚，工程营二排排长陶启胜带兵巡哨，发现士兵金兆龙、程正瀛等正擦枪装弹，就斥责说："你们想干什么?"双方发生争执，结果程正瀛开了武昌起义第一枪，打中了陶启胜。于是他们找到班长熊秉坤，拉来连长吴兆麟。吴任起义军临时总指挥，熊担任参谋长。起义开始了，楚望台军械库被攻占，湖广总督府被攻占，大清国被干翻了……

大清国的完蛋就像一个笑话，但未尝不早早埋下伏笔；革命党人的胜利可能有着偶然，但何尝不是事出有因。

当然，我们不能把历史事件，也包括衣食住行日常生活领域内的所有事件，都一律解说成“必然规律”“不可避免”。只是偶然更多的是我们的现实常态，不可忽视。李泽厚说：“历史本体论认为偶然性永远是人（包括群体和个体）的生命力量的展开和本己可能性的实现，是它开辟着必然性的行程。”（《论实用理性与乐感文化》）中国所谓“理”（必然）和“势”（偶然），认为“理”经常取决于“势”。也就是说，必然性的实现取决于各种具有一定偶然性的具体的力量、情境和形势，要实现“理”的可能性仍然依赖于“势”的现实性。

但是，应该说是必然决定了偶然的形式，所以我们可以利用必然律去控制偶然的形式，让其一态一颜符合我们的要求。这就是一个无形的手。就像是栽花，开花是必然，花开得怎样则是偶然。其实花开得怎样，我们也是可以有所作为的。

说得不客气，世上根本没有这所谓的偶然必然，只有真实的存在，一招一式都真真切切，没有半点含糊，那种毫无生气的抽象概念，与此全不相干。

2001年4月17日

天道无情

天道本无情，自然本中性。

我们读过史铁生的《我与地坛》中的关于长跑爱好者的故事，不免要在微笑中落泪了，发现命运对我们的调侃，命运的荒谬和偶然。读一读历史，有时就会觉出历史的沉重，为什么“为善的受贫穷更命短，造恶的享富贵又寿延”（关汉卿《窦娥冤》）。再看看现实，为什么有些人人模狗样却高高在上，有些人尽心竭力却屈沉下僚。天地并不因为我们的眼泪和诅咒而改变什么，它是那样的铁面无私，不徇私情，没有一丝的怜悯和同情。

世事的沧桑，人生的无常，没有任何佑护，一任荣枯兴亡。无以名之，归于命运。德国的历史学家施本格勒说：“真正的历史是有命运的，但没有规律。”（转引自费迪南·费尔曼《生命哲学》，华夏出版社 2000 年版，第 175 页）这里的命运指的是作为“一种不能描绘的、内心的确定性”的历史世界的存在方式，海德格尔把这种确定性解释为“时间性”。这种“时间性”，用中国古人的眼光来看就是

“神”了，宇宙万化，由粗而精，由简而赜，创新无已，屈出不穷，隐显无端，奇妙莫测。非有上帝主宰，亦非机械运作，实有内在微妙的动力。此内在微妙的动力，无以名之，名之曰神。韩康伯系辞上传注云：“原夫两仪之运，万物之动，岂有使之然哉？莫不独化于太虚，欻尔而自造矣，造之非我，理自玄应；化之无主，数自冥运。故不知所以然，而况之神。”神不是虚无缥缈，就在大千世界，就在尘世之中，它是一种严酷的真实。

“天地不仁，以万物为刍狗”；“天行有常，不为尧存，不为桀亡”；“天不为人之恶寒也辍冬，地不为人之恶辽远也辍广”。天道本无情，对于任何人并无偏私，它是按照它的轨迹运行，这不是别的，即是真实。天道就在万物之中，万物都要奔向天道。路边的一朵野花，它自然的生长死灭，它的开花是为了取悦于人吗？它的枯萎是厌世的表现吗？这都不是，不过自然而已，真实而已。宇宙也是如此，世事的荣枯、历史的盛衰、人间的善恶与它何干，它只不过是以博大的心胸去承载万有，在它眼中，一切都是合理的，一切又都是不合理的，无可无不可。它超越了平常的人情、相对的伦理，它是那样的固执和任性，一心奔向它的目的，在它看来，这就是至善。

这不免要让我们灰心沮丧了，要感叹世事的无常，人生的空幻。于是有人感喟，“卑鄙是卑鄙者的通行证，高尚是高尚者的墓志铭。”（北岛《回答》）我们不再相信因果报应。不过我要说，如果我们眼睛瞪得大一点，心怀宽广一点，或许我们又要相信果报。因为宇宙遵循真实的原则，而一切的价值源于生命的投入，投入多少生命，就会有多重的分量。这大概也是生命守恒定律，就像我们平常说的那样，出来混的迟早要还；相反，你有付出给予也定有收获。能够开悟觉醒的人，能够尽心尽性的人，就是天道忠诚的护法，就是上帝得救的对象。或许我们还在痛苦地挣扎，绝望地徘徊——价值在一时一地不一定能即刻兑现，但你要相信生命永远不会贬值，因为它是真实存在。

如果从这个意义上来说，袁了凡所说的“命自我立，福自己求”（《了凡四训》）是有一定道理的。只是我们不要把古人所说的积德行善理解得太狭隘，以为只有直接施舍才是行善。其实，合于大道，利乎万民的都是积德行善，只不过是间接作用、长远作用而已。

人是有情之物，有着善良意志，给宇宙自然以温暖肯定的情感，并且发现宇宙人生的内在目的，但对天道而言，却是不曾言说，不曾思考。现世的人，最关心的是自己的生命以何种形式展开，斤斤计较于荣辱得失，其实他们不知道那些荣辱穷达、权力名望不过是流通的票据，本身并无多大价值。生命的意义是投身大化，求得自身的最大化，宇宙的最大化。陶诗有云：“纵浪大化中，不喜亦不惧。”创造生命的最灿烂最饱满的状态就是我们的最终目的，就是我们此生的意义。这是我们莫大的幸福，也是最大的真实。忘情世事的纷扰，以活着为最大的快乐，静穆地做庄严的事业。

天道本无情，是因为有了人，宇宙才有目的，准确一点说，这才发现了自己的目的，而人却要去实现这一最高目的，人应该骄傲。

2001 年 5 月 19 日

人性的光辉是怎样抹去的

人是宇宙的精华，万类的灵长，何其伟大，何其光彩。然而，孟子说过，人之异于禽兽者几希，人是很容易沦落为禽兽的，而且是被拔光羽毛，匍匐于地。所谓人性的光辉、人的尊严、人的高贵，都很容易被抹去，落入尘埃，不得翻身。

雄鹰是神鸟，是一种高贵的动物，在蓝天铺展羽翼抒写大写的王字。但，却可以轻易地被人驯服，成为人的奴隶。据说，驯鹰最古老的方法就是饥饿法。几天不让鹰睡，不让吃喝，待到饥不能忍渴不能耐，实在受不了，精神已经崩溃时，打掉它一切的骄傲与意志，再喂之以食，逐步就会让鹰听话。这种方法也形象地被称为“熬鹰”。被捕的鹰，用铁链拴在秋千式的荡架上，或是囚在笼中，任凭你怎样去抓挠，怎样啄击，都无济于事。一颗桀骜自由的灵魂，在经历了徒劳的挣扎后，终因悲愤、饥渴、疲劳、恐惧而无奈地屈服了，除了身心疲惫不堪而没了脾气之外，更主要的便是大脑浑浑噩噩的近乎空白，变成了一具行尸走肉。

鹰是如此，人何尝不是这样。当一个人的生存权利得不到保障，你的饭碗端在别人手上，你的米袋把在别人手中，他就可以呼来喝去、生杀予夺，让你做稳奴隶，甚至想做奴隶而不得。历史上的牧民者，都有三大法宝，即饥饿、刑罚、杀戮。当然，有时也给一点甜头，还有一个等级序列，等着被驯服者去抢食，去钻营，好为主子吮痈舐痔。如此境况之下，逢迎谄媚，摇尾乞怜，卑躬屈膝，都再正常不过，哪里想到什么人的尊严与价值。

竹林七贤，喝酒纵歌，肆意酣畅，为千古美谈。其实当时高压恐怖统治，天下名士减半。饮酒未尝不是借酒浇愁，狂狷何尝不是发泄悲愤，都是不得已而为之。阮籍有时自己驾车，想去哪就去哪，不走正路，车没法走了，便恸哭而返。因为从驾着木车上路之时，他就已经知道，条条道路，都是死路！刘伶经常乘鹿车出行，随身携一壶酒。他还让人拿着铁锹跟着，并对跟随的人说："死了便就地埋我。"因为放眼天下，阴阳错位，腥臊并御，实在是生无可恋，而且随时可能遭遇不测。看似放诞，实则多么沉痛！

元丰二年（1079年），何正臣、舒亶、李定等新进官僚从苏轼诗文中深文周纳，罗织罪状，官场和文坛的污水一齐向苏轼泼来，弹劾苏轼"指斥乘舆""包藏祸心"。当时苏轼正在担任湖州太守，朝廷派钦差到湖州拿人。太守府衙慌作一团，连苏轼也吓得不敢出来。"顷刻之间，拉一太守如驱犬鸡"（孔平仲《孔氏谈苑》）。押解途中，经过扬州江面和太湖时，苏轼几次都想跳水自杀。他不知道要判什么罪，并且怕他的案子会牵连好多朋友。等再一想，真跳了水，又会给弟弟招致麻烦。于是被关进开封监牢，御史台严刑拷打，昼夜逼供，真是"诟辱通宵不忍闻"（苏颂《元丰己未三院东阁作》）。这就是著名的“乌台诗案”。

幸亏北宋在太祖赵匡胤年间即定下不杀士大夫的国策（王夫之《宋论》卷一），加上弟弟苏辙奔走呼告，王安石、王安礼兄弟等都看不过去，王安礼就劝谏说：“自古大度之主，不以言语罪人。”（《宋史·列传第八十六》）连重病中的曹太后也出面干预，甚至属于新党的政敌章惇也力证苏轼清白，并不惜与宰相王珪翻脸。最终苏轼九死一生，贬为黄州团练副使，从此世间少了一个苏子瞻，多了一个苏东坡。

鲁迅，据说是骨头最硬的。但他的硬气是有本钱的，起码自有养爷处，他在教育部任职，在各大学兼课，挣着丰厚的稿费，衣食无忧。鲁迅说过：“我们目下的当务之急是：一要生存，二要温饱，三要发展。”（《忽然想到（六）》）没有生存，其他一切都是扯淡，还奢谈什么自由、民主、公平、正义。

一个社会的进步是从保障人的生存权利开始的。它需要保障人的私有财产不可侵犯，人的劳动换取收入的权利，拥有基本的生存资源的权利，如土地、水源、空气、阳光等。如果这些都不能保障不能获得，别人可以随意剥夺，随意卡你脖子，那么就不可能有“人”的存在，只能成为匍匐于地的活物。就像祥林嫂一样，上无片瓦，下无立锥之地，又被剥夺了劳动的权利，甚至被取消了做人的资格，那么，只有死路一条，夫复何言！

人是那样伟大，却又是如此卑微。做人，做一个堂堂正正的、挺直腰杆的人，真难！

2016年5月31日

此在彼岸

春秋五霸之首的齐桓公有三个宠臣，即易牙、竖刁、公子开方。据说当年齐桓公吃尽了山珍海味，只是遗憾还没吃过蒸小孩。大厨易牙二话不说，就将自己三岁的儿子给烹了，让桓公尝鲜。这就是有名的“易牙烹子”故事。竖刁那也没得说，为了帮助齐桓公管理后宫，自行阉割，将后宫管理得井井有条。开方本是卫国公子，却离开卫国来侍奉桓公，一别父母就是十五年。他整天逗桓公开心，又是调侃又是幽默，甚至献上美女来讨桓公的欢心。这三个人无怪乎得宠，似乎是大大的忠臣。

在管仲临终之际，齐桓公咨询谁人可用，管仲却否定了这三个人。管仲说：“杀子以适君，非人情，不可。”“自宫以适君，非人情，难亲。”“背亲以适君，非人情，难近。”（《史记·齐太公世家》）在管仲看来，杀子、背亲、自宫都是不合人之常情的，一个连自己亲人都不爱护的人，一个连自己身体都不爱护的人，你还敢指望他去爱护别人吗？他们之所以这样做，那仅仅是为了取悦君王，为了达到分享权力的目的。可是齐桓公最终还是没有听从管仲的劝告，反而重用这三人。可是，后来三人专权，果然作乱，齐国四十多年的基业毁于一旦，齐桓公自己也落得个可悲的下场。

在赞叹管仲的远见卓识的同时，我们也认识到中国社会是重视血缘亲情、崇尚权力的社会，一向都是以自我与亲缘为中心。儒家讲究“亲亲为大”（《中庸》），讲究推己及人。中国自古就是一个宗法传统的社会，家族观念浓厚，孝道是第一等的好事。中国的伦理道德都是由此推广开来的，它是我们的核心原点。这大约与中国的农耕经济有关，中国人祖祖辈辈、世世代代都固定在那么一块土地上，接触的也就周围那么几个人，形成根深蒂固的家族势力。所以中国人爱讲私交，爱拉关系，重在人情，俗话说有人好办事，无人不做官。也正因为如此，中国人从来不会把理想、幸福、价值建立在彼岸，而是此在。中国人没有什么宗教信仰，经常是“无事不登三宝殿”，有事才会“临时抱佛脚”，要求现世现报。

在西方，也有一个与“易牙烹子”类似的故事，那就是亚伯拉罕杀子。同样是杀子，却不同于易牙的为人不齿，竟然让后人敬仰不已，亚伯拉罕也早已是西方的先知圣人。

亚伯拉罕虔诚信神，可是却一直没有子嗣，后来在神灵的保佑下，亚伯拉罕在七十多岁时终于老来得子。可是上帝要考验他是否真的敬畏神灵，要求用他的儿子来燔祭。对于独子以撒，亚伯拉罕固然是无比的亲爱，可是出于对上帝的敬畏和忠诚，亚伯拉罕还是照做了，并且举起了手中的刀。当然，上帝只是考验而已，最终并没有真的要了亚伯拉罕儿子的命。

在西方，只有上帝、神灵才是至高无上的，上帝才是最后的依据。对上帝的敬畏和忠诚是遵守伦常法则的前提，就像陀思妥耶夫斯基在《卡拉马佐夫兄弟》中所说："如果上帝不存在，什么事都将是容许的。"《旧约·创世纪》中说："爱父母过于爱我的，不配作我的门徒，爱儿女过于爱我的，不配作我的门徒。""我是上主，你的上帝"，"我以外你不可敬拜别的神明。"在西方人那里，一切的善恶因果最终都要交给上帝审判。这或许与西方人的商业冒险有关。在一个完全陌生的环境，面对完全陌生的人和不可抗拒的自然力，人是那么的坚强勇毅又那么的微不足道。在冥冥之中，人们需要神明的眷顾和指点迷途。所以，西方人更相信神灵，讲究契约，人无信不立，没有规矩不成方圆。西方人把他们的信仰、理念、价值都安放在彼岸，收藏在上帝的手中。但马克思就说过："宗教是人民的鸦片。"（《〈黑格尔法哲学批判〉导言》）过多依赖鸦片，只会自我麻痹，盲目偏执，而且有损身心健康，这是不利的一方面。但另一方面也有好处，因为宗教信仰，四海之内皆兄弟，众生平等，公平竞争，追求不止。

西方人总要仰望星空，缺少务实；中国人总是盯着自己的脚下，太过实际。

2010年4月2日

德福论

有道德的人是不是就一定成为幸福的人？好人是不是就一定有好报？这可能是一直困惑人类已久的问题。

亚里士多德在《尼各马可伦理学》里就讨论了幸福问题。他区分了幸福的两个方面：一方面要求有德性，另一方面要求有一些外在的好处。“幸福需要外在的时运亨通。”这就是说，一方面我们要有德性，乐善好施，扶危济困；另一方面我们也要过一种体面的、有尊严的生活，衣食无忧，受人尊敬。但这只是理想状态，亚里士多德的言下之意，就是“德”并不必然地导致“福”，有德性的人并不一定能过上体面的生活，两者之间并无必然的联系。一个人要想幸福，不仅要有德性，还要靠外在的好运气，满足基本的生活条件。

亚里士多德还强调，你必须在全部的生活中都感到幸福，才是真正的幸福。如一个人在事业上是成功的，但在家庭生活中是失败的，也不能称为幸福。

亚里士多德讲的是平凡的真理，是普通人的幸福。当然他也提出了更高的理想，就是哲学家的思辨生活是最幸福的生活。为什么这种生活最幸福，大概是因为高峰体验，创造的快乐。

其实，亚里士多德只讲了怎样才幸福而没有讲为什么幸福，是知其然而不知其所以然。幸福，就是人们最稀缺的、最想达成的愿望的满足的过程，可能是一种实现，而不单单是达到。而按照心理学家马斯洛的需求层次理论来说，需求是从低到高的，人首要的是生存，然后才是发展。所以幸福当然需要有一个体面的有尊严的生活，都没得吃没得穿，还谈什么别的幸福呢？也因此需要强调整个生活的幸福。就像一个人尽管事业上风风火火，可是他连基本的性生活都没有，那也未必幸福。要知道，食、色是人最基本的需求。

可幸福为什么离不开道德呢？这是因为道德本身的普遍规律，它是人们内心的潜存的最大愿望，它是一种意向，或者说一种使命。自然的目的就是要求我们做一个有道德的人。道德让我们天人合一，找到最后的安身栖息之地，得到最大的安慰与快乐。所以说，道德不是一个强加的、无用的东西，恰恰是正道直行。

我们认为，一个具有大德的人，他是能够体会到最深刻的幸福的。就像司马迁一样，他饱受磨难，但他为天地立心，为生民立命，认识到自己的使命，明白自己的价值与意义，在内心是体验到这种幸福的，否则的话他不可能忍辱负重，早就引刀自绝了。从这个角度来说，德与福应该具有一致性。

但我们也要看到，外在的误解、打击、折磨，在很大程度上可能破坏了我们幸福的根基，会出现德福相悖的现象。

怎样解决这样的困局？使得德福相应一致。康德于是提出一个道德的公设。这个道德公设就是灵魂不朽、上帝存在。因为只要灵魂不朽人就有来世，因为只要上帝存在就有公正裁决，这样，德福即使在今生今世不一致，那么在来世在天国也必定是一致的。当然，这种道德公设只是设定，是不可证明的，既不能证明其有也不能证明其无，但我们相信必有，这大概就是人的信仰。

我们知道道德与幸福不是等价交换关系，有可能被打了折扣，甚至被拖欠，但我们相信未来，相信时间，就像诗人食指写的——当蜘蛛网无情地查封了我的炉台，当灰烬的余烟叹息着贫困的悲哀，我依然固执地铺平失望的灰烬，用美丽的雪花写下：相信未来。因为道德普遍而有效，代表的是必然的存在，总要兑现。如果说时间是公正的法官，那么幸福有时也需要一点时间去兑现。

幸福属于我们所有的人，道德也应该是我们共同的追求。

2011 年 10 月 22 日

振衣千仞冈　濯足万里流

——魏晋风度与人格之美

引　言

有人说21世纪是信息时代，所以现在小孩子都知道学电脑，要跻身IT产业；有人说21世纪是生物时代，所以现在人们热衷谈“克隆”，谈“基因工程”；也有人说21世纪是人工智能时代，所以媒体爱说“大数据”，炒作“阿法狗”之类。我却要说，21世纪也是人文时代。

随着经济发展，进入21世纪，绝大多数人基本上都能温饱，衣食无忧，“在吃饱肚皮之后，人们又将干什么?”这就是要提高生活质量，提高生命品质，达到幸福人生。就是解决“怎样活着”的问题，是苟活于世，还是做个大写的“人”。陶行知先生有言:“千教万教教人求真，千学万学学做真人。”我今天要讲的就是人应该怎样活着的问题——魏晋风度与人格之美。

一、产生背景

汉末魏晋六朝是中国政治上最混乱，社会上最苦痛的时代，然而却是精神上极自由、最解放、最富于智慧、最浓于热情的时代。

汉武帝以后，“罢黜百家，独尊儒术”，思想大一统，带来思想钳制的危机。当时，儒生有两类：一是经学家。皓首穷经，做了书虫，只能步人后尘，拾人牙慧。一是从政者，他们是通过选举提升上去的。通过乡里推荐（秀才、孝廉），到州府进行品藻，通过品藻的考语进行鉴定而征辟。结果有人弄虚作假，出现大批乡愿，所谓“举秀才不知书，举孝廉父分居”。汉末桓灵之际，阉寺专权，党祸迭起，不断改朝换代，社会动荡，分裂割据。士族门阀出现，有了所谓“清议”。曹操唯才是举，曹丕行九品中正制，于是人的才情、格调、风貌成了品评的重点，转向了人的内在精神，有利于人才的涌现。另一方面，魏晋玄学兴起，思想解放，人们远离了汉代的既无学术效用又无理论价值的谶纬和经术，压抑了数百年的先秦名、法、道诸家，重新为人们所看重与探究。这是政治上黑暗，社会上混乱，思想上却是一个开放的时代。“人人自谓握灵蛇之珠，家家自谓抱荆山之玉”（曹植《与杨德祖书》），一个个高视阔步，气宇轩昂。

然而，从魏晋到南北朝，皇帝王朝不断更迭，社会上层争夺砍杀，政治斗争异常残酷，士人总要被卷进上层政治漩涡，名士们一批又一批地被送上刑场。何晏、嵇康、二陆、张华、潘岳、郭璞、刘琨、谢灵运、范晔、裴頠……这些当时第一流的著名诗人、作家、哲学家都被杀戮了。正始十年，司马氏以血腥手段发动政变，曹爽、何

晏、邓飏、丁谧等“同日斩戮”，天下“名士减半”。（《魏志》）

魏晋名士是非常痛苦的，充满了忧恐惊惧，这种痛苦、悲剧使他们更加热爱生命，执着人生，思考人生的价值意义。越是生命遭到涂炭，肉体遭到折磨，才倍感生命的珍贵，反省自身的生命。

二、人的觉醒

对生死存亡的重视、哀伤，对人生短促的感慨、喟叹，从建安到晋宋，从士人到皇族，弥漫开来，成为整个时代的典型音调。“人生非金石，岂能长寿考”，“所遇无故物，焉得不速老”，“对酒当歌，人生几何，譬如朝露，去日苦多”，“死生亦大矣，岂不痛哉”……只有人必然要死才是真的，只有短促的人生中总充满那么多的生离死别、哀伤不幸才是真的。既然如此，那为什么还要计较那些无谓的得失，蝇头小利呢？为什么不抓紧生活，尽情享受呢？为什么不珍重自己、珍重生命呢？所以，“昼短苦夜长，何不秉烛游”，“不如饮美酒，被服纨与素”，“何不策高足，先据要路津”，说得干脆、坦率、直接和不加掩饰。在怀疑和否定旧有标准和信仰价值的条件下，个人存在的意义和价值突出出来，对自己生命、意义、命运重新发现、思索、把握和追求。有“烈士暮年，壮心不已”的长啸，有建功立业的“慷慨多气”，有“群籁虽参差，适我无非新”的人生慰藉和哲理安息。

魏晋人生活上人格上是自然主义和个性主义，一般知识分子多半超脱礼法观点直接欣赏人格个性之美，尊重个性价值。桓温问殷浩说：“卿何如我？”殷答曰：“我与我周旋久，宁作我！”这实际上是自我的发现和自身价值的肯定，只愿意做一个真实的自己。刘伶病酒，夫人将酒倒掉，毁掉酒具，劝他戒酒。刘伶说要用酒肉祭品向鬼神发誓才能戒掉。却又誓曰：“天生刘伶，以酒为名，一饮一斛，五斗解酲。”结果又喝得烂醉如泥。太傅郗鉴向丞相王导求女婿。王导让他挑选，家人报告说：“王家诸郎亦皆可嘉，闻来觅婿，咸自矜持，唯有一郎在东床上坦腹卧，如不闻。”结果选中此人，成为东床快婿，他就是王羲之。魏晋人第一次发现自己存在的价值，不再受那些虚无而又坚实的羁绊，他们要做独特的这一个，在宇宙人生中确定自己独特的位置，成为一个不可复制不可替代的人。他们不计荣辱得失，不顾世俗谤讥，他们清新活泼，活出了自己。

由人的觉醒意识到对人的存在风貌的追求，人物品藻看重的是人内在的智慧，高超的精神，脱俗的言行，漂亮的风貌。人格个性之美成为人们评品判定的标准。“时人目王右军，飘如游云，矫若惊龙”，“嵇叔夜之为人也，岩岩若孤松之独立；其醉也，傀俄若玉山之将崩。”刘劭《人物志》认为英雄的标准，“聪明秀出谓之英，胆力过人谓之雄。”“君子比德于玉”，对人格个性的赏爱，魏晋可谓登峰造极。“温太真是过江第二流之高者。时名辈共说人物，第一将尽之间，温常失色”。对个性的赏爱甚至超过了生命，所以他们洁身自好，特立独行。“庾道季云：廉颇、蔺相如虽千载上死人，懔懔如有生气。曹蜍、李志虽见在，厌厌如九泉下人。”（《世说新语》）

三、一往情深

魏晋风度，不仅在于他们尊重个性，意趣超越，生机活泼，更主要的还是他们的“一往情深”。魏晋时代的“情”的抒发，由于总与对人生、生死存在的意向、探询、疑惑相交织，从而达到了哲理的高层，更加阔大，更加动人。人生的洞察，哲理的智慧，已经渗透和转化为热烈的情绪，锐敏的感受和对生活的顽强执着。这种对生命的热爱，对人生的热爱，轻轻拨动心弦，都能激起美丽动人的深情。

“王戎丧儿万子，山简往省之，王悲不自胜。简曰：‘孩抱中物，何至于此？’王曰：‘圣人忘情，最下不及情；情之所钟，正在我辈。’”你我是真实的凡人，一往情深，唯不忘相思。

“卫芥总角时问乐令‘梦’。乐云：‘是想’。卫曰：‘形神所不接而梦，岂是想邪？’乐云：‘因也。未尝梦乘车入鼠穴，捣齑啖铁杵，皆无想无因故也。’卫思因经日不得，遂成病。”卫芥风度翩翩，因思索玄理不得竟至成病，这不是一种爱智的热情吗？

“卫洗马初欲渡江，形神惨顇，语左右云：见此茫茫，不觉百端交集。苟未免有情，亦复谁能遣此？”山河破碎，退避江南，现在过江，见到茫茫大江，怎不百感交集。

“桓温北征，经金城，见前为琅玡时种柳皆已十围，慨然曰：‘木犹如此，人何以堪？’攀条执技，泫然流泪。”人生易老，时光有限，怎不让人伤怀。

“王右军既去官，与东土人士营山水弋钓之乐。游名山，泛沧海，叹曰：‘我卒当以乐死！’”

深于情者，不仅对宇宙人生体会到至深的无名的哀感，能够悲天悯人；就是快乐体验，也是深入肺腑，惊心动魄。浅俗薄情的人，不仅不能深哀，亦不知真乐。因为他们有着高迈的志气，有着非凡的智慧，人生的短促，世事的艰难，命途的多舛，不仅没有让他们麻木，反而激起他们最深的情感。

四、道德新生

道德不是外在的形式，而是内在的实质，在于真性情真血性，一切的礼法只是托寄的外表。汉代的俗儒钻进利禄之途，乡愿满天下，一个个道貌岸然，双重人格，示人以假面，实则腐臭不堪。魏晋人以狂狷来反对这乡愿的社会，反抗这桎梏性灵的礼教和士大夫阶层的庸俗，向自己的真性情、真血性里发掘人生的真意义、真道德。

“阮光禄（裕）在剡，曾有好车，借者无不皆给。有人葬亲意欲借而不敢言。阮后闻之，叹曰：‘吾有车而使人不敢借，何以车为？’遂焚之。”这是何等严肃的责己精神，不是由于畏于人言，畏于礼法，而是由于对自己人格美的重视和伟大同情心的流露。

阮籍说：“礼为情设。”他否弃旧的礼法，只是反对矫情枉情的繁文缛节，而要求一种顺乎情性的“礼”。嫂嫂还家，他违反“叔嫂不通问”的俗礼与之道别而不顾耻笑；邻家处子未嫁而卒，他虽生不相识，却前往哭吊，哀尽而返。“阮公邻家妇有美色，当垆沽酒。阮与王安丰常从妇饮酒。阮醉便眠其妇侧。夫始殊疑之，伺察终无他意。”人格坦荡至淳，一切以真情性为转移的处世原则。“阮籍当葬母，蒸一肥豚，饮酒二斗，然后临诀。直言‘穷矣’，举声一号，吐血数升，废顿良久。”阮籍是拿鲜血来灌溉道德的新生命，树立了一种全新的道德标准。

正是这种真道德，这种人格力量，使得他们有着浩然正气，至大至刚，与上帝同在，可以将生死置之度外，傲视一切，毫无畏惧。“嵇中散临刑东市，神气不变，索琴弹之，奏《广陵散》。曲终，曰：

‘袁孝尼尝请学此散，吾靳固不与，《广陵散》于今绝矣！’”面对死亡毫无畏惧，嵇康只是为《广陵散》的绝响而惋惜。个人生死和艺术生命相较，艺术生命更为可贵。

“谢太傅盘桓东山，与孙兴公(孙绰)诸人泛海戏。风起浪涌，孙、王（羲之）诸人色并遽，便唱使还。太傅神情方王，吟啸不言。舟人以公貌闲意说，犹去不止。既风转急浪猛，诸人皆喧动不坐。公徐云：‘如此将无归？’众人即承响而回。于是审其量，足以镇安朝野。”这种从容镇定，这种胆量气魄，非常人所及。在突发的情境中看出人格的力量，灵魂的闪光。

五、同情理解

正是这种对生命的热爱，这种悲天悯人，成就了他们博大的心胸，才能推己及物，不仅热爱自己，而且尊重他人，给予同情理解，感同身受。这种精神上的真自由、真解放，使得他们的胸襟像一朵花似的展开，接受宇宙和人生的全景，了解它的意义，体会它的深沉的境地。他们有着洒脱的个性，活泼的心灵，是个真人，上通天地，下接微尘，因此才有这种丰富的同情、深刻的理解。

“支道林好鹤，住郯东岇山，有人遗其双鹤。少时翅长欲飞。支意惜之，乃铩其翮。鹤轩翥不复能飞，乃反顾翅垂头，视之如有懊丧之意。林曰：‘既有凌霄之姿，何肯为人作耳目近玩？’养令翮成，置使飞去。”这是自己酷爱自由，而能推己及物，这是一种博大的襟怀。

“谢奕作剡令，有一老翁犯法，谢以醇酒罚之，乃至过醉，而犹未已。太傅（谢安）时年七八岁，著青布绔，在兄膝边坐，谏曰：

‘阿兄，老翁可念，何可作此！’奕于是改容曰：‘阿奴欲放去耶？’遂遣之。”这是天真仁爱的赤子之心，使他产生了巨大的同情。

“桓公入蜀，至三峡中，部伍中有得猿子者，其母缘岸哀号，行百余里不去，遂跳上船，至便即绝。破视其腹中，肠皆寸寸断，公闻之，怒，命黜其人。”桓温一代枭雄，竟然也不缺乏英雄的博大同情心。

陶渊明和穷人生活在一起。有一次他送一个农家的孩子到他儿子那里去，帮做挑水取柴等事，在给他儿子信里说：“此亦人子也，可善遇之。”（《南史·隐逸传上·陶潜》）正是这种平等仁爱的精神让陶渊明能够设身处地地为他人着想，如此地尊重他人，善待他人。

六、理想人格

魏晋风度（人格）表明一种人生态度，不计荣辱，不计得失，在现实生活中不曾萦怀，超凡脱俗中有着事业追求，出世之中又有入世的精神。因为爱得热烈，所以恨得深沉。他们树立了一个人格之美——魏晋风度，这是活泼泼的生命，蓬勃勃的人生。他们将人生艺术化，是以出世的精神去做入世的事业。（朱光潜语）左思有诗云：“振衣千仞冈，濯足万里流。”（《咏史八首》）这种阔大，这种洗尽尘滓，正是魏晋人格理想的写照。

孟子说：“人之所以异于禽兽者几希，庶民去之，君子存之。”（《孟子·离娄下》）当一个人追求自己理想人格时，把道德他律变成自律，自己给自己立法，无目的而合目的，无为而无不为，人就能培养稳定的道德情绪，达到自由人格。孔子说：“吾十有五而志于学，三十而立，四十而不惑，五十而知天命，六十而耳顺，七十而从心所欲，不逾矩。”（《论语·为政》）孔子追求的正是人之为人的标准，这个标准就是“仁”。康德说：“位我上者，灿烂星空；道德律令，在我心中。”

宇宙人生对于人有不同意义，就构成各种人生境界，尽性尽心，就能达到人的极致，成为圣人君子。人应该定乎内外之分，自己为自己立法，怀着对上帝的虔敬，向目的进发。我们不再有待，毁誉荣辱对我们都不起多大作用。我们乘天地之正，御六气之变，以游无穷。诚如诗人荷尔德林所说：“充满辛劳，但又诗意地栖息在大地上。”（《人，诗意地栖居》）后经海德格尔的哲学阐发，成为几乎所有人的共同向往。

千年以后，或许我们还需要发扬魏晋精神，努力建构理想人格，做一个真实的自己。

后记：这原本是一次讲座，文中所列举事例，若非特别注明，则都引自刘义庆《世说新语》。

2003年3月8日

此间少年落凡尘

《清兵卫与葫芦》是日本现代著名文学家志贺直哉的代表作之一，写于20世纪初，讲述的是一个叫清兵卫的少年热衷于葫芦，并且对于鉴赏和收藏葫芦颇有天赋，但最终在老师和父亲的干预压迫下屈从，放弃爱好的故事，是当时日本反思教育问题的一篇经典小说。

一、人生难得是痴迷

清兵卫是一个十二岁的小学生，他有一大爱好——葫芦。他热衷于葫芦，十分厉害，异常专心，乃至痴迷。他买葫芦，做葫芦，看葫芦，藏葫芦，从葫芦中获得无比的乐趣。有一次，他在海边的街上走，心里依然想着葫芦，忽然眼前一亮，看见一件东西，觉得“这葫芦真好”，好一会儿才明白自己错把老头儿的秃脑袋看成了葫芦，他真是太痴迷了。这种痴迷爱好也让清兵卫形成自己独到的审美趣味与鉴赏力。对于旧的葫芦，没有多大的兴趣，他喜欢的是还没有开过口的带皮葫芦，对于大人们喜欢的奇特的葫芦和有名的马琴葫芦，他并不喜欢，认为不见得怎么好。他花一毛钱买来的被父亲不屑一顾、被老师丢弃了的葫芦后来却被人当作艺术品高价收藏起来，足见清兵卫的慧眼与天才。

清兵卫之所以有如此的爱好与天赋，大概离不开父母一开始对他的包容。清兵卫常常买了葫芦来玩，他爸妈是知道的。父母不仅没有阻挠，而且还允许他花钱买自已喜欢的葫芦，那个后来被没收的葫芦就是这么来的，乃至有了十多个葫芦。孔子说过："知之者不如好之者，好之者不如乐之者。"（《论语·雍也》）可以说，兴趣是最好的老师。一个人对某件事痴迷有多深，他的天才可能就有多高。孩子有一种爱好，这是多么美好的一件事，我们要做的是尊重而不是剥夺，给予呵护与鼓励，或许就有潜能的无限激发，成为某一方面的天才。

二、以己律人戕害多

客人对清兵卫喜欢的周正平常的葫芦很是轻视，以为不过"真是小孩子"的眼光，还是奇特点的才好。父亲喜欢又大又长的马琴的葫芦，以为那才是出色，对于清兵卫的喜好很是不屑，因而很不高兴。对于儿子发出不同意见，父亲就圆睁着眼呵叱："什么话，你懂得什么，也来多嘴！"教员爱好武士道，爱听云右卫门歌颂武士道的戏，却反感别人爱好葫芦。清兵卫上修身课玩葫芦让他更加生气，大为光火，断言这种小孩子将来不会有出息的，当场没收了葫芦，还去家访当面训斥家长。他们认为这样痴迷一个小小葫芦的孩子是"玩物丧志"，"不会有出息的"。其实究竟"出息"是什么，他们自己也并不知道，他们只知道，要么爱文学，要么爱武士道，似乎那才是正儿八经的事。

大人们对于孩子似乎总是不以为然，总喜欢以爱的名义把自己的喜好和价值强加给孩子，还以为是为他们好。孩子的行为或爱好一旦与他们的观念冲突，不符合他们的意愿，往往就简单将其判定为一个缺点，从而加以修理和强行改造。然而，这是对孩子的无情戕害，是对孩子成长的干扰，对他们潜能的破坏。我们教育者不应做审判者，而应多点尊重宽容，多点善解人意，就像第一个登上月球的美国宇航员阿姆斯特朗的母亲。童年时的阿姆斯特朗突发奇想，“妈妈，我想要跳到月亮上去”。他妈妈说:“好啊，不过要记得回来喔。”

三、屈从权威成悲剧

清兵卫的父母原先对于他收藏、爱好葫芦是比较宽容的，至多瞧不上眼，在客人面前随便发一两句牢骚。但在教员上门告状之后，情形急转直下。清兵卫吓得什么似的，哆嗦着嘴唇，在屋角里缩成一团，母亲吓得只是战战兢兢地不敢出声。教员走后，母亲哭了起来，开始唠唠叨叨发了许多没意味的怨言，指责起清兵卫来。父亲回来听说后，不仅砸碎了葫芦，还使劲责打了清兵卫一顿。大家对于教员都十分害怕和敬畏，可见这个教员的不同一般。原来教员是外地人，喜欢武士道，一定程度上代表了武士道精神，不仅是代表一般教师的权威，甚至代表一种强权的力量，象征着一种精神的威压。在这种威压之下，父亲因为儿子惹是生非而恼怒，想要将功补过而将葫芦都给砸了。而清兵卫在教员和父亲的双重威压下，不敢作声，开始隐忍屈从，忘掉了厌恨，甚至在压迫之下寻找新的出口——绘画。然而我们又听到了父亲的嘀咕，让人不禁为清兵卫的未来徒生悲凉。

清兵卫还是孩子，我们不能要求他有多大的意志力。儿童是脆弱的，没有那么大心力和大人对抗，只能无奈屈从别人的要求。最终的结果是让孩子失去自由意志，心理秩序被彻底扰乱，进而丧失一切的灵气与天赋，无法完成自我成长。教育家陶行知先生说过："失掉自由，不能成人。"（《一个教师与家长的答复——出头处要自由》）蒙台梭利认为，让孩子服从成人的意志，这是大人犯了最大最可耻的错误。

鲁迅先生说："悲剧就是将人生的有价值的东西毁灭给人看。"一个原本具有天赋和快乐的少年就这样被老师和家长联手扼杀了，清兵卫的悲剧怎不让人喟然长叹，掩卷沉思。我们教育者是否应该少一只手，少一只眼，给孩子一条自己的路！

2017年5月6日

早起的鸟儿有虫吃？

“早起的鸟儿有虫吃”是西方的一句谚语，类似于我们中国“笨鸟先飞”的成语，意思是说要想取得好的成果就必须付出更多的努力。我们常常以此来勉励人们勤奋刻苦，从而飞上枝头，成为人上人。

可是，早起的鸟儿真的有虫吃吗？

如果你是一只小鸟，你想让自己吃上一顿美味的早餐，于是你决定在中央人民广播电台六点半播出《新闻和报纸摘要》的时候就去找虫子吃。一段时间内，你都吃得饱饱的，你甚至在考虑减肥这件事了。可是“早起”不是什么独门秘笈，更不是什么尖端科技，别人学不来。于是问题来了，别的小鸟吃不饱肚子了，于是它们决定在每天早上五点听到洒水车开过的时候就起床，抢在你前面把虫子吃了。

如果你和别的小鸟杠上了，你决定四点半就起来找虫子吃，而别的小鸟不得不更早起床……这样一个比一个起得早，在树上乱啄，在草地翻腾，可是获益并不多，最后，所有的鸟儿都疲于奔命。这就是恶性竞争，内耗到争吃抢吃不务正业，丧失“鸟性”，互相伤害，最终陷入“囚徒困境”。

其实我们为了高考而拼命的考生不很像为吃到虫子而早起的鸟吗？我们中国学生向来就被鼓励勤奋刻苦，一直被要求拼搏竞争。在我们有些高中教室里写着诸如“生前何必久睡，死后自会长眠”“只要学不死，就往死里学”之类的标语，说的都是“提高一分，干掉千人”“就算撞得头破血流，也要冲进一本大楼”之类的心里话。班上为每次考试排名，学校更是张贴光荣榜，大家都紧盯着分数与名次，每一个人都剑拔弩张，每一个人都搞得心神不宁。

可是这样做的结果是什么呢？那就是互掐，恶性竞争而两败俱伤。要知道，虫子是有限的，并不因为鸟儿都早起了，就都有虫子吃，总会有一些鸟儿吃不到虫子。相反，如果虫子足够多，你不用早起也照样可以吃到虫子。高考也一样，大学录取的名额是一定的，所以高考这件事不是以你知识的绝对值来决定的，而是取决于你在考生中的排名位次。就算大家都拼命学习，成绩都很不错，但还是一样有人不能录取理想学校。因为你提高了自己的排名，那么必然存在至少一个倒霉蛋排名相对变差了，以致最终不能录取。就像北大清华，一个省就那么一百来个名额，考得再好也只招收这么多，总有那么多人排在一百名的后面，乌泱乌泱的，徒然望洋兴叹。

为了提高自己的排名位次，学生、家长、学校达成共识——早起，于是大家都起得越来越早，越来越拼命。你晚上学到十二点，我就学到一点两点；你星期六补课，我就星期六星期天都补课；你搞月考，我就搞周考、日考；你订三本资料，我就订十本资料……反正是杠上了，就是为了起得更早，抢得先机，拔得头筹。这是一场恶性竞争，每一个教育参与者似乎都身不由己，却又乐此不疲。然而这却让我们失去很多美好，没有欢笑，没有嬉戏，只有拼命的刷题与考试的硝烟味。

为了吃上虫子，鸟儿起早，减少睡眠时间。可是恶性竞争，变得越来越早，最终很多鸟儿被拖垮了，死在了早起的路上。教育也是一样，恶性竞争让我们身心俱疲，形如槁木，心如死灰。看一看我们的学生，有多少人睡眠严重不足而一面菜色；看一看我们的学生，有多少人近视戴上了眼镜；看一看我们的学生，有多少人体质之差连几天的军训都会晕倒；看一看我们的学生，有多少人有心理疾病而痛苦不堪……我们的教师也不轻松，现在教书不再是技术，更不是艺术，而是变成了体力活，好多学校四十多岁老师就教不动了。很多人真的太累了，不仅身累而且心累，或许就那么一秒，可能就是压死骆驼的最后一根稻草。

我们紧盯着分数名次，我们硬拼死扛，却付出了一个昂贵代价——学生个性精神的丧失！我们从事的是没有个性的教育，培养的多是缺乏个性的学生——缺乏心灵自由，丧失主体人格，不会独立思考，毫无创造精神！我们的学生往往变成了同质化的考试机器，还有多少好奇心与想象力，还有多少发展的可能性，很多不是“高分低能”就是“低分低能”。如此而已，又哪管什么良知、品格、个性、爱好、审美、创造，又哪里有五彩缤纷的生活和多姿多彩的人生。我们还没有进入大学，就早已失去了学习的兴趣；我们还没有出发起飞，就早已没有了憧憬与梦想。其实，教育不仅仅是教书，更重要的是育人；不仅仅是培养，更多的是成全。我们每个人都是独特的一个，都会有自己的位置。草有草的青绿柔韧，花有花的芳香娇艳，树有树的繁茂挺拔，也因此才有了多彩与生机的世界。

中小学教育也是一场博弈，因为统一考试制度的存在，教育参与者的策略也是相互依存的。可是，目前我国的中小学教育却形成了“负和博弈”的局面。每个教育者都选择了最佳策略，教育的总体质量却并不合意，应试教育的恶性竞争愈演愈烈。结果让一部分人有所收获的同时，又让学生整体失去了许多。我们的学生成天趴在课桌上，成堆成堆的作业压得孩子们喘不过气来。我们的教师成天老黄牛式的拉车磨面，生活在压抑的工作氛围中。我们已经远离了教育的快乐与幸福。几乎所有人都在指责这种教育，可为什么无法摆脱困境?

解决恶性竞争的办法就是达成协议，比如共同消减核弹头，免得大家一起玩完。20世纪50年代，美国常春藤名校联盟遇到一个难题，每个学校都想训练出一支战无不胜的橄榄球队，但就算拼命训练，胜者也只有一个，并且如果过分注重体育，会降低其学术水准。很快这些学校达成了协议，规定了大家只能有相同的训练时间，于是避免了恶性竞争。顾拜旦有句名言“参与比取胜更重要”，“奥运会重要的不是胜利，而是参与；生活的本质不是索取，而是奋斗。”据说，我们勤劳的中国商人在欧美做生意却不大受当地同行的欢迎，因为我们的勤劳我们的二十四小时营业逼得他们无路可走，不拼勤劳就败走麦城，可拼勤劳过火就没有快乐可言。或许我们中国人在历史上苦日子过得太多，危机感太强烈，习惯了勤劳苦干，而忘记了享受生活。

另外，与其大家都早起争虫子吃，为什么不广开门路，另辟蹊径，为什么不吃果子、谷子等等呢?教育同样可以不只看分数，也可以进行多元评价。譬如新高考文理不分科，学生可以任选几门考试，这就有了一定的选择权。还有分类招生，将职业院校和一般院校分开评价招生，让每个学生都能有用武之地。还有高校的自主招生，让高校和考生都多些机会和选择，多点评价方式。再有，就是高校可以招收特长生、保送生，让一些有特长有才华的学生脱颖而出，走上绿色通道。如果我们的中小学教育能够多把尺子，学生的路可能就会越来越宽，优秀人才必将大量涌现。

2016年12月8日

教师职业倦怠有药可救吗

平日里，在学校不难发现有些教师上班总是唉声叹气，盼望着星期天，计算着节假日。对于学生，没有热情，老是记不住学生的名字。对于工作，只是应付，做一天和尚撞一天钟。其实，这都是教师职业倦怠的表现。教师职业倦怠可以看作是教师不能顺利应对工作压力时产生的一种极端反应，是教师伴随长期压力体验而产生的情感、态度和行为的衰竭状态。早在十年前就有调查发现，近30%的被调查教师存在严重的工作倦怠，近90%存在一定的工作倦怠，超过60%被调查教师对工作不满意，已经有相当部分教师出现了情绪疲惫、缺乏个人成就感等工作倦怠。我们经常听到老师戏谑说："前生杀了猪，今生来教书；前生杀了人，今生教语文。""当教师是摸错了门，当语文教师是摸错了房。"可见，我们很多老师已经不是一个"倦怠"了得！

然而，如何疗救职业倦怠，不少专家开出了药方，只是大多治标不治本，收效较小。擒贼先擒王，治病要治本，只有扶正固本，激活自身机体调节机制，才有根治的希望。

一、创造是快乐幸福源泉

每一个刚刚走上工作岗位的老师都是热情四溢、豪情万丈的。可是几年下来，一切新鲜感都没有了，只有日复一日年复一年的重复劳动，自己的人生可以一眼望到头，就像一头被蒙上眼睛拉磨的驴，永远在机械地打着转。然而，创造就不一样了，有着无数的宝藏等着自己去发掘，有着美丽的画卷等自己去欣赏，有着无数的幻境等自己去历险。这里有希望，这里有奔头，这里可以不断超越自我，获得精神成长与价值确证，我们热情高涨、快乐无比，幸福满满，获得从未有过的高峰体验。创造意味着不走寻常路，要进行探索性工作。尽管教师工作的舞台不大，拘束很多，但只要有一颗创造的心，总是可以走出自己的路。

大家知道马小平老师吧？他说："干教育这一行，如果不是十分的热爱，干得不愉快，而且还痛苦，那就真正要赶紧改行。但是我们如果执意选择教育，那我们就得朝最好的方面去做。"他是这样说也是这样做的，不走寻常路。马小平认为语文教育不仅仅是一个简单的知识传授，而事关人格养成、公民责任以及智慧与情感。据他20世纪80年代的一个学生回忆，马小平老师只用一年的时间教学生应试，其余时间都是引导学生进行课外阅读，大量讲述鲁迅、卡耐基及中日文化比较研究；而课外，马老师还经常和他们下围棋、国际象棋，打桥牌，打篮球。他更多的时间是给学生开阔视野。2004年他被查出患有脑瘤，然而这种使命感让他坚持一边治疗，一边工作。他要与教育灾难赛跑，与脑瘤病魔赛跑，决定编写人文读本。他根据自己多年来的阅读，选入137篇文章，分16个关于人文思想和人文精神的主题，共90多万字。北大钱理群教授对该书做了这样的评述：“正是在这本《人文素养读本》里，马老师给学生打开了无数道宽阔的大门，通向一个又一个思想的高地……”他七月份完成治疗，不过休息了一个暑假的时间，到九月份时，他便回学校上课了。因为创造就是最好的良药，让他精神十足。他在深圳中学成立了人文教育工作室，为数千名学生开设人文素养课，这些课程深受学生们欢迎，他也数次被评为深圳中学最受欢迎的教师。通过精彩的讲授，他将爱、美、真、善的种子种入学生们的心中，启蒙他们的心智，他用他自己的努力，诠释着他的那句追问：“一个普通的中学教师能够走多远？”

能创造就没有倦怠，马小平老师做到了，从而超越了自我。

二、做一个有故事的老师

教育从本质上来说是师生间的一种交往活动，不仅是知识的传递，更有思维的碰撞、情感的交流、灵魂的唤醒。没有交往，我们教师就不可能走进学生的心里，也就不可能有真正教育的发生。正因为有交往，教师与学生之间才会发生许多动人的故事，呈现许多感人的场景。这些故事，可以是发生在课堂上的一次提问，可以是你扶正学生腰杆的举动，可以是学生犯错时你语重心长的一声询问，可以是你饶有兴趣的一个眼神……不管这些故事发生在何时何地，只要你用眼睛观察、用耳朵聆听、用心感受，学生成长的点点滴滴便会镌刻在你的脑海，而你所做的一切，也会铭记在学生心中。教师与学生之间因为交往，因为故事，让我们彼此分担忧愁，分享快乐，教师从学生的成长进步中获得无尽的幸福。所以，我们可以不做名师、不做特级教师，但我们一定要做一个有故事的教师，并且因此而温暖幸福。

李镇西老师最大的成功在于他是一个有故事的老师。他几乎整天都和学生泡在一起，他把一位学生家长送给他的一筐鸡蛋用煤油炉一天煮一个，全部又让这位学生吃了；他在一个风雨交加的日子里，背着一位患病的学生步行上医院；他能一如既往地鼓励生活贫寒的宁玮，并与之通信八年之久；在课下和学生一起玩斗鸡，假期和学生一起踏青旅游；因误解一位学生而主动向其道歉，并放学后挥动扫把为该生值日以表歉意；还在每一个学生的生日里给他们送上自己的贺卡……“让人们因为我的存在而感到幸福”，这是李镇西的教育信仰，这是他教育艺术“十八般武艺”中的精髓，这是他对学生真诚的心灵呼唤。他以心交心，用爱赢得了爱，从中享受快乐，体验美好，与倦怠何有哉！学生毕业了，交往没有停止，故事没有结束。李老师一次次和学生通信，一次次和学生通话，寻找机会和同学再次相聚。当年批阅的作文本，写给学生的生日贺卡，学生送自己的剃须刀等都被一一收藏；时隔30年，一盘录音带被翻出来了，那清纯的声音在岁月时空中滋滋回响；时隔30年，那些记忆的影子——一帧帧发黄的黑白照片在学生眼帘一一掠过；时隔30年，那一本本班级毕业册整齐地摆在同学们的眼前：《未来1》《未来2》《童年》《少年》《花季》《恰同学少年》……岁月无痕，彼此珍藏。一届届的学生来了又去了，李老师为孩子们封存着一份完整的、弥足珍贵的青春印记。

有故事就没有倦怠，李镇西老师做到了，从而收获了幸福。

三、让学习成为一种爱好

人这一辈子要是没有一两样爱好，那么他的人生一定会了无生趣，索然无味。但爱好不当，也可能会玩物丧志。如果我们将自己的爱好和自己的职业结合起来，相互促进，那就再好不过了。因为我们教师的职业，是“教会学生学习”，如果教师不学习，那是很荒唐的。让读书学习成为我们教师的一种爱好，应该成为一种自觉的追求，而不是靠行政手段的推动与培训。因为学习，可以让我们始终保持好奇心和想象力，能像儿童一样睁大眼睛看世界，获得新鲜的体验和无穷的乐趣。因为学习，可以让我们超越有限的时间与空间，获得开阔的视野和无尽的心灵空间。因为学习，让我们怡情养性，形成一种至大至刚的浩然之气，提高了我们的精神境界。我们经常看到，很多富有智慧和经验的人，往往都有长期的阅读史和学习习惯，他们视野开阔，有趣味有追求，有独立意志和见解，这些人即使遭遇社会不幸，被边缘化，挤压到“圈外”，也能不放弃精神追求，最终开拓出一片属于自己的天地。

陆精康老师说过：“我的生命里有两样东西值得我敬仰和追求，一个是我的书，一个是我的学生。”2007年这位著作等身的老先生却被告知一个不幸的消息——患了角膜炎症。可是他还是放不下书本，仍然要坚持读书，坚持写作。最后，大家拗不过他，老伴自告奋勇成为陆老师的“眼睛”。陆老师钟爱的书，老伴总是一字不落的读给陆老师听。儿子心疼父亲，毅然成为陆老师忠实的“书记员”。陆老师口述，儿子负责记录、整理。这一年，陆老师发表于省级以上报刊的专业论文合计达40篇。陆老师爱好读书，乃至满腹经纶，学富五车，也因此课堂上的陆老师，旁征博引，深入浅出，学生如坐春风，如入宝山。学生形容陆老师说："陆老师就是一部书，一部经典名著。"学习研究的爱好让陆老师乐此不疲，永远年轻。陆老师从教40多年，著作等身，发表650多篇研究论文，其学术水准之高，让人叹为观止。这么多文章，大多是他学习研究的成果，都是在大量阅读的基础上的结晶，以致下笔成文，旁征博引，信手拈来。曾经有人提议陆老师申报"特级教师"，陆老师都婉拒了。他说："我读点书，旅旅游，人生快意之事莫过如此了。"这才是真正的读书人，读书学习与名利无关，而是出于天然的爱好和自觉的生命追求。快乐由己，陆老师做了最好的诠释。

爱学习就没有倦怠，陆精康老师做到了，从而提升了境界。

中医说：痛则不通，通则不痛。所谓教师职业倦怠，本质上还是自身生命被程式化、机械化，生命受阻，精神委顿，要想根治职业倦怠，那就需要打通生命通道，给自己找一个出口，给自己一份希望，给自己一种意义。相反，如果整天是重复劳动，原地打转，被分数牢牢箍紧，被职称死死钳住，被收入无奈纠结，那样不病才怪，不倦不怠更是不可能！只有我们的人生丰富了，我们的专业进步了，我们的事业发展了，一切的职业倦怠才会销声匿迹，才会精神饱满，劲头十足，永远地快乐和幸福，书写出我们教育人生的美丽画卷。

2015年5月28日

第五辑：怎么去活

——人间正道是沧桑

人生兵法

有差异的地方就有矛盾，有欲求的地方就有矛盾，有运化的地方就有矛盾，有矛盾就有摩擦，就有斗争。人生就是一场战争，尽管表面上看来平平淡淡，不见波涛汹涌，不见硝烟弥漫。如此看来，研究人生兵法就有十分的必要了。孙子在《孙子兵法》中开篇就说："兵者，国之大事，死生之地，存亡之道，不可不察也。"（《计篇》）对于人生，兵法同样重要。

兵法的理论千千万万，似乎都有道理，让人无所适从，但对于我们每个具体的人来说，掌握其基本原理，以此作为出发的原点，或许更好一些。

一个盲人走路颠跌不稳，和人打架更是吃亏；一个聋子，别人辱骂他，他也没有丝毫反应。战争中掌握信息、分析信息确是十分重要。孙子说："知彼知己者，百战不殆；不知彼而知己，一胜一负；不知彼，不知己，每战必殆。"（《谋攻篇》）战争就是要准确全面地掌握敌我双方的信息，如见五脏六腑，四肢百骸。知敌所强，知敌所弱；知己所长，知己所短。那种蒙住双眼，堵住两耳，不知深浅，不知利害地盲然上前，只有自投罗网，白白送死。只有掌握信息才能扬长避短，趋利避害，才能掌握战争的主动权。而收集信息的渠道是多种多样，可以公开获得，也可以秘密取得；可以亲自出马，也可以假人之手。《孙子兵法》单列一篇《用间》，主张使用间谍，并把间谍分为五类：因间、内间、反间、死间、生间。总之，因地制宜，形式多样，不拘一格。值得提醒的一点，不仅对于敌人要了解透彻，对于自己也应全面衡量，不可盲目自大，也不可妄自菲薄。

收集了信息以后还要进行分析，看看要达到战胜敌人的目标还有多少差距，需要什么条件，寻找敌人空隙薄弱之处，把握敌人大意急难之机，以己之强，以己之盛，以己之实击中敌人要害。平日打架争斗也是这个道理，要看对手的薄弱部位和可乘之机，出其不意，狠下重拳。

黑格尔说："存在的就是合理的，合理的也必然是存在的。"我之所以战胜敌人，那是因为我比敌人强，实力上占据着优势。《孙子兵法·形篇》中说："不可胜在己，可胜在敌。"胜利源于自己的实力，源于敌人的弱点，凭的是真功夫真本领，而不是画符念咒。《三十六计·总说》中云："数中有术，术中有数。阴阳燮理，机在其中(空)。"究其根本一点就是敌人的空当。战争就是要造成以石击卵的绝对优势，不战则已，战则必胜。"十则围之，五则攻之，倍则分之，敌则能战之，少则能逃之，不若则能避之。"（《谋攻篇》）

战胜敌人，根本一条就是发展自己的实力，没有实力就失去了根基，一切都是空话。俗话说，巧妇难为无米之炊，没有实力，一切免谈。当年英国凭口舌未必是"大清国"的对手，但他们凭大炮说话，给中国人套上一个又一个的条约协定。孙中山是个好人，可他天生的软弱，又无军事实力，以致国柄被窃，重器被盗，国家重新陷入混乱和水深火热之中。贫在闹市无人问，弱国无外交，所有这些都说明实力的重要。当今世界，美国一手遮天，可以指手画脚，颐指气使，为所欲为，靠的是强大的经济、军事、政治、文化实力，别的国家只好俯首称臣，惟命是从。

发展实力毕竟有限，也非一日之功，我们还可以借势。所谓借势就是要把可以利用的有实力的东西借为己用，来助长自己的实力。可以是天时地利，可以是人物团体，甚至是某种风俗观念、宗教禁忌，不管是物质的还是精神的统统借来。孙子说："善战人之势，如转圆石于千仞之山者，势也。"（《势篇》）不过，借势也不是说借就能借的，也需一定的技巧、实力和付出的。其实，在实际生活中，借势比比皆是，比如我们平常讲的攀龙附凤，请客送礼，炒作蹭流量之类。拿文凭是借势，走门子是借势，请名人做广告也是借势……故曰君子性非异也，善假于物也。

和借势相类似的就是给对方戴高帽，扣屎盆子，从而让自己占领制高点，让对方成为靶子，成为可以任意攻击和刺杀的对象（只是这一招太阴了点）。譬如晋武帝司马炎，江山是从主子那里诈骗抢夺来的，他不好意思说忠，于是拿孝做文章，要以孝治天下。于是，只要将不孝这个罪名扣在某个人的头上，就可以任意的诛他，杀他。至于，什么是孝，他怎么就不孝了，是没有多少人去考虑与求证的，反正有这样一个由头、一个靶子，就足够了。历史上，这样的靶子太多了，诸如什么犯上、通敌、腐败、违背礼教……实在想不出什么由头，可以是"莫须有"，岳飞不就是以这样的名号给杀了吗?

每个人或许都有弱点，那种十全十美的完人是不存在的，重要的是发现敌人的弱点，改变完善自己。战胜敌人，在于利用敌人的弱点空隙，减少自己的弱点毛病，使敌人无机可趁，形成势如破竹条件。

敌人是个整体，所有与之相关的东西都是敌人的范畴，我们要在这一整体中寻找弱点，制造弱点。作为一个整体，敌人总有较为薄弱之处，这样避实而击虚。围魏救赵就是这个道理，魏兵虽然很强，魏都却很空虚，而魏都对于魏兵又十分重要，孙膑就是抓住了这个弱点。有时我们要给敌人制造弱点，分解敌人，造成局部的优势。这就需要充分调动敌人，进行解构，分散敌人实力，而调动敌人就要利用利害关系，引诱敌人，麻痹敌人。高乃依的《贺拉斯》中讲了一个故事，贺拉斯在城下与敌人交战，实在难以取胜，就假装逃走，把三个敌人一一引开，从而逐个杀死。当年毛泽东同志的游击战也是如此，充分调动敌人，给自己造成局部优势，争取战争的主动权，达到拖垮敌人、打垮敌人的目的。

战胜敌人，可以破坏敌人的实力，让敌人变得弱小，不堪一击。首要的是破坏敌人的有机结构，引发内部矛盾，激起内部纷争，让他们各自为政，相互拆台，窝里动刀。这样分崩离析，毫无战斗实力。曹操攻打马超，就是离间马超内部，从而战胜马超的。还有就是要繁殖增生敌人的弱点，让他漏洞越来越大，溃烂越来越重，这样才有战胜的可能。简而言之，就是要发展壮大自己，破坏削弱敌人。

此外，自己还要灵活多变，制造假象迷惑敌人，不让敌人知道自己的虚实。破坏敌人信息传导，传播虚假信息。展开舆论宣传，进行政治攻势。如此等等，不可一一说尽，总之，要让敌人弱一点再弱一点，蠢一点再蠢一点。

2001年2月5日

战略与战术

人的一生总在不断地选择取舍，大到人生理想，小到生活点滴。决策失误，就会跌入困境以致抱恨终身。若想少点遗憾，多点欢喜，那就有研究战略战术的必要。

什么是战略战术呢？毛泽东说：“研究带全局性的战争指导规律，是战略学的任务。研究带局部性的战争指导规律，是战役学和战术学的任务。”（《毛泽东选集》卷一）人生虽不是战争，但事理相同。战略分析是通盘的了解和总体的规划，是要预测和指导人生的整体走向。战术决策是克敌制胜的策略，是逼近人生目的的具体措施。战略关乎人的价值取向，是给自己的人生定位；战术关乎工具理性，主要属于技术问题。没有战略指导，只能是行尸走肉；没有战术角斗，只能是泥塑木雕。

人生关键的往往就那么几步，但摆在我们面前的是缤纷世界，让我们无所适从。我们应该体悟自我，审视时势，实现人生的最大化。上帝无时无地不在，但属于我们每个人的只有一条路。有很多人并不了解自己最需要什么，只是一味盲目追求，实则是著相着魔。我们应成为全面发展的人，建基张本，才能宏大雄浑。直探生命本源，开悟自己心性，确定自己的人生方向。人是缘在的，是生活在一定的格局和情境之中，我们也应明了其中的机遇可能。两相契入，给自己人生定位，明白自己的目的，向上帝祈祷。战略分析在战争之前就应心中有数，但也有逐渐明晰的过程。认识自己，认识世界，都有一个渐进的过程。瞿秋白爱国爱民，想救人民于水火，但他毕竟是一介书生，不该走向政治权力的中心。郭沫若是个风流才子，本可以在学术上有所建树，但他却偏偏溺爱权力。李白、杜甫不幸中的万幸是他们没有封官加爵，尽管他们自诩为一流的政治家，时有不平之鸣。

战神韩信建立了不朽的功业，最终却落得一个悲剧下场，最主要的是他战略上的失策。韩信出身平民，却有杰出的军事才能。韩信在萧何的举荐下，拜为大将军。韩信一开始就气度非凡，帮刘邦分析了楚汉双方的形势，认为项羽徒有匹夫之勇和妇人之仁，不足以成就大业，认为刘邦应该举兵东向，三秦可夺。韩信平定了魏国，又背水一战击败代、赵。后又北上降服了燕国。再率兵击齐，攻下临淄，并在潍水全歼龙且率领援齐的二十万楚军。最后会师垓下，围歼楚军，迫使项羽自刎。所以司马光说："汉之所以得天下者，大抵皆信之功也。"

但韩信可悲之处在于他一直搞不清自己能做将帅还是帝王，一直犹疑不定。其实，他哪有帝王的权谋、手腕和狡诈、狠毒，可惜他不能自知。当初平齐之后，韩信要挟刘邦要做假王，大概刘邦就起了杀心，只是迫于形势没有发作。项羽败亡之后，韩信因为私交收留逃亡的楚将钟离昧，更是让刘邦猜忌。恰好，这时有人告发韩信谋反，刘邦准备发兵袭击。韩信却举棋不定，想反又不敢反，结果钟离昧自杀，韩信束手就擒。难怪钟离昧临终前说："若欲捕我以自媚于汉，吾今日死，公亦随手亡矣。"好在刘邦这时还不好意思杀功臣，让韩信逃过一劫，贬为淮阴侯。可是，韩信历经此劫还不知反省，不知道学乖点，总是愤愤不平。他怂恿陈豨谋反，想得渔人之利，却又意志不坚，结果让吕后和萧何用计赚来，夷灭三族。

战术决策讲的是实力，要求立于不败之地。发展自己力量，消解对方实力，这是战术中的关键。战争就要求我们知己知彼，知己之长，知彼之短，全面考察，深入了解。一方面要有增长实力的路径，一方面要有消解对方的方法。时事总在不断的变化，我们的战术也要随时调整，使我们的主观决策符合客观实际。毛泽东说："指挥员的正确部署来源于正确的决心，正确的决心来源于正确的判断，正确的判断来源于周到的和必要的侦察，和对各种侦察材料的联贯起来的思考。"（《毛泽东选集》卷一）电光石火之间，以己之最强攻彼之最弱，达到克敌制胜的目的。

同为功勋卓著的大将，王翦则清醒得多，他清楚自己只是一个臣子，只能是攻城掠寨的将领，而不能成为皇帝的威胁，要适时地急流勇退。王翦向北，消灭燕、赵；最后又帮秦国啃下最硬的一根骨头——楚国。可以说，大秦帝国的江山几乎都是王翦父子打下的。王翦不仅在战略上定位很准，而且在战术上也是恰到好处。秦王统一天下，只剩下楚国，召集群臣商议，王翦认为要发兵六十万才能灭楚，李信以为只要二十万。秦王认为王翦老不堪用，便派李信和蒙恬率兵二十万，南下伐楚。结果损兵折将，大败而归。秦王不得不重新启用王翦，让他统领六十万大军出征。可是出征前，王翦却向秦王要求赏赐许多的良田、美宅、园林池苑，出关前，又连续五次求赐良田。大家都觉得王翦的要求太过分，但王翦心里清楚，现在皇帝将举国之兵都交给自己，如果不多多请求赏赐田宅给子孙们置份家产来表明自己没有任何其他图谋，自己不过是求田问舍的家臣，就必然会引起皇帝的猜忌，不仅完不成灭楚大业，就是自己性命也是难保。

到达楚国边境，王翦领军整整一年坚壁不出，六十万士兵都囤积起来休养生息，甚至每天比赛投石以作娱乐。待拖垮了楚军锐气之后，最后一举灭掉了楚国。

我们的战略就是战术的总的指导思想，我们的战术就是为了实现战略的最大值，是要为战略服务，不能因为一时之得或是一时之失而忘记我们整个的战略。

2000 年 6 月 21 日

由『直眼睛』说起

小时候，我妈常说我是“直眼睛”，就如马蜂的眼睛一样，一往无前，不知拐弯抹角。仔细回想一下，我确有如此的毛病。譬如说母亲让我去菜地摘菜，回来以后，母亲问我菜地旁边的稻子长势如何，我只能瞪眼说不知道，却反问道，你也没叫我去看稻子呀！再如下棋，只一心想着如何吃子，将对方将死，哪知对方暗藏杀机。正如螳螂捕蝉，却不知黄雀在后。

胡适先生曾经说做学问要“大胆想象，小心求证”，我辈是大胆有余，缜密还待加强。这让我突然想起我们的缘在构境，在世网下的生存，我们“直眼睛”恐怕难免受挫。

可怎样才能左右逢源、游刃有余呢？韦应物有诗云：“虽居世网常清净，夜对高僧无一言。”在世网之下，是不是想清净就能清净呢？就可以超然物外？那种宗教式的清净退守，返观内视，实则是怯懦孱弱的表现，虽然它企图在心灵中获得自由。

一个人的周身是长着许多触须的，这些触须与尘世相连，构成一个庞大的网，让人动弹不得。然而不自由，毋宁死，这是人生的信仰。要想获得自由空间，逼近最终目的，大概有两条门径：一是在心灵中开拓；二是在尘世中发展。二者相辅相成，缺一不可。

无论中国还是西方，古人很早就认识到了大宇宙和小宇宙（也叫外宇宙和内宇宙）同在，内在的小宇宙也是一个广阔的天地。人可以视通万里，思接千载，我们可以回忆，可以想象，可以做白日梦，在精神世界当家作主，在精神上获得自由。宗教家正是要创造精神上的自由与幸福，摈弃了今生今世的幸福去换取来世的幸福与永生。虽然我们不必赞同，但未尝不是一个路数。

八大山人朱耷原本是明朝皇室后裔，然而甲申之变，天崩地坼，朱耷时年十九。不久父亲去世，内心极度忧郁、悲愤，他便装聋作哑，隐姓埋名，遁迹空门，潜居山野，以求保存自己。“遗世逃名老，残山剩水身”，差可概括其传奇的一生。从此他生存的天地小了，现实的空间愈加逼仄，然而心灵的空间却越来越大，创造出一片全新的天地。他颠沛流离，一个人哭着，笑着，舞着，唱着，仿佛在黑暗中被拘禁了很久的囚徒，一下子看到了阳光，重新获得了整个世界。他不再求之于外，而是反观内心，“林泉酣放才为我，崖谷深容稍悟天”，有容乃大，他觉得自己的心正在变得扩大无边。

他的生命恣肆狂放，每一幅画都极具个性，都有生命在纵情歌唱，画中的青白眼、蜷缩的鸟、傲然屹立的荷花，无不透着孤寂、高傲和愤世嫉俗。“岁月本长，而忙者自促。天地本宽，而卑者自隘。”或许他早已超脱出来，获得了大自在。

然而，现代社会对人的心灵思想亦影响甚巨，特别是大众文化、大众传播，在无形中控制了人们的思想，现代人越来越不是他自己，头脑成了别人的跑马场，只会随人道短长，越来越变得平面化，成为单向度的人。

有实力当然有魅力，竦身一摇，就可以摆脱世网的束缚，甚至可以为所欲为。发展实力，任何时候都最为根本，一点一滴地积蓄实力，挺直腰杆做人，这是我们每个人都需要的。

中国首富马云其貌不扬，个子矮小，深凹的颧骨，扭曲的头发，时而淘气地露齿而笑。早年的马云完全一副倒霉蛋的模样，看不出多少发展的潜力。多次参加高考都是落榜，铩羽而归；出去应聘服务生，同去的都能录用，唯独自己惨遭拒绝。1984 年马云不顾家人反对，毅然第三次参加高考，终于幸运地被杭州师范学院录取。这种不懈的努力让马云成了好学生，甚至做了学生会主席。此后，马云不断超越自我，干起了翻译，创建阿里巴巴，纠合网民的力量，打造电商王国。可以说，正是不断积蓄实力，让马云的人生之路越走越宽。

为了开拓空间，我们就应该团结一切可以团结的，打击一切可以打击的。个人的力量毕竟有限，我们应该找到共同点，一齐用力去开山辟路。三国刘备孙权为了抗曹，站到了一起，结成联盟，才上演了赤壁大战的好戏。

既然是一个网，我们就应该利用关系之间的对立与矛盾，使之相互抵消。“鹬蚌相争，渔翁得利”，当年曹操正是利用马超内部的矛盾，离间他和韩遂的关系，从而战胜他的。我们不应该被动接受力量，而应该利用力量，为我所用。中国的太极拳深谙此道，借力打力，以柔克刚，创造了武术的神话。

庖丁解牛之所以能神乎其技，在于他能顺应自然，以实击虚。大禹治水之道在于水大则顺之，水小则堵之，而不是一味地去堵或是顺。我们对于种种关系，也应该是避其锐气，击其惰气，才能百战不殆。

话虽如此，现实中险恶太多，盘根错节，真是牵一发而动全身，我们不要因为其艰而不敢想象，也不要因为己长而不加小心。

2001年4月4日

道法自然

我们从哪里来，到哪里去？我们又如何走这一遭？这些都近乎天问，但又是如此的迫切紧急。

或许人类是太聪明了，要卓立独行，然而“碧海青天夜夜心”，终于明白，“起舞弄清影，何似在人间”。宇宙之大，时间之流，人寓其中，应该乘化归尽，从中获得自己的意义与价值。我们不是上帝，不是神灵，也不是兽禽，不是虫豸，我们不过是人，不过是宇宙自然的一个分子。老子云：“人法地，地法天，天法道，道法自然。”（《上篇》）天地自然，“天地有大美而不言，四时有明法而不议，万物有成理而不说。”（《庄子·知北游》）宇宙寂寥，天地无涯，生化万物，承载万有，无为而无不为，无目的而合目的，一切不过自然而已。人若能从宇宙中观照自己，就会意和心平，不忧不惧，福祸荣辱，穷达贵贱都能坦然接受，泰然处之。

孟子曰：“尽其心者知其性也，知其性则知天矣。存其心养其性，所以事天也。夭寿不二，修身以俟之，所以立命也。”又说：“尽其道而死者，正命也；桎梏死者，非正命也。”（《尽心上》）生活其实很简单，饿了知道吃饭，寒了知道加衣，困了知道睡觉，“担水砍柴，莫非妙道”。不假雕饰，破除业障，自然真实地生活，在困厄中不失生机，不忘进取，在亨达时不迷心窍，不忘使命，尽心尽力，惟此而已。

顺应自然，就有最好的自己，再不济也不会坏到哪里去。顺应自然，我们就能融入宇宙大化的洪流中，一同奏响和谐的天籁乐章。然而，人毕竟生存在具体的环境之中，不能都由着自己的性子，总会受着种种束缚与桎梏，就如龚自珍在《病梅馆记》中感叹的，是“斫其正，养其旁条，删其密，夭其稚枝，锄其直，遏其生气”，最终不是病态，就是夭折。

正如卢梭所说：“出自造物主之手的东西都是好的，而一到人手里，就全变坏了。”（《爱弥儿》）就像萧红《小城三月》中的翠姨。她仪态优雅，清新脱俗，她向往新的生活，爱上了在哈尔滨上大学的潇洒的堂哥。但最终翠姨并不能获得她应有的自由与幸福，而是闷闷不乐，忧郁而死，香消玉殒。要知道那是一个新旧交替的时代，尽管给了她新鲜的空气，却并不给她追求的权利。而翠姨原本就是母亲改嫁的“拖油瓶”，虽然进的是高门大户，但有多少人会顾及她的想法与感受。更何况翠姨和哥哥差着辈分，根本无法冲破这种伦理观念。她追求新事物，要求读书，却囿于自己心中的成见和陈规陋俗而自动地把自己的内心裹闭得密不透风，总要欲言又止。翠姨“怎能从心呢”，在别人可能只是任性的印象，却不知道她为什么死。

大千世界，芸芸众生，多的毕竟是平凡的人，普通的人，一辈子忙于生计，为生存忧心，这太平凡太乏味了吧？其实这才是生活的真实。我们所要做的，不过是做一个真实的人，诗意的栖息在大地上。要知道，是凡夫成就了伟人，是众生度化了佛祖。伟人凡夫，佛祖众生都不过是人，只要像人应该的样子活着，还有何求。

“人生不相见，动如参与商；今夕更何夕，共此灯烛光”（杜甫《赠卫八处士》），请珍重今宵的欢娱吧！我们是人，无望天堂的金堂玉马，不求来世的幸福快乐，我们执着于今生，执着于当下，我们要求当下的真实，当下的幸福。欣于所遇，暂得于己，快然自足，清风明月，竹影水光，亲情友爱，所有这些不都是值得我们去珍惜的吗？“群籁虽参差，适我无非新”，我们冷眼欣赏，热心惊叹。

有人认为死灭是人生的大妨，企求长生不老，他们畏惧憎恶死亡。其实死是一个必然降临的节日，是不必关心，不必虑及的事。希腊神话中西比尔从神灵那里获得了永生的能力，结果却是日渐憔悴，求死不得，痛苦于生。这使她明白死就如同生，都是一个自然事件。我们并不畏生，那又何必畏死。我们尽心尽力了，完成了我们的使命，不死何为，应在死神的怀抱里静息。孔子说：“未知生，焉知死”，我们执着的应该是生。庄子说：“人之生，气之聚也，聚则为生，散则为死”。（《知北游》）死生为一，都是自然的事情，不过大化流行的自然结果。假如有人非要关心死，非要追问死的意义，诚如海德格尔所说，只有明白了人是要死的，才算从本体论上领会了人的存在的具体结构。死不为别的，是要让我们更好地生。

2001年6月19日

幸福人生

幸福不在天堂，亦不在地狱，就在人间；幸福不在过去，亦不在将来，就在当下。从今天起，我要做一个幸福的人。

然而，现实人生，人们却都有诸般烦恼忧心，都有本难念的经，真是剪不断理还乱。忧愁烦心在大多的时候并不是因为吃不饱、穿不暖，而是因为外在的诱惑、外在的驱动、外在的批判。别人有钱有漂亮女人，自己心里不是味；别人得了奖出了名，自己又是愤愤不平；别人发了财升了迁，自己恨不得将其杀掉。花样的评比，势利的眼神，舆论的鼓噪，金钱、美女，鲜花、掌声，权势、名声……都在我们眼前晃动，都在我们耳畔萦绕。可是有了钱有了权的人还是觉得不幸福，只是别人替他们感到幸福罢了。还有更有钱的更有权的，还有那么多人骑在自己的头上。水涨船高，人心无足，蛇要吞象。

现世的得失、荣辱、毁誉、盛衰困扰着我们，让我们牵挂揪心。是名利的绳索绑缚着我们，让我们动弹不得，我们早已在烦忧中、在忙乱中迷失了自我，只知随它而去，如影随形，只在某些细节上有些喜剧的意味。

宇宙人生本无意义可言，但因为人的生活的需要，因为人的觉解，才有了意义。其了解的深浅多少不同，其所得意义也就不同。深的了解，可以谓之胜解。最深的了解，可以谓之殊胜解。现代的人们，大多失去了思想的能力，自己只是被牵着鼻子走，欲罢而不能。因为我们正在被同化，接受大众意见，忘我忘情，跟着世俗走，跟着权威走，争啊夺啊，忧啊愁啊，已经没有觉解宇宙人生的机会和能力了，宇宙人生的意义已经趋向同一，趋向庸俗，趋向肤浅。

《世说新语》上载，桓温问殷浩曰："卿何如我？"殷浩答道："我与我周旋久，宁作我！"我就是我，不一样的烟火，我有自己的价值和存在的意义，何必和人比较短长，而去强求呢？这是对自我价值的一种发现和肯定，超脱了那种一般的礼法观点。可悲的是大多数的人既不了解宇宙人生的意义，也不了解自己存在的意义，蒙蒙的生，冥冥的死，自己的幸福永远都让别人拿着，作出哀哀的乞求和苦苦的挣扎。

人应该有自己的目的、存在的意义，找回自己的幸福人生。而这在于我们对宇宙人生有透彻的觉解，对自己有全盘的把握。宇宙人生对于人所有的某种不同意义，就构成人所有的某种境界。冯友兰先生认为天地境界的人，"了解于社会的全之外，还有宇宙的全，人必于知有宇宙的全时，始能使其所得于人之所以为人者尽量发展，始能尽性。"（《新原人·境界》）这是因为知天，进而尽性，进而尽心，达到人的极致，成为贤人圣人。人应该定乎内外之分，自己为自己立法，怀着对上帝的虔敬，向目的进发。我们不再有待，毁誉荣辱对我们都不起多大作用，我们乘天地之正，御六气之变，游于无穷。我们是充满辛劳，但又诗意地栖息在大地上，享受幸福。

木心就是一个有目的的人，为自己立法。他说过："少年时代立下的志愿，因妥协而背叛，会遭到惩罚；始终不肯背叛自己的人，即使吃了很多苦头，最终却可以笑着。"木心是这样说的，也是这样做的。他十四岁开始写作，二十二岁经历"文革"，所有作品全都被烧毁，三根手指被折断。"文革"后又在伤心之余离别故乡来到美国。他说"文学是我的信仰，它让我度过劫难"。他将全部的情与爱，精神与理性都倾注给了艺术，无怨无悔，义无反顾，终成一代宗师，实现自己的幸福人生。

我们没有离开现实人生，不过做一个真人而已，我们一样地吃饭，一样的睡觉，一样地劳作。我们获得了最大的真实、最大的意义，尽心尽性，别无所求。担水砍柴，无非妙道；洒扫应对，尽性至命。雷锋一个普通的名字，但他又确是伟大的人物，他明了自己的人生目的，助人为乐，甘当螺丝钉，奉献自己的一生。雷锋没有做什么惊天动地的伟业，但他却获得了最大的幸福，因为尽心尽性，与世无争，乐此不疲。一切的事务，一切的人，都可以做出幸福的事，成为幸福的人，关键在于你有无省悟，而勇于实践。

我们有着新鲜的眼光、灵动的心灵，我们看到鸢飞鱼跃，欣欣向荣；也见到镜花水影，虚妄幻灭。呈现于我们眼前的是全新的生命图景，无不赏心悦目，无不顺心满意。我们爱看儿童绽开的笑脸，爱看老人靠着墙根晒太阳的快意，更爱看人们挥汗如雨的劳作，我们热爱的是跳动的生命！

然而，人们太热衷于名人、明星了，喜欢给他们树碑立传，也把自己往这条路上赶。君不见，请人作报告，多请高官要人、学者教授、老总大亨。好像我们每个人都要做总统，当明星似的。我们的教育，搞得我们好像不是上天堂，就要下地狱。其实，普通平凡之中也有真意，只要它有自己的目的，也有自己的快意，也有自己的幸福，我们又何必执着于名流大腕呢，而少了自我的个性。

海子死了，但他的诗未死，而且他的人生就是一首完美的诗。让我们聆听他的《面朝大海，春暖花开》的诗句吧：

从明天起，做一个幸福的人
喂马，砍柴，周游世界
从明天起，关心粮食和蔬菜
我有一所房子，面朝大海，春暖花开

从明天起，和每一个亲人通信
告诉他们我的幸福
那幸福的闪电告诉我的
我将告诉每一个人

给每一条河每一座山取一个温暖的名字
陌生人，我也为你祝福
愿你有一个灿烂的前程
愿你有情人终成眷属
愿你在尘世获得幸福
我只愿面朝大海，春暖花开

2002年12月9日

个人与组织

自人之降生，就是一个个独立个体，就开始逐渐有了自我意识，可以说是划开了混沌的世界，有了物我的分别。人总是以自我为中心，以自我来衡量整个世界，所谓“人是万物的尺度”（普罗泰戈拉语）。所以说，人首先是作为独立的个人而存在的，什么个人主义、自私自利大概也并不为过。

然而，个人毕竟是渺小的，俗话说“浑身是铁能碾几根钉”，“花红的轿子要人抬”。自古以来，因为生存，人们自然结成宗族部落，形成各种组织。正因为有了组织，我们才可以干大事，创造历史。试想，一架大型飞机，没有哪一个个人能够制造完成，必须是成千上万的人组织起来共同完成。无论民族战争，还是国家战争，没有组织，那都是不堪一击，最终一败涂地。想当年，我们汉人有上亿之众，而满人才区区几十万人，竟然被杀进关内，屠戮殆尽，看似不可思议，实在不过因为我们没有组织而已。想当年，日本鬼子打进国内，有时竟然十来个鬼子的小队就可以大摇大摆地进入我们的县城，如入无人之境。而我们满城的人则作鸟兽散，没有任何抵抗。我们也不能苛责我们的国民，大概没枪的干不过有枪的，没组织的干不过有组织的。

既然有组织，个人就必须要被放置不同序位，发挥不同的作用。组织要发挥集体效应，个人服从集体成了定律。那么，个人的独立，个人的中心就很难照顾，有时个人的得失已经无关紧要，个人的轻重可以忽略不计。像董存瑞舍身炸碉堡，对于组织来说，获益良多；对于个人而言，牺牲生命，一切归零。然而，作为组织，这种牺牲是必要的，它不会满足每个人的需求。当年修龙河口水库（如今的万佛湖），适逢饥荒，多少人因为劳累因为饥饿倒下了，就被后面的人挑的土给掩埋了，和土石一起筑成如今的大坝。水库大坝，被誉为世界第一人工土石大坝，可是那些无名英雄却压在了坝底，不言不语。所以今天我们修建龙河口水库纪念馆，就是要缅怀那些无名的英雄。

可是，组织极容易变异为个人的组织，假组织之名行个人之实，变成种种的专制独裁。历史上的君主帝王，就是吸血鬼，大小官吏不过是利益输送者，最终不过是搜刮民脂民膏，奴役百姓。这样的组织不过是私人组织，皇帝老儿就是山大王与大老板，各级官吏不过是管家和打手，对于广大百姓是要收保护费的，收多少那得看皇帝的喜怒了。如此的等级分明，唯上唯权，只会让组织变异成工具，成就的是大人物的穷奢极欲。

组织最大的危险是僵化，里面的成员被固定死，不能上不能下，更不能将最合适的人放在最合适的位置，而是任人唯亲，团团伙伙，结党营私，成窝腐败，真是不可救药。清政府也有组织，也有军队，甚至有全亚洲最好的武器装备，然而黄海一战，被弹丸小国日本打得屁滚尿流，几乎全军覆没。这样的组织从心上就坏了，早已千疮百孔，还能有什么力量。老百姓也看清楚了清政府不过纸老虎，对内狐假虎威而已。辛亥革命一声枪响，就震得它散了架，垮了台。墙倒众人推，树倒猢狲散，老大的大清帝国就这样土崩瓦解，灰飞烟灭。

个人总是渺小的、孤独的，个人更不能对抗组织，正像没枪的干不过有枪的。甲申之变，明季成灰，那些个硕儒名宿不愿投靠清朝，各自飘零，成为孤魂野鬼，却翻不出多少浪花。即使偶尔发发牢骚写写诗，还得提防着文字狱的皮鞭与镣铐。新中国的右派分子，也是被抄家，被批斗，写检查，蹲牛棚，进行劳动改造，一个个失魂落魄，人不人鬼不鬼的样子。甚至连堂堂的开国元帅、共和国国防部长彭德怀被下了枪，交了兵权以后，一样挨批斗坐“喷气式”，被打断骨头。

张爱玲对于组织始终都没有什么好印象，她是相信个人主义的。国民党她没有什么好感，共产党也不感兴趣，做汉奸更不靠谱，她只愿意“现世安稳，岁月静好”。然而不加入任何组织，只能被组织边缘化，成为一个零余人物，最终她流落海外，客死他乡，也是悲惨。

怎样调和个人与组织的矛盾，能够既有严肃又有活泼，真是一个世界性难题。或许我们可以用契约解决合作与独立的矛盾，确立好权利与义务的边界。卢梭认为：“人生来就是自由的，但却无处不身戴枷锁。”所以需要通过社会契约来调和矛盾。个人与组织也应该有一种契约关系，明确个人与组织的界限，相应的权利与义务，保证个人的相对独立，自由升迁，权力制衡。尤其是不要绝对的领导、永远的头头。领导不能凌驾组织之上，领导应该成为民意的传达者和执行者。这样合作为组织，分离为个人，既有共同合作，充满力量，也有相对独立，充分自由，它们靠契约法制规定彼此，实现优化。

美国在契约实践上可能比较成功。美国是由松散的邦国联合而来，他们对未来要掌权的人是不放心的，因为他们清楚议员也好，法官也好，总统也好，都是官，手中有权，一旦暴虐起来，比谁都恐怖，所以必须小心防范。所以美国人对权力是十二分小心，可以说是防官如防贼。于是美国人架起了三道坚实的防火墙——两院分开立法一道，总统立法审议一道，法院司法复决又一道。更重要的是，立法、行政、司法三个部门是一个连环扣的关系。国会有立法权，却没有执法权和解释权。总统有执法权，却没有立法权和解释权。法官有解释权，却没有立法权和执法权。而且，议员、总统、法官之间，也是一种连环扣的关系，相互制约，不敢造次妄为。

个人因组织而强大，组织因个人而永生。

2015年8月9日

老庄哲学审辨

我们生于孔孟之国，自然会在无形中受到孔孟之道的影响。但就我个人的情感倾向来说，我更亲近于老庄哲学。可能是因为我在生活中更多的是失败者，没有儒家那种积极有为的姿态。而老庄哲学让我获得一种心灵慰藉，找到看待世事万物的另一种方法。

儒家哲学是从自我出发，从家庭出发，以此为视角来观察研究社会国家。按照《大学》中所说，就是“修身，齐家，治国，平天下”。如果用孔子的说法，就是“己欲立而立人，己欲达而达人”（《雍也》）；如果用孟子的话说，就是“老吾老，以及人之老；幼吾幼，以及人之幼”（《梁惠王》）；总之是要“推己及人”。老庄则是从宇宙自然出发，以此为视角来观察研究宇宙人生，从久远到新近，从天道到人事，从永恒无限的自然到短暂有限的人生，讲求的是顺应自然，任运大化。

“道”是天地万物最初本源，也是万事万物生化成长的内在原理。老子说：“有物混成，先天地生。寂兮寥兮，独立而不改，周行而不殆，可以为天下母。吾不知其名，字之曰道，强为之名曰大。”（第二十五章）在混沌未分之先，在天地剖判之前就存在这个道。这个道也可以叫“天道”，如果从内在来说，就是宇宙万物的推动力，X的意向；如果从外在来说，就是万事万物的自然秉性、真实生活。庄子则进一步描述了“道”的特性。“夫道有情有信，无为无形；可传而不可受，可得而不可见；自本自根，未有天地，自古以固存；神鬼神帝，生天生地；在太极之先而不为高，在六极之下而不为深，先天地生而不为久，长于上古而不为老。”（《大宗师》）道是天地万物自古以来就独立存在的根本，自然生长的动力，非一般经验概念所能描述。“且道者，万物之所由也，庶物失之者死，得之者生，为事逆之则败，顺之则成。”（《渔父》）可以说，道是万物与万事存在与发展的依据与方向。在庄子看来，万事万物纷繁各异，但“道通为一”（《齐物论》）。在“道”的审视下，万事万物的分判都是没有本真意义的，没有真确价值，都可以化去，因为在道面前，一切都是齐同相通的，乃至是一体的。

道好像很神秘，其实不然。道就在宇宙人生之中，无处不在，无时不在。因为道就是自然本性，只不过人受到后天的种种蒙蔽，让我们丧失了本性与本真。如果能够去蔽去妄，回归自然，就有神灵来栖，就能道成肉身。老子说得很明确：“人法地，地法天，天法道。道法自然。”（第二十五章）效法自然，因顺自然，就能回复本性，得道上轨，乃至自生自化，融入自然的生生不息的洪流。人类在认识与改造自然的过程中，发明了名词概念，提出了是非分别，但这只是为了认识与实践的方便，并不是原本的真实存在。尽管它们在具体情境中可以发挥巨大作用，但很多时候蒙蔽了我们的本心，障碍了我们的双眼。所以庄子说："古之人其知有所至矣，恶乎至？有以为未始有物者，至矣，尽矣，不可以加矣；其次以为有物矣，而未始有封也；其次以为有封矣，而未始有是非也；是非之彰也，道之所以亏也。"（《齐物论》）

因为从天道自然的观念来说，要求我们归依天道，顺应自然，于是老庄提出了"养生哲学"。按照事物本性自由发展，其结果显示的则是"道"的妙用的无所不在，所谓"道常无为而无不为"（第三十七章）。所以老子说："道之尊，德之贵，夫莫之命而常自然。"（第五十一章）依道重德，就是让万物自己自由生长、发展。一切因顺自然，而不横加干涉。因为万事万物最终都不脱向道回归的命运，这是一条永恒的法则。"夫物芸芸，各复归其根。归根曰静，静曰复命。复命曰常，知常曰明。不知常，妄作，凶。"（第十六章）因顺自然，回归天道，就是明达，相反，就是胡作非为，那样是很凶险的。而庄子认为现实中人生备受困扰，终身役役，需要我们从道德规范、是非分辨中跳出来，做到依乎天理，因其固然，安时处顺，就能获得自然本性，从而游刃有余，充分发挥天性与潜能，达到自由完善的境界。

可是我们很多时候却违背自然，走向异化，就像庄子《应帝王》中所讲的"凿破浑沌"。传说南海之帝为倏，北海之帝为忽，中央之帝为浑沌。而浑沌对倏、忽十分友善，好好款待，具有恩惠。倏、忽想要回报浑沌，以为人皆有七窍，能够视听食息，于是帮浑沌日凿一孔，七日后浑沌却死了。事实上浑沌隐喻淳朴自然，而倏忽象征人为敏捷。浑沌之死的故事强调的是不要以人为去破坏自然，不要用工具理性取代天道，我们需要反对的是"以人灭天""以故灭命""以得殉名"，而要返本归真，"顺物之自然而无容私"（《应帝王》）。

如果说儒家是静止的定点透视，那么老庄则是变动的散点透视。儒家更多的是从现状看到了成规法则，维护的是礼法名教。道家更多的是从历史看到了变动不居、循环往复，认知相对。人生的变化、生死的无常都是变动过程中的产物，是非的辨别、差等的纷争都不过是认识本身的局限，自以为是而已。既然如此，我们可以听之任之，不必萦怀。

老子说："反者，道之动。"（第四十章）道是永远处于循环往复、永不停息的运动过程。"天地尚不能久，而况于人乎？"（第二十三章）天地也好，人也好，没有什么能够恒久长存。一切事物都有其对立面，相反相成，成为一个矛盾的统一体。"有无相生，难易相成，长短相形，高下相倾，音声相和，前后相随，恒也。"（第二章）事物相反相成又相互转化。"祸兮，福之所倚；福兮，祸之所伏。"（第五十八章）对立的双方是可以相互转化的，祸患固然不幸，但未必没有导致幸福的因素。由此观之，一切的属性与功能都是事物变动过程中的表现，不必过于在意，得之不要忘乎所以，失之也不必垂头丧气。

人生原本就十分有限，偏于一隅，自有成心与偏见，一切的认知分别都是缘于不同的认识主体或主体不同的认知角度、不同的认知情境造成，具有相对的不确定性。就譬如美丑的观念，原本是没有的，只是因为人而存在，是人以自己为尺度去判断事物而已，于是有了喜好与厌恶，有了亲近与拒绝。一切事物的属性与功能都是在相与对待的情况下才出现的，都会随着相互对待的状况的变化而变化。所以，庄子说："彼出于是，是亦因彼。彼是方生之说也。虽然，方生方死，方死方生；方可方不可，方不可方可；因是因非，因非因是。"

（《齐物论》）

一切的纷争与困扰都是从变动中来，也都从变动中去。原本对事物的分辨不过是为了认知的明晰和实践的方便，更好地生存与发展，可是很多时候却人为地加剧了人生的困顿，造成了自我的迷失。于是庄子提出“逍遥哲学”。从物论来说，我们的种种分辨与计较都是相对的有限的，是有待的不自由的，带有局限性。就好像“富贵”，怕是没个标准，一个人从科员做到局长，他可能还是烦恼，甚至更大。这是因为富贵是相互比较出来的，没有确定性。所以庄子要破除局限，去除障蔽，认为“莫若以明”“照之于天”。这样打开封闭的局限，超拔于无穷相对的境地，从道的视角来看待万物，就能够齐同万物，复通为一。只有开放的心灵，不再执着个我，不再留恋功业，不再贪图名位，才可以超出一切对待关系，与道冥合，从而逍遥无待，获得自由的境界。于是，“天地与我并生，而万物与我为一”（《齐物论》），“独与天地精神相往来”（《天下》）。

老庄哲学千言万语，不过“自然”二字。“养生哲学”是从正面说明养生保真，发挥天性，成就大道；“逍遥哲学”则从反面要求破除迷信，超越自我，回归自然。于是乎，我们天人合一，无为而无不为，无目的而合目的。老庄哲学就如宇宙深处的一道光，射向大地，指引众生寻找心的方向，融入道的洪流。

2017年11月18日

阶层内部分析

立身处世要建立统一战线，首要的是寻找自己的阶层兄弟，形成主轴，现在想来，依然觉得不无道理。老话说，穷帮穷，富帮富，官面儿帮财主。就连男婚女嫁，不也讲个门当户对、旗鼓相当吗？因为一个阶层有着诸多的共同利益，能够形成长期稳定的伙伴关系。古语所谓“物以类聚，人以群分”，确是一个朴素而真实的道理。

然而，同一阶层并非时时处处都是伙伴关系，阶层内部仍然有着不见硝烟的斗争。同一阶层内部，并非铁板一块，生命状态的变易，利益的争夺，都要使得他们明争暗斗。不仅是不同阶层之间存在利益纷争，而且同一阶层也存在利益的纷争。同一阶层的人总是想着，你有的我也应有，你没有的我也应有；你的胜利就是我的失败，你的失败就是我的胜利。萨特有一句很形象的话，“他人就是我的地狱”。人和人之间很多的时候是对立的，一切都成了异己的力量，斗争攻击似乎成了一种本能。“文人相轻，自古而然”，“同行是冤家”，这样的格言俗语大家都是耳熟能详的，说的都是同行之间的矛盾斗争。特别是中国人，聪明才智有时都内耗掉了，拉帮结派现象十分严重。

同一阶层有着共同的立场和态度，但决不妨碍他们的分歧和纷争。君不见好多一起打江山的好兄弟，后来反目成仇，要背后下刀子，置之死地而后快。不同阶层的人固然是天生的仇敌，但也不排除他们走到一起的可能，一样可以称兄道弟。山不转水转，水不转风转，利益使他们捐弃前嫌，亲同一家。我们固然要看到阶层出身的不同，但也要看到不同身份地位、个性性格的人联合的可能。

还记得张爱玲的《倾城之恋》吗？小说女主人公白流苏来自上海一个旧家庭，经历了一次失败的婚姻，身无分文，在亲戚间备受冷嘲热讽，看尽世态炎凉。而男主人公范柳原是钻石王老五，纵情声色，一掷千金。可以说两人原本不在一个层面，没有牵手的可能。但范柳原的出现，给了白流苏一次下赌注的机会，她要拿自己当做赌注，远赴香港，博取范柳原的爱情，争取一个合法的婚姻地位。最终她成功了，因为在战争和死亡面前，金钱地位都不重要了，重要的是心灵的拥抱、人生的归宿。

国际关系中常讲的一句话就是“没有永恒的朋友，只有永恒的利益”，所以说，阶层不是衡量朋友关系的唯一标准。现实生活中的人往往过于功利了，缺少一种审美的态度，那种出乎天真，意气相投的关系实在是难能可贵了。生命是个动态变化的过程，人与人之间总有相契感应的时候和地方。无目的而合目的，无功利而含功利，或许整个世界要更温情一点。

相互交织，重重无尽，只有永恒的关系；世事沧桑，流转不息，只有永恒的生命。

2000年7月30日

谁主沉浮

在这花花世界，灯红酒绿，宝马香车，熙来攘往，不禁让人无端惆怅，试问苍茫大地，究竟谁主沉浮？

随着历史的进程，将依次选择武力军事、经济资源、技艺思想作为龙头老大，作为时代的标尺。这是历史进步的阶梯，是向上帝祈祷的意向。在远古社会，那是武力军事的天下，武力说了算，武力可以解决一切；到了近代，则讲经济资源，财大则气粗，钱成了人的胆子；而将来，技艺思想将要翻身作主人。

在一个无序的人群中，没有外力的制约，武力军事那是头等大事。凭借武力军事，不仅可以抢夺土地财产，可以抢夺女人奴隶，还可以说话评判，甚至可以消灭对手，让他皮之不存。在原始社会，还没有真正的集团国家，不存在什么公共的法则，所以那些皮革不丰的人是生存不下去的，只能做强者的肥料。那是赤裸的弱肉强食，如同野兽的搏杀。在那些动乱的年代，少了统治百姓的主子，社会没了秩序，缺少了制约机制，武力也尤为重要。过去常听人说，要多养儿子，这样就可以不受人欺负。

与武力军事紧密相关的一个概念是政权。所谓政权，关键一点是看他有没有军事武装，正是枪杆子里面出政权。政权之间至今仍没有达成协议的迹象，所以政权之间还要明争暗斗，而且日趋激烈，那是军事杠杆在起作用，那是用大炮在说话，谁拥有强大的军事武装，谁就赢得了真理。

但随着社会的发展，武力让渡给了社会，天下成了有砖有瓦有王法的地方，如若目无王法，以武力施暴，会有捕头警察来对付你。军事也正逐步渐进地让渡社会，譬如各国纷纷建立战略伙伴关系，再如欧共体，不仅是经济共同体，而且开始了军事合作。将来建立人类共同体也是很有可能的，将整个人类社会都纳入法治之下。这时候，就要由经济资源坐头把交椅，谁有钱谁就是老大。经济资源成了衡量人们身份地位、价值意义的尺度，一切都要向“钱”看。君不见当今世界掠夺资源、攫取财富是如火如荼吗？握住了银元美钞，就握住了别人的身家性命，别人当然就俯首帖耳、惟命是从。

武力军事为什么要让渡呢？这是人类的意向，是上帝的意志。假如让那种无序的打打杀杀永远进行下去，不光人类不能进步，只怕用不了多久，人类就要消亡了。武力军事的发展发达，必然会有部分武力军事退隐。武力军事让渡社会，是为了实现社会的优化组合，更好地配置资源，让社会更好发展，逼近它的最终目的。

强健体魄，开发资源都是极其有限的，而技艺思想的开发创造是无限的。将来的社会，将是技艺思想的社会。那时，经济发达，财富充裕，吃饭温饱已不再是问题了，有钱已经没人稀罕，也不再任性，反倒是技艺思想将大行其道。现在，社会在逐步推行福利制度、保障制度，人们基本的生活得到保障，吃穿不愁，经济财富也正在逐渐让渡给技艺思想。加之科技的发展，人工智能时代的到来，很多人都将从各种繁重的劳作中解放出来，更有技艺思想创造的时间与自由。相信那时必将是八仙过海，各显神通。

无论是武力军事，还是经济资源、技艺思想都是生命冲动的表现，都是为了实现最佳的优化组合，逼近最终目的。人的生命离不开肉身、环境、思想，肉身是生命的载体，是第一位的，所以与之对应，武力军事也是第一位的。但是光有匹夫之勇，光有资财金钱又有多大作用呢？只能被人驱使，被物奴役，由此看来，思想又是十分重要的。诚如帕斯卡尔所说，人的本质在于思想，只有思想可以突破局限，穿越时空，趋向永恒。

不过，需要说明的是三者的次序只是总体而言，在实际的某个时空，三者未必完全如此。在大趋势下还有小的曲折，在大的环境下，还有小的特色，我们不能因为总的趋势而否定在具体问题上武力和金钱的作用，否则，那真是十足的书呆子。

人是一要生存，二要温饱，三要发展；人类社会则是一要武力军事，二要经济资源，三要技艺思想。而三者之间往往又是交互为用的，发展可以促温饱，技艺思想也可以促经济资源。与此同时，三者也是相互制约的。试想，一个食不果腹的人，又有多少审美的闲情呢？

2001年10月24日

生生不息

自古及今，有多少人想青春永驻，长生不老，可是炼丹采药，拜佛求仙却都无济于事，让人徒生莫名的惆怅，只好在幻想中寻求慰藉。

死水里长不出美艳，发不出新芽。一切封闭的东西都是死物，就别指望它会生生不息，历久弥新。只有涤除成见，去蔽去垢，使得内外交通，新陈代谢，变化吐纳，才能充满生机活力。“问渠哪得清如许，为有源头活水来。”（朱熹《观书有感》）是交流，是创造，是实践，是推陈出新，是改造自我，与时俱进，才使得生生不息。生命的肯定形式与否定形式正是其内在机制的保证，在肯定中否定，在否定中肯定，正如阴阳和畅，才能生化万物。

中国古人很重视“生”，《系辞下传》上说：“天地之大德曰生”，《系辞上传》有云：“生生之谓易。”然而却有闭关锁国，不思进取；却有惟我独尊，夜郎自大；却有自我封闭，不问世事。个人没有心灵的开放，没有往来酬答，就会成为活死人、木乃伊；国家没有开放交流，没有引进吸收，就会江河日下，国将不国。不是在生长，就是在死灭，两者必居其一。

赵武灵王“胡服骑射”的故事大家耳熟能详。我们知道赵国当时周边多为强国，东有齐国，西有秦国，北有燕国和胡人，备受侵扰，军事压力很大。而我们古人的衣裳多是宽衣博带，像个裙子，打仗行动很不方便；而且我们习惯车战步射，不如北方少数民族骑兵勇猛迅捷。赵武灵王为了富国强兵，决心着胡服、学骑射，取胡人之长补中原之短。尽管一开始遭到一些朝臣和国人的反对，但他认为“愚者所笑，贤者察焉”（《资治通鉴》），“势与俗化，而礼与变俱，圣人之道也”（《战国策》）。在他的坚持与劝说下，改革得以实行，最终建立起以骑兵为主体的一支军队，赵国一跃成为当时除秦国之外国力最强的国家。

人每天要吃食物，才会肌骨丰盈，几天不吃，就会面黄肌瘦，四肢无力。人的头脑思想也是如此，没有交流吸收，自保尚不可能，就更谈不上创新生化了。装满水的杯子就不能再装水，装满成见的头脑就不能接受新的思想，没有宽容的度量，没有虚心的态度是不行的。激荡的水流不能映照万物，起伏的情绪不能容纳新知，静心养性，心平气和才好。

我的老师汪裕雄先生就是虚心学习的典范。20世纪90年代初，当时学校的潘德荣老师从德国留学归来，给学生讲授诠释学，讲授伽达默尔。汪老师当时已经五十多岁了，比潘老师要大不少，而且已经是著名教授了。可是他竟然像学生一样去听课学习，而且每次都坐在前排，认真做笔记。

生生的途径可以有以下几条：

其一是交友谈心。有些人不愿或不屑与人交谈，喜欢躲进小楼成一统，这种做法是不可取的。有些人听不得不同的意见，看不得不同的见解，实际上偏执狭隘的很。每个人有不同的经历，有不同的见解，彼此对话交流，才能纠偏去妄，才能启迪心智。然而自己的生活毕竟有限，所交所谈的也不过周围的一些人而已，时间一长，也就彼此彼此，没有新见了。

其二是利用媒体交流。如上所述，交友谈心还是狭隘了，利用媒体就可大大的开阔眼界。我们可以阅读各种书籍经典，可以看电视电影，还可以利用互联网络，获取海量信息。若能如此，真能思接千载，视通万里，不出门而知天下事。读书学问就应博览群书，转益多师，才有长进。

其三是多多实践。到生活中去，到基层中去，在实践中会发现新问题，观察新现象，动手尝试，分析解决，就会引导我们逼近事实真相，达到真理。如西方神话，安泰力大无穷，可是离开了大地母亲就没了力量。同样，离开了实践，终是不中用的花架子。

总之，是要在更广的空间，更长的时间中生化，“乾坤万里眼，时序百年心”。出于崖渚，观于大海，乃知尔丑，可以语于大道。

生生之理其实很简单，大家都知道近亲繁殖不利后代的生长，杂交嫁接倒能子孙长宜。这就要求我们在开放中生存，不断吐故纳新，在变易中永生。

2001年8月16日

阶层的分析

不知从何时起，人们爱上了辩论会，唇枪舌剑，恨不得饱以老拳。据说北京好多高校搞辩论会，会后有人调查发现，那些人所论观点都和他们自身利益有关，都是从自己的立场谈论。我在想，人们说话做事，都有自己的立场，都与自己的利益和生命血脉相连，息息相关，这是一条经得起检验的真理。

马克思主义者谈阶级立场，使我颇受启发。“我们几乎到处都可以看到社会完全划分为各个不同的等级……几乎在每一个阶级内部又有一些特殊的阶层。”（《共产党宣言》）不过我不认为有完全固定不变的阶级，却有动态变化的阶层。所谓阶层，就是具有主要的共同利益，相似的生命状态的人集合。这就是说，这些人往往有着相同的命运，有着相似的生存处境。这样就造成他们相似的生命状态，要朝大致相同的生命方向。他们同呼吸，所以共命运，他们彼此触着对方的温暖，找到自己生命的影子，他们成了战友与伙伴，手挽着手向前闯去。由于他们同一立场，才能异口同声，一呼百应。

阶层是动态变化的，一旦生存处境发生了改观，生命状态得到了调整，他就会从一个阶层转向另一个阶层。毛泽东深刻论述了民族资产阶级的动摇性，风吹二面倒。格局的变化，必然引起阶层的变化。那么为什么工人、农民就没有动摇性？因为他们生存处境毫无改观的希望，一直在最底层挣扎。可实际上，作为个体的人，由于某种不确定因素的影响，是有改变的可能的。所以说一个阶层每天都会有人退党，也会有人成为新会员。正是在这个意义上，我愿意使用“阶层”这个范畴，而不用“阶级”这个概念。社会的进化，生命的成长，阶层变化也是自然的事。

冯梦龙《喻世明言》中有一篇小说《金玉奴棒打薄情郎》，其中的莫稽秀才就体现了阶层的变化，以及由此引发的立场变化。

莫秀才早年父母双亡，贫困潦倒，无力婚娶。临安城金老大是数得着的富家，有一个女儿名叫玉奴，一十八岁，生得如花似玉，而且识文断字。金老大以前是团头，也就是花子头，而今家大业大不做了，眼前就这么一个女儿，一心想嫁个有出息的读书人。有邻居撮合二人婚事，莫稽对那团头的出身有些犹豫，怕被人耻笑，但考虑到自身处境，愿意俯就他家，入赘为婿。金玉奴十分要强，创造读书环境，劝丈夫刻苦自励。莫秀才从此才学日进，连科及第，做了无为军司户。做官以后，身份地位自然与往日不同，反而嫌玉奴出身微贱，影响自己的名声、前途，在赴任途中将玉奴推落江心。这真是此一时彼一时，立场马上不同，微贱的时候可以俯就，发达的时候怎能忍受。好在后来金玉奴巧被莫稽的上司许大人所救，且收为义女，身份发生了变化，这才有了最后的破镜重圆，言归于好。

一个人的行为是有立场的，是以自己的生存处境、生命状态为出发点和归宿点的。从某种意义上说，一个人的生存处境和生命状态决定了他说什么话、做什么事。就像一些房地产商和炒房者，总是希望房价上涨，好赚个盆满钵满。于是他们编出房价永远都会上涨的鬼话，甚至放出房价不涨提头来见的大话，估计这头最终要做尿壶。由此我们想到，没有天生的怯懦与勇敢，没有天生的自卑与自信，财大才会气粗，势大才会霸道。不信但看酒席宴上，那些张牙舞爪、滔滔不绝的哪个不是有头有脸的人物。但作为学者文人，研究学术理论，应该突破自身的立场界限，心彻时序，眼观八荒，为上帝代言。天民超越了市民，注定孤独与寂寞，这也是天民悲剧的所在。

我们生活在社会之中，要面对各色人等，有敌有友，如何团结朋友打击敌人，为自己开拓生存空间，这至关重要。毛泽东关于统一战线的论述对我们很有启示。首先是要寻找自己的阶层兄弟，真正靠得住、经得起的伙伴，形成一个核心主轴，再向四下辐射，团结一切可以团结的力量，建立最广泛的统一战线，而不是关门主义。所以做人不能太苛刻，所谓"水至清则无鱼，人至察则无徒"。有时我们并非同一阶层，可在特定情境中、形势下，我们很多人就会有共同的利益，就会走到一起来。比如我们都是歌迷，都喜欢某位歌星，这就是共同利益。再如车上遇匪，同车旅客就成为一条线上的人。当年日寇入侵，中华民族同仇敌忾，上下一心，达到空前的团结。当然这些东西是不太可靠牢固的，不过这没关系，今天会失去一部分人，明天还会再来一批人，常易常新，永远生机勃勃，难道不是吗？

"谁是我们的敌人？谁是我们的朋友？这个问题是革命的首要问题。中国过去一切革命斗争成效甚少，其根本原因就是因为不能团结真正的朋友，以攻击真正的敌人。"（《毛泽东选集》卷一）这段话是毛泽东的千古名言，也是不灭的真理。立命需要安身，进行阶层分析，辨清敌友，建立统一战线是很有必要的。

2000 年 5 月 14 日

以我役物

唐代柳宗元曾有一篇小品文《蝜蝂传》，描述了一种小动物蝜蝂，它喜欢背负东西，而且愈背愈多，愈背愈重，可它积物不散，以致坠地而死。子厚感叹说“今世之嗜取者，遇货不避，以厚其室，不知为己所累”，正如蝜蝂。我们离唐代已是千载有余，嗜取之人不但没有灭绝，只怕更甚。本来人之意欲是生命之源，是推动生命，而不是消耗生命，而今意欲泛滥成灾，淹没了生命，让生命失去了本真。

古往今来，人为物役的事例不胜枚举，被名缰利锁捆绑的人又何其多哉，被欲望蒙着眼睛、被权力牵着鼻子、被“孔方兄”抽打着推磨，乃至有了“五十岁以前拿命换钱，五十岁后拿钱换命”的说法。人生在世，一辈子忙忙碌碌，蝇营狗苟，东奔西突，究竟是为了什么？企求什么？获得了什么？《庄子·齐物论》云：“一受其成形，不亡以待尽，与物相刃相靡，其行尽如驰而莫之能止，不亦悲乎！终身役役而不见其成功，苶然疲役而不知其所归，可不哀邪！”这样的人迷失了真正自我，这样的人生难道不悲哀吗？

建起一座牢房，本以为我们可以关住犯人，谁料也关住了一份自己的空间；我们占有大厦轻骑，谁知大厦轻骑也占有了我们的一些时间精力。这个世界是个拓扑结构，你在占有的同时也在被占有，在消费的同时也在被消费，在玩弄的同时也在被玩弄。磨刀恨不利，刀利伤人指。可我们有些人，恨不能占有天下所有的财富，恨不能将一切据为己有，以为如此才是最大的幸福。然而最幸福的人未必就是最有钱的人，最有权的人。有了车子，却让我们丧失了腿的功能，再也难见一路的风景。有了电视，却让我们关门闭户，很少交流谈心的机会。有了高位，就不大好和群众打成一片，贴心体己。我们征服，我们占有，我们却同时也被征服被占有。

人有意志理性，人可以从中抉择，可以调试到最佳的状态。做人和写诗作画一样，辞藻华丽，长篇大论未必就好，而应通盘考虑，需要整体隽永蕴藉，得其风流，所以苏轼说“常行于所当行，常止于不可不止”。坐飞机固然快速高效，但都也可以“竹杖芒鞋轻胜马”。花天酒地固然美妙，但“绿蚁新醅酒”，却也温暖可人。

管子言：“君子使物，不为物使。”荀子讲：“君子役物，小人役于物。”《庄子·山木篇》里也有一句话，“物物而不物于物，则胡可得而累邪”。苏轼说：“君子可以寓意于物，而不可以留意于物。寓意于物，虽微物足以为乐，虽尤物不足以为病。留意于物，虽微物足以为病，虽尤物不足以为乐。”（《宝绘堂记》）逍遥优游的人，是以我役物，而不是以物役我；贪婪自私的人，是以物役我，而不以我役物。以物役我，则没了灵气，生命在盲目的追求中被物化消耗，失去了生命的本真意义。以我役物的人生香活意，充满生机，溢散灵光，他们照之于天，始终把握生命，让生命发挥得淋漓尽致。虚实相生，有无相长，在有限中见无限，在崇高绚烂中寄寓平淡疏落。以我役物，不是超脱凡尘，不是标新立异，而在于他们清楚地知道生命才是他们的目的，外物都是服务于此，所以他们知道取舍进退，所以从容洒落，生命获得了成长，也得到了最大的快慰。

苏轼一生是超然物外，随遇而安，心无挂碍，决不为物所役，为形所羁。据宋人笔记《梁溪漫志》载，苏轼晚年刚被赦免，从荒远的海南岛回到内地，一位朋友帮他在阳羡买到一所老屋。苏轼倾其所有，花了500贯，房契也拿到手了。正在准备入住前的一天傍晚，他在路上散步，听到有妇人的哭泣声，他循声看去，发现一位老婆婆正哭得伤心。老妇人说，她的儿子不争气，游手好闲，一味挥霍，现在连传了上百年的祖居老屋都被他卖掉了，弄得她连安身之处都没有了。苏轼再问，方知正是自己买了老婆婆的祖屋。苏轼当下就把房契烧掉，把房屋退给老婆婆，竟然不要一钱。而苏轼自己却无屋可住，只好借居他人。

弥达斯王救了酒神的父亲，作为报答酒神要满足弥达斯王的一个愿望，结果弥达斯王要了一个点石成金的手指。酒神只能惋惜地满足了他的愿望。弥达斯王非常高兴，一路上把见到的东西都点成了金子，自以为拥有用之不竭的财富。可是等他饿了，随手拿起了一个苹果来吃，没想到苹果变成了金苹果。他想喝水，手一接触，就变成了金水。这下子，弥达斯王慌了，感到问题的严重性。最后，仁慈的酒神还是让他洗去了这种魔法。寓言或许可以告诫我们，我们不能沦为金钱的奴隶，而应该做金钱的主人，让金钱为我们美好的生活、美好的情感服务！

2001年9月10日

随遇而安

2002年的韩日世界杯的揭幕战，世界冠军法国队输给了弱小的非洲球队塞内加尔队，这让法国人惊呼，让世人惊奇。其实，自1974年世界杯迄今，在揭幕战上，冠军队只胜过两回。这当中的原因固然很多，但重要的一点就是没有及时调整心态，摆正位置，仍然沉溺于过往，而无视现在此地。

人生亦是如此。每每进入一个新时期，到了一个新环境，往往不能及时调整自己，以致吃了不少苦头，走了不少弯路，甚至一蹶不振，就中沦落。没有了根系就没有了灵魂，没有了创造就没有了生命。植根大地，向上帝祈祷，才会获得新生。超然物外，随遇而安，把寂寞、得意都看作一种人生经历，把整个人生生命都融入通向最终目的的过程中。“莫听穿林打叶声，何妨吟啸且徐行”。苏轼正是这种随遇而安的人，尽管一生倍受打击排挤，但仍乐观旷达，笑对人生，因为他很清楚他的人生目的，因而有上帝的佑护。但柳宗元就不同了，从京城大员到放逐蛮荒，从天上一下子掉到地上，他无限怀恋过去的显达光荣，只有不断地怅惋叹息，叹息怅惋，欲罢不能。特别是第二次贬谪流放柳州，让他彻底看不到希望，最终郁郁而终。

一个开悟觉醒的人，面对一切贫穷富贵、生死祸福都能泰然自若，安时处顺。“适来，夫子时也；适去，夫子顺也。”（《庄子·养生主》）举世誉之不加劝，举世毁之不加沮，至大至刚，从容逍遥，因为上帝在我们的心里，我们在上帝的怀中，上帝是我们的目的，我们是上帝的目的。在这里，人神合一，天人合一。我们相信自己，我们热爱生活。只有厚德载物，自强不息，才会得到拯救，这是我们的信仰。因为信仰使我们获得了自由，获得了力量，随遇而安，泰然自若。

王阳明就是这样的人。他出身名门，少年聪颖，二十岁就考中举人，然而参加会试却屡次落榜。状元父亲只好劝他不要伤心，安慰他再接再厉。而他也开始被人说是纨绔子弟，由当初的被捧变成被黑。朋友问他，你不怕别人耻笑吗？他却说：“世以不得第为耻，吾以不得第动心为耻。”不以不登第为耻而为因之懊恼为耻，这是何等超脱，足见其不凡的气象。其实这种随遇而安并不奇怪。十二岁的王阳明曾问老师：“人生最重要的事是什么？”老师说：“当官。”王阳明却很不满意这个答案，他说：“登第恐未为第一等事，或读书学圣贤耳。”王阳明志在做圣人，以此作为终身信仰，区区一个进士怎么会放在心上呢？

陀思妥耶夫斯基揭示人丧失信仰的悲剧。因为丧失了对上帝的信仰的人，必然得出一切都是允许的结论，而这样的人最终只能走向毁灭，即精神世界的瓦解。舍斯托夫说：“人只能以信仰为生”。（《旷野呼告》）事实上，没有信仰的人是不存在的，因为没有信仰也能成为信仰。俄国的宗教哲学家们深切感受到人类的苦难和眼泪，于是他们信仰了上帝基督。舍斯托夫认为理性真理没有灵魂和意志，空洞虚幻，“它们由虚无而来并早晚要回归于斯”（《旷野呼告》），希望通过上帝战胜必然，通过启示真理来消解理性真理。而我们不向身外、世外去寻求上帝，因为没有了人类，没有了世界，那么也就没有了上帝。李泽厚先生说：“‘活’本荒谬而偶然，‘活’或‘不活’的意义都由人自己去建构。问题只在于是把‘活’的意义建构在不活、他世、上帝、还是就建构在这‘活’本身?”（《世纪新梦》）

2002年6月1日

人之相与

人是活在人中间的，是构境下的存在。每天总要面对那么多的人，交道往来，这是一个无法回避的事实。人生的轨迹不仅仅由自己个人决定，也有别人的影响。或许我们没有力量移动泰山，但我们却有意志移动自己。人之相与，究竟以何种态度面对，才能左右逢源、优游自在？

妍丑贤愚，各色人等，该和谁亲近，又该与谁疏远。其实，更多的时候是面对那么一个个活生生的人，朋友、敌人都是形势现实造成的，都是我们自身的态度造成的。现实人生中，那种势不两立、不共戴天的仇敌不多，那种心心相印、刎颈之交的挚友难得，更多的是不冷不热、不远不近、不愠不火的熟人。我们不想和每个人都成为生死至交的朋友，没有这个可能，也没有这个必要。我们更多关注的是与人交好，建立友好亲善的关系，不求个个都是朋友，但求减少一个敌人。

毛泽东认为取得战争胜利的策略就是“发展进步势力，争取中间势力，反对顽固势力”。我想毛泽东的这个策略也适合于现实人生，应该团结一切可以团结的人，建立最广大的统一战线。对待朋友，相亲相爱，我们姑且搁置不论。对待敌人，斗争与团结并举，以斗争求团结，以团结去斗争，坚决斗争，促进团结，打倒一批，转化一批。坚持自卫原则，胜利原则，休战原则，即“有理”，“有利”，“有节”。（《毛泽东选集》第二卷）要团结一切可以团结的力量，我们绝不可树敌太多，必须在某些方面有所让步，有所缓和，这样，我们就可以把敌人缩小到最少，才好集中力量向另一方面进攻。

“相识满天下，知心能几人”，怎样由点头之交的熟人变成情谊深厚的朋友，这是尤为值得我们思考的问题。深情厚谊多半因为意气相投，志同道合，才有相互接纳，相互欣赏。当然，这当中要有共同的利益、共同的目标、共同的理想、共同的事业才好，这样才有真正的有机融合，互为手段与目的，成为一体，声应气求。如果，长期没有活动联系，意气相投的人也会渐渐疏远起来。中国人讲究人与人之间要走动走动还是有一定道理的，否则，为什么新春佳节需要走走亲友，聚聚聊聊。

人也是一道风景，也有接受原则。生命状态相近的东西，人们易于接受，反之，过于威严宏大，只能让人敬而远之；过于弱小可怜，只能让人狎而不恭。不能太高太强，要小要弱，但又恰到好处，让他觉得亲切可近，就是他们圈子里的人，这样才能使人赏心悦目，欣然接受，相交甚密。离得不能太远，让他觉得彼此疏远；离得不能太近，让他觉得受到威胁。触手可及，却不唾手可得；瞻之在前，却又忽焉在后。不卑不亢，平和自然，与他的生命和谐协调，恰到好处。太硬的东西容易被折断，太软的东西容易被束缚，看来取乎中道，是我辈应循的原则。

人之相与，以心换心，以热情赢得热情，以爱赢得爱。马克思曾说：“人同世界的关系是一种人的关系，那么你只能用爱来交换爱，只能用信任来交换信任……如果，你想感化别人，那你必须是个实际上能鼓舞和推动别人前进的人。”（《马克思恩格斯全集》四十二卷）我们不神化别人，但更不要鬼化别人，我们尊重别人，热爱别人，关心别人，帮助别人，以自己的爱心去激活唤醒别人的爱心，以自己的人格力量去感化别人、激励别人。心中一团火，脸上带着笑，以自己的火点燃别人的火，以自己的笑引爆别人的笑，同情悲悯，宽容大度，亲切和蔼。只有如此，才能和睦相处，融洽关系，建立深厚的情谊。最终彼此分享与给予，不仅丰富我们的生命，而且获得自己的价值与力量。

当年一曲《凤求凰》引得文君夜奔，当垆卖酒，司马相如和卓文君二人感情至深可见一斑。然而随着司马相如的飞黄腾达，他竟然产生了弃妻纳妾之意。独守空房的卓文君，寂寞泪阑干，写下一首《白头吟》：“闻君有两意，故来相决绝。愿得一心人，白首不相离。”然而，曾经患难与共、情深意笃的日子司马相如早已忘却。终于某日，司马相如给妻子送出了一封十三字的信：“一二三四五六七八九十百千万”。文君反复看信，泪流满面，明白丈夫的意思。数字中无“亿”，表明已对她无“意”。文君心凉如水，于是回了一封《怨郎诗》：“一别之后，二地相思，只道是三四月，又谁知五六年。七弦琴无心弹，八行书无可传，九曲连环从中折断，十里长亭望眼欲穿。百思想，千系念，万般无奈把君怨。”诗歌写尽缠绵哀怨，真是怨有多深爱有多深，爱有多深怨有多深！司马相如读后愧爱交加，悔恨不已，从此回心转意，和卓文君恩爱如初，终老林泉。

深厚的情谊要求我们彼此走进对方的心灵世界，成为不可或缺的人。只有真诚地向别人打开心扉，用真情感化别人，才能走进别人的心灵深处，成为别人最可信赖的朋友。与人相交，重在交心，若不能交心，永远都是两个世界的人，只有双方敞开自己的心扉，互相接纳，互相理解，平等自由，宽容和谐，才能心灵契合，相亲相近。人之相与，重在生命的交通酬答，那种无关痛痒、故弄玄虚的寒暄废话根本就不是交流沟通，只能让人厌恶生气。一个人自我封闭，不愿表达自己的真情实感，别人怎么可能与你亲近呢？只有真情流露，同情地了解，让心灵相互交流碰撞，生命相互融合成长，才会让我们靠得更近一些。

人之相与，一心换一心！

2002年8月23日

无心插柳始成荫

我们中国有句俗话：“有心栽花花不开，无心插柳柳成荫。”何以如此？柳宗元在《种树郭橐驼传》里把道理讲得很清楚。郭橐驼说自己种树硕茂早蕃的道理就在于自己栽种时像对待子女一样细心，栽好后却像丢弃一样不管不问，从而保全了树木的天性，不去妨害树木的生长。而一般人种树，“爱之太恩，忧之太勤”，却是“虽曰爱之，其实害之；虽曰忧之，其实仇之”，结果妨害了树木生长。

这也说明了一个道理，有些东西一心强求反而不能如愿，不如顺其自然，尊重天性，可能就在不经意中取得收获。这个道理移之教育，可能再恰当不过。

庄子在《人间世》中讲过一则“拊马不时”的寓言故事。有一个人非常爱马，关怀他的马算得上是无微不至，他以精细的竹筐装马粪，用珍贵的蛤壳接马尿。一次，刚巧一只牛虻叮在马身上，他出于爱惜就随手拍击，可没想到马儿受到惊吓，便咬断勒口、挣断辔头、弄坏胸络。爱马的人意在爱马却失其所爱，这让我们这些希望教育他人的人能够不谨慎吗?

马有马的习惯，马有马的思维，爱马的人以为是爱它就随手帮它拍打牛虻，可是马并不理解人的行为，它也就不领情，甚至认为是要伤害自己，爱马的人没有给马踢死，就算是幸运的了。只凭良好的愿望，不考虑具体对象和客观效果，可能好心却办坏事，结果事与愿违，适得其反。事实上，教育何尝不是如此。教育者必须尊重孩子的个体生命，千万不要把自己的想法强加给孩子，不要以己教人，而是要强调沟通理解，心意相通，心领神会，才可能施加教育影响。每个人都有自己思维习惯和行为方式，都有内心的成见，如果一味地以己律人，以己教人，可能就会受到抵制乃至遭到祸害。所以庄子主张“无己”，提出要“心斋”，即“虚以待物”，不要有功利和成见；要“知其不可奈何而安之若命”，顺其自然；要端正自己，并且“形莫若就”“心莫若和”，表面上不如顺从依就以示亲近，内心里不如顺其秉性暗暗疏导。所以，他如果像个天真的孩子一样，你也姑且跟他一样像个无知无识的孩子；他如果同你不分界线，那你也就跟他不分界线；他如果跟你无拘无束，那么你也姑且跟他一样无拘无束。庄子从哲学的高度告诉我们，教育最可怕的是目中无人，自以为是，想当然地去施教，那样注定要失败，真正的教育首先是对个体生命的尊重，是润物细无声的教育!

学习是孩子自己的事，任何人都不可能代替孩子学习，就像我们不能代替孩子去吃饭一样。心理学家马斯洛说：学习不能由外铄，只能靠内发，学习的基本动力来自个体内部。著名哲学家邓晓芒先生更认为，从本质意义上讲，一切学习都是自学。这就更是说明学习只能是自觉自愿的事，非外力可为的。道理很简单，学习过程中，人的情感、思维等心理活动，不是我们能控制得了的，再严厉的家长或老师，你也不可能时时刻刻盯着孩子，你也不可能管住孩子的内心活动。除非自觉自愿，否则，任何严厉的管教都注定是失败的，是不可能有好结果的，只会干扰孩子自我教育、自我成长的过程。

外在的要求与规定，只会让孩子烦躁，而一时达不到要求又会让他们越发自卑，又自卑又烦躁还有学习的快乐吗？那么又怎么能够产生学习的兴趣，又怎么能聚集走向自我成长的能量。这种勉强与妄作只会让孩子彻底瘫痪，如同得了癌症一般。不仅棍棒起不了什么作用，旁边就是放上铡刀估计也照样干不好学习。卢梭在《爱弥儿》中说："出自自造的东西，都是好的，而一到人的手里，就全变坏了。"此言今天听来仍是振聋发聩。

其实我们要充分相信孩子，相信每个孩子都是想好的，都有一颗上进心，都是一个独特的可造之才。儒家就倡导性善论，所谓"人之初，性本善"，孟子说过："舜何人也，予何人也，有为者亦若是"，"人皆可以为尧舜"。（《孟子·告子上》）只要发明本心，人人都可以向善，人人都可以成才。美国人本主义心理学家罗杰斯就深信人性中有着一种积极的、建设性的、创造性的实现趋向，他说："人的基本属性自由发挥作用时是建设性的，可以信赖的。"（《充分发挥作用的人》）在一个自由轻松的环境，才有人格的健全，天性的诗意栖居，才会充分发挥他们的潜能，让一切成为可能，做一个最好的自己。相反，种种的禁忌、规矩、约束，严格管教，只会让孩子备受压抑，反抗防御，心灵扭曲，丧失自由天性，无法实现自我教育和自我成长。

好奇心和求知欲是每一个孩子天生就有的，可谓本心好学。他们要通过学习来满足自己的好奇心和求知欲，从而获得成就感，但我们的教育往往扼杀了这些，“毁人不倦”。教育者的悖论在于“摁着牛头吃草”。其实吃草是牛的天性，它饿了自然会吃，根本不需人的指导与训练。你一厢情愿地训练牛如何张嘴，如何咀嚼，如何吞咽，实在可悲可笑。这样的妄为训练的结果就是“牛”很累，教育者也很累，“牛”不仅不愿而且不会吃草了，教学效能自然极其低下。

老子认为无为无不为，他说，“我无为，而民自化；我好静，而民自正；我无事，而民自富；我无欲，而民自朴。”（《老子》第五十七章）如果我们尊重孩子，给孩子自由选择的权利，他们就会自行重建自我经验，进行自我反省自我教育，获得成长与进步。我们要做孩子的守望者，而不是孩子的统治者，在尊重孩子的前提下，最大限度地给予孩子自由发展的空间，而没有任何外在的功利和私心。20世纪，我国农业开始了一项重大变革——应用抛秧技术，把培育好的秧苗“随意”地扔到水田里，让秧苗自然生长，结果彻底解放了生产力，取得了不俗的成效。不仅省工省力，而且长势良好，实现增产增收。教育，同样不要人为地控制孩子的成长，而是依靠孩子自主发展，按照孩子自由发展的天性，顺势而为，就能无往而不利，无往而不胜。

罗杰斯相信人的自我完善，主张激发学习者自身的潜力来获得个人的发展，在教学中提出“非指导性教学原则”。它倡导“自发学习”，使整个人沉浸于学习之中，最大限度维护人的整体性，并为人创设自由、宽松的学习氛围，促进人创造性潜能的发展。冰心老人有句话说得好：“让孩子像野花一样自然生长。”如果给孩子以自由，他们就会有多种选择的可能；如果给孩子以兴趣，他们就会有学习的内驱力；如果给孩子以自主，他们就会有创造的机会。

无心插柳始成荫，要以“无痕”的教育方法，达到“有迹”的教育效果。理解这一点，有时不过一层纸的厚度，有时却是遥不可及的距离。

2017年6月12日

且乱且治

中国人讲稳定，要求稳定压倒一切。做人要沉稳、稳重，做事要把稳、稳妥，局势要安稳、稳定，风格更是四平八稳、稳扎稳打。

正因如此，中国人贵静不贵动。老子说："致虚极，守静笃，万物并作，吾以观复。"（《老子》第十六章）一般人光看见老子讲"静笃"了，后面还有"并作"却没注意。其实老子主静，是为了更好的动，让万物更好地不受干扰地生长、活动，如此循环往复，生生不已。周敦颐说："圣人定之以中正仁义，而主静，立人极焉。"（《太极图说》）但人们常常忘了周敦颐同样说过："太极动而生阳，动极而静；静而生阴，静极复动。一动一静，互为其根。"

尽管古代圣哲说静，实际上是讲人生修为、观照态度、处世方式，但由此却产生流弊，人们普遍好静不好动，乃至人的生命出现枯萎、死寂，而少了创化的生意、灵动。故而颜习斋说："三皇五帝三王周孔，皆教天下以动之圣人也。五霸之假，正假其动也。汉唐袭其动之一二以造其世也。晋宋之苟安，佛之空，老之无，周程朱邵之静坐，徒事口笔，总之皆不动也。而人才尽矣，圣道亡矣，乾坤降矣。吾尝言：一身动则一身强，一家动则一家强，一国动则一国强，天下动则天下强。益自信其考前圣而不谬，俟后圣而不惑矣。”（《言行录》）我们可以有宁静致远的情致，但决不能完全以此作为世道人心。

与此相关，中国人讲求秩序，要有条不紊、井然有序。中国古代讲究尊卑有序，每个人都有一个他的固定位置，要求君君臣臣、父父子子，不得僭越一步，只能在这个位置上终老一生。孔子说：“道之以德，齐之以礼，有耻且格。”（《为政》）并且说“为国以礼”（《先进》），主张“克己复礼”（《颜渊》）。

但我们不要忘记一个事实，那就是不能用自然秩序来规定社会秩序，不能用固定的血亲、固定的任命来确定人的地位。这种思想的结果，是产生宗法社会政治结构。人们的社会生活一成不变地严格按照伦理的秩序来进行的，服饰举止、洒扫应对、人际交往等，都限制在一定的等级秩序之内，人的个性大概要被泯灭殆尽，生命的活力变得黯淡无光。

圣心原本是好的，但天下并不永远太平，国家也并不永远昌盛。于是封建王朝有了一治一乱的历史规律。宋明之朝是想安定的，想当年赵匡胤杯酒释兵权，甚至为了安稳，不惜苟且偷安；朱元璋大加杀戮，建立绝对专制的制度，可是他们都没有造就太平盛世，相反却是内忧外患，江河日下，最终土崩瓦解。汉唐倒不是那么崇尚稳定，而是向往创造，主动出击，横扫朔漠，却成就了汉唐气象，让后人景仰。历史上那种所谓的“治”，实际上是束缚人的枷锁，是精神的鸦片，只能是万马齐喑，造成一种僵化死寂的局面，生命困顿，精神萎靡。这种保守自私的沉静、安稳、秩序不能开出万世的太平，相反只会滋生腐败、黑暗、罪恶。正如一潭死水，只能发出恶臭，吸引苍蝇蚊虫。我们的古代社会也只能陷入一治一乱的怪圈而不能自拔。

国家如此，个人何尝不是这样。我们总是安于现状，安土重迁，畏首畏尾，不敢有任何改变。这种安稳进一步造成我们的忍，逆来顺受，猥琐无能，甘心做一头拉磨的驴。一般人如果不是走投无路、陷入绝境，大概是不会铤而走险的。然而我们忘了“人挪活树挪死”的道理，不相信挑战与机遇同在。独有英雄驱虎豹，更无豪杰怕熊罴。大丈夫从来都是敢干敢闯，富于创新，勇于超越。因为他们相信，最好的防守是进攻，做总比毫无作为的好。圣人从来都是六经注我，而不是我注六经；伟人从来不走寻常路，从来都是树立法则，而不是被法则束缚。

不同的人有不同的性格。文人和武夫，文科与理工，都具有不同的倾向。文人缺少冲决一切的豪气，往往不过是低斟浅唱，前怕狼后怕虎，磨磨唧唧，成不了大气候。这些人很多反而没有骨气，所谓“仗义每多屠狗辈、负心多是读书人”。学理工的人，踏实苦干，讲求秩序，他们多喜欢按部就班，以为人可以像机械一样存在，往往有技术没头脑。大丈夫，“宁为百夫长，胜作一书生”，心存“匈奴未灭，何以为家”的壮志，追求的是马革裹尸，而不是求田问舍，过现世安稳的日子。

无论是一个国家，还是一个单位、一个人，都是要且乱且治。一方面以礼治为基础，大局稳定；一方面又在运动或活动中发现人才、培养人才、使用人才，使之始终充满活力，调动一切的积极因素，进行最有效的整合，发挥最大的潜能。正因如此，才能百家争鸣，百花齐放，呈现一派生机勃勃、欣欣向荣的景象。然而，我们很多时候一味求稳，一味求静，不思进取，结果是不在沉默中爆发就在沉默中灭亡。当年比尔·盖茨考进哈佛大学，足以让人艳羡。如果按部就班，可能会多个博士，但很可能就没有后来的微软公司。比尔·盖茨毅然从令人羡慕的大学中抽身，选择退学去研究新的技术，进行计算机编程，注册成立公司。不走寻常路，这或许就是比尔·盖茨成功的最大秘密。所以说，我们需要不拘一格地降下人才，我们需要不拘一格地创新工作，而不是那种苟且偷安、僵化腐朽地颓废、堕落下去。

我们需要的，是以乱求治，治中有乱，且乱且治，为万世开太平。

2007年10月27日

走自己的路

人生数十载实在太快，一睁眼一闭眼一天就过去了；一闭眼不睁眼，一辈子也就过去了。我想绝大多数人都不会满意于别人生下我，我再生下别人的简单轮回，不会满意于自己的保值，甚至贬值，总想在短暂的人生中创造最美的自我。

可是，说起来容易做起来难，我们绝大多数人都还是那么懵懂蒙昧地活着，像虫豸一般地自生自灭，从土里来到土中去，生没带来死也没带去。我们祖祖辈辈、世世代代就这样生死轮回，最终尘归尘，土归土，落下一抔黄土，几缕青烟。可是伟大人物的成长经历和人生轨迹却给了我们诸多的启示，召唤我们去追寻他们的足迹，分享他们的伟大。

这个世界上不存在天生一无是处的人，只是我们没有发现自己的兴趣与优长，从而用对地方发挥好它而已。在古希腊德尔斐神庙中铭刻了一句至理名言——认识你自己。希腊的第一位哲人泰勒斯就十分重视这句箴言，有人问他什么事情最难，他回答说：“认识你自己。”

苏格拉底更是把“认识你自己”作为自己哲学研究的核心任务。可是很多时候，人们恰恰不能认识的就是自己，自己反倒成了盲点，缺少自知之明，根本不知道自己真正需要什么，更不知道自己真正能做什么，往往都是为他人所左右，随波逐流，与世沉浮。

像瞿秋白，本色是个书生，却偏偏做起了革命家。1935年6月17日，瞿秋白挥笔写下绝命诗：“夕阳明灭乱山中，落叶寒泉听不穷。已忍伶俜十年事，心持半偈万缘空。”同时镇静地说：“人生有小休息，有大休息，今后我要大休息了。”18日押赴刑场，他高唱《国际歌》，环视四周，远眺是苍翠峰峦，近处是山野田园，从容地对刽子手点头：“此地甚好。”他盘腿而坐，面带微笑，饮弹洒血，从容就义。大义凛然的壮举，瞿秋白理应雕刻在历史的英雄碑上，却因为明知多余却偏偏在死前写下《多余的话》，让他长时间背负“叛徒”的罪名。瞿秋白的特长在于文艺理论，在于翻译，死也改变不了他书生的本色。可惜的是他成不了最好的革命家，也成不了最好的理论家。

人生最大的失误不是没有认清他人，而是没有认识自己。没有认清他人，或许会误一时；没有认识自己，绝对会误一生。

认识自己并不一定就会给自己带来成功，有时反而会带来痛苦，因为只有白痴是不会有痛苦的。要把认识自己的优势转化为人生的成功，关键在于全身心地整个生命地投入。当一个人将整个生命都投入到一项工作中时，那么整个世界都会为他让道，上帝都会为他感动落泪。道理虽然简单，但真正能做到的又有几人？因为有太多的诱惑，太多的牵绊萦怀，变得身不由己，乃至六神无主，总是在不经意中蹉跎岁月。

钱伟长是著名的科学家，在数学和力学上都有很深造诣。可是当年他数理化成绩并不理想，考大学时三门功课加在一起不超过25

分，相反倒是语文、历史成绩突出。可是，日寇入侵，大敌当前，钱伟长凭着“科学救国”的信念和忘我的投入，每天早晨5点到图书馆去背书，几年之后，他成了清华物理系最好的学生；多年之后，他成了科学泰斗。

孟子说人人都可以做尧舜，我看未必，但至少我们人人都可以做到最好，都可以有所作为，不枉此生，这倒是千真万确！

人还是社会的人、历史的人，还是要逻辑与历史的统一。观照历史，可以避免忘乎所以的错误，可以看清自己所能达到的高度。如果说认识自己是一种自觉，那么观照历史更是一种自觉，有了这种自觉，就能让我们更加清楚自己存在与创造的价值与意义。观照历史，我们知道时代的局限我们无法超越；观照历史，我们知道只有开山鼻祖、集大成者、殿军人物才会具有永恒的魅力。很多名噪一时的人物最终都会沉寂下去，烟消云散，只有代表时代高度的人物才会成为标志，从而熠熠生辉。

司马迁是有历史眼光的，尽管身残处秽，为人不齿，但他知道自己的位置，相信终有一天自己会大放异彩的。他“究天人之际，通古今之变，成一家之言”。一本纪传体通史《史记》足以名传后世，他心中有数。“仆诚已著此书，藏之名山，传之其人，通都大邑，则仆偿前辱之责，虽万被戮，岂有悔哉！”然而这样的话在当时的情境，又有几人能够理解，故而太史公说：“然此可为智者道，难为俗人言也。”（《报任安书》）

一个人当他胸中装着不仅仅是自己、他人，而且装着历史的时候，他必将走得更远。

走自己的路，一路走好！

2009年2月3日

居高声自远

《史记·李斯列传》记载了李斯少时的一个故事。当时李斯还未富贵，在郡里做小吏。一天，他发现吏舍旁边厕所中有老鼠在吃污秽之物，场面十分不堪。而这里又靠近人呀狗的，往往一碰见人或狗，它们就吓得仓惶逃窜，惊恐万状。李斯来到仓库，却发现这里的老鼠在安然悠闲地吃着粮食，住在高大的房屋下，没有风吹日晒，而且一点也没有人与狗来打扰，用不着担惊受怕。于是，李斯猛然醒悟，喟然长叹："人的贤能与不才就像这老鼠啊，只不过是所处的位置不同罢了！"所以，李斯决定要做仓库里的老鼠，后来他苦心经营，终于爬上了秦国的相位，显赫一时。

因为所处的环境不样、位置不同，所表现出的做派与气势是不同的，有的是肥头大耳，光鲜亮丽，人模人样；有的面带菜色，灰头土脸，唯唯诺诺。就譬如说主持人吧，一个县电台的主持人和一个央视的主持人，那就否泰如天地，一个在天上，一个在地下。你一个县电台的主持人，就算你的声音甜美，具有天生的丽质，可是有几个人能听到你的声音，看见你的形象，又有多少人会关注你呢？更有多少人会相信你的才华呢？怕只怕，在这样的环境中，越来越灰着堆着，就真的变得越来越小家子气，上不了台面。再比如说学界。一个乡村中学的教员和一个北大、清华的教授能比吗？你北大、清华且不说专家的名号别人敬你三分，光就拿项目、发论文、开讲坛就要容易得多，这些东西都像是家里的事，说办就能办了，还不是易如反掌。当然，更不要说身上还有那么多头衔，头上还有那么多光环，手上掌握着那么多学术资源，还不是左右逢源，高高在上？可一个乡村教员，除了几本教辅习题，你有什么可以凭借的呢？大多默默无闻，一眼望到头，“我的某某学生考上了某某学校”，或可聊以自慰。当然我们说的是一般情形，我们也不能排除像田中耕一这样的例外，一个普通职员竟然可以拿下诺贝尔化学奖。大概精诚所至也能金石为开。

如今为什么重读书？其实并非人人都酷爱读书，对很多人来说读书只是为了一纸文凭，不过是敲门砖罢了。只有学历愈高，牌子越响，你才能有更多的机会，你才有可能成为人们眼中的“成功人士”。相反，你无权无势，一无所有，那么就又有谁会注意到你，更不要说让人仰视了。世界就是这么残酷，就像俞敏洪在《赢在中国》的演讲中所说的。他说，当你像一根草的时候，“人们可以踩过你，但是人们不会因为你的痛苦，而让他产生痛苦；人们不会因为你被踩了，而来怜悯你，因为人们本身就没有看到你。”“当你长成参天大树以后，遥远的地方，人们就能看到你；走近你，你能给人一片绿色、一片阴凉。”

虞世南说：“居高声自远，非是籍秋风。”（《蝉》）好像声名的远播是因为内在的高洁，而非外在的权势。我们不否认一个人内在修为的重要，但光有内在的才能、品德是远远不够的，否则的话，就不会有孔子困于陈蔡，杜甫颠沛流离。很多时候，我们需要外在的环境与舞台。因为适合的环境，与之匹配，才能锻炼与展现你的才能。因为占据要路，居于高位，就意味着手中掌握着大量的资源，支配的权力，就能集中力量办大事，建立不朽的功业。这个时候，你才有能力帮助更多的人，让更多的人从你那里受惠，获得幸福。当然，这需要我们加强修养，而不是利用自己的权势去作威作福，为非作歹，为所欲为。

过去有人说勇敢与怯懦是环境决定的，我们同样可以说贤能与愚昧是位置决定的，有时候环境影响人的性格，屁股决定着人的大脑。很多东西都是干中学、学中干的，在那个环境，在那个位置，长期操练，你就能干得像模像样，除非你不想干，抑或完全是白痴。就像某些平时不会说话的人，等他坐上领导位置，竟然也是一套一套的，甚至滔滔不绝。时势造英雄，想当年朱元璋从濠州起兵，从小和尚做到了大皇帝，开创大明王朝二百余年。跟随朱元璋起兵的一批皖苏一带的草民穷棒子做起官来，也是像模像样，不在话下。所以，我要说的是，智力是有的，只是后天发展的；才能也是有的，只是环境造就的。从来都是时势造英雄，地位定高贵。尽管除去衣冠，光着身子，大家没有多大分别，更何况谁的肚子里没有一泡屎呢。

我这样说，并不是小觑了自身的努力，恰恰是要求我们通过自身努力来改变环境、迁移位置，让才能发挥到极致。没有任何东西罩着你，你还不跑吗？

2011年1月26日

团结与斗争

人是活在人当中的，总要面对形形色色的人，与之亲善或是痛恶，于是有了朋友敌人之分。中国人对故旧的东西总是很怀念，思旧怀乡之声不绝于耳，西方人却不一样，他们说没有永恒的朋友。我却要说，非但没有永恒的朋友，同样也没有永恒的敌人，我们每天面对的就是那么一个个活生生的人，他们既是朋友，也是敌人，既不是朋友，也不是敌人。永恒的东西实在太少，不光你我要随风而逝，连日月星辰都在变化改动。

我说的或许更适合腻友，素交或许可以独立方外。因为人们除了永恒的利益之外，还要相亲相爱，心灵交通契合。但是，就是审美欣赏的素交，也要随着心情的波动和生命状态的改变而变化。更何况人是缘在的，怎能脱得了干系。

人之相与，是该投降主义的迎合，还是关门主义的逃避呢？我想这都不是正确的态度，我们既要团结，也要斗争，我们爱得深沉，所以我们恨得真切，我们恨得切齿，所以我们爱得铭心。斗争是为了更好地团结，团结是为了更好地斗争，简而言之，就是要让我们生活得更好。

当年抗战时期，国共第二次合作，建立民族统一战线。但毛泽东并不因为合作统一而放弃独立自主，放弃自我发展。正因如此，共产党才在抗战期间发展壮大起来。这正是毛泽东的伟大之处。毛泽东说："斗争是克服投降危险、争取时局好转、巩固国共合作的最主要的方法。在我党我军内部，只有坚持对顽固派的斗争，才能振奋精神，发扬勇气，团结干部，扩大力量，巩固军队和巩固党。在对中间派的关系上，只有坚持对顽固派的斗争，才能争取动摇的中间派，支持同情的中间派，否则都是不可能的。在应对可能的全国性的突然事变的问题上，也只有采取斗争的方针，才能使全党全军在精神上有所准备，在工作上有所布置。""斗争是团结的手段，团结是斗争的目的。以斗争求团结则团结存，以退让求团结则团结亡"。(《毛泽东选集》第二卷)

哪里有压迫，哪里就有反抗，决不要忍气吞声，含冤受辱。一味地忍让，一味地退避，只能助长敌人的嚣张气焰，让敌人得寸进尺，无视你的存在，肆意践踏。当年林冲面对高衙内选择了忍，挥起的拳头还是放下了。可是并不能就此相安无事，高衙内贼心不死，高太尉父子更是处处设计陷害，一路暗算、追杀，步步紧逼，定要赶尽杀绝。林冲终于爆发，像火山一样喷发迸射，上演了一出"风雪山神庙"的好戏，手刃仇人，大快人心。忍无可忍无需再忍，乡谚有云："狠好很好"。打我一拳，就要还他一脚，以牙还牙，以血还血。我们并不害怕因为斗争而丧失朋友，相反，因为斗争才让对方不敢小觑了我们，反而会促进团结的达成。不必害怕斗争，因为从某种意义上说，斗争是一种很好的直接的交流和对话的方式。幸福从来就不是别人恩赐的，而是要靠斗争和团结去争取的。

个人的力量毕竟有限，要想发展，必须团结一切可以团结的力量，建立最广大的统一战线。少年毛泽东就心怀天下，自目为“栋梁之才”，然而要实现这样的目标，他觉得决不能靠一个或几个人摸索，必须有一大帮志同道合、坚定不移的人，结成一个力量才能有所作为。所以，1915年在长沙发出征友启事，引用了《诗经》中“嘤其鸣矣，求其友声”的诗句。

我们还要认识到团结的深层意义。团结合作是必须的，因为人必须在同类中找到自己的定位，进行自我确认，人生的意义在很大程度上就在于奉献，让别人因为我的存在而感到幸福。所以，奥地利心理学家阿德勒反复强调合作与分享的意义。他说：“所有的失败者之所以失败是因为他们对社会没有兴趣，缺少归属感。因此，遇到与职业、友谊及性别相关的问题时，他们不相信这些问题可以通过合作的方式解决。他们赋予生活的意义只停留在个人的层面：别人无法分享他们完成目标后的收获，而且他们也只关注自己。”（《自卑与超越》）没有谁可以成为独夫寡人，就是秦始皇也不可以。

组建统一战线，只要有共同的利益，就是敌人也是可以团结的。不要预先设计好条条框框，作茧自缚。人生之初，和谁是朋友，和谁是敌人呢？朋友敌人都是形势现实造成的，所以对于任何人都不能一味地投合放纵，或是一味地敌对仇视，都要团结与斗争并用，一手拿着橄榄，一手拿着大棒，两手都要抓，两手都要硬。我们且不论与某人长期友好，但决不可永远怀恨在心。该团结的我们一定要团结，该斗争的我们绝对要斗争，不要有任何成见旧识，一定要虚怀若谷，两手准备，审时度势，在团结中斗争，在斗争中团结，从容应对，收放自如。

斗争万岁！团结万岁！斗争与团结万万岁！

2001 年 10 月 5 日

不要让别人的幸福成为自己的痛苦

在生活中，我们常常看到有些人十分痛苦，倒并非是因为他们缺食少衣，而是在他们看来，曾经和自己相仿的人，甚至不如自己的人，竟然有那么多人发了财、升了官……于是乎他们叹惜命运不济，既是嫉妒又是痛恨，愤愤不平，苦恼不已。其实，生活中很大一部分苦恼都源于人们的比较，别人的快乐、幸福成为自己痛苦或不幸的根源。

但是有些人却不是这样。有一位美国华裔学生王章程，加州大学毕业以后，同学们一个个都找了个好工作，谋了个好职位，而他却去了一家私人研究所。别人都有了妻子、房子、票子，而他三十好几，却仍然孑然一身，工资还那么低，实在让人瞧不上眼，生活似乎实在糟糕。但他却从不羡慕别人的生活，仍然焚膏继晷，废寝忘食，十多年如一日地做他的数学研究，竟然乐以忘忧，无视外在的繁华。终于他攻克了两项世界性的顶级数学难题，发表了系列高水平的论文。这时，很多知名大学纷纷要聘他做教授，他终于成了“数学之王”。

人生最大的错误在于以人之长较己之短，最后又以己之短效人之长。天生我材必有用，每个人都有他存在的道理，关键是要做我们自己，不是徒劳地去羡慕别人，模仿别人，而要保持自己独立人格，创造人生，挥洒自我。人生要有所求，有所不求；有所比，有所不比，真正做回自己，发挥出自己的天赋与潜能。

《世说新语》中载，管宁、华歆曾经同席读书，有个乘坐轩冕的达官贵人从门前经过，管宁仍然读书如故，而华歆却丢下书跑去观看，一脸羡慕。管宁于是割开席子和华歆分开而坐，说："子非吾友也！"生活中常常打扰我们，让我们感到不安的，往往并不是我们自己，而是别人的生活和别人的模式。大丈夫当定内外之乎，非我所有，又何羡乎？此事可以分出二人的高下。

南通三中陆精康老师从教40多年，仍然是普通教师一个，既没有高位，又无什么表彰。然而他自得其乐，数十年如一日，孜孜不倦地搞自己的教研，早已是著作等身。有人劝他去申报个特级教师，他笑着推辞掉了，说读读书、旅旅游、写写文章就很快乐了。快乐由己，陆老师做了最好的诠释。相反，如果他这个也要，那个也求，可能会获得很多的荣誉和奖章，但只怕没有什么专长，不能真正有所建树。正因为他从来不羡慕别人的生活，才会生活在自己的天地里，才能不受外界的干扰，心无旁骛地干自己的事，也才能取得如此的成就。

做最好的自己，这就是幸福的源泉。将它植根于我们的心灵，那么，无论在我们人生的哪一个阶段、哪一种境地，只要想起它，就会流淌和滋润，而不是将别人的幸福变成戕害自己生命的毒素，让别人的幸福成为自己的痛苦！

2008年8月29日

中庸中道

人们常说，性格即命运，我们虽不完全相信这句话，但它确有一定的道理。一个人常遭遇挫折失败，那说明他确有缺陷存在，才让敌人有机可乘。一个人喜欢倾听不同意见本是件好事，但如果优柔寡断、反复无常则不是好事；一个人懂得爱护珍惜物品是好事，但如果因此而拿得起却放不下就不是好兆头；一个人埋头苦干、勤奋用功是好事，但如果因此而走向自我封闭、孤芳自赏就不应该了；一个人只知道劳动奋斗而不注意休息娱乐、锻炼身体，同样是很危险的。中国人知道物极必反的道理，事实上也的确如此，走向极端，必然引发矛盾，丧失生命活力。因为人是在宇宙人生中求得自己的位置和意义，所以正确的做法是不偏不倚，中庸平和，遵循中道。

为了适应社会，适应人群，我们不得不改动一下自己。尽管以为不然，甚至不屑，却要违心作伪，表面看来，也是十分融洽和谐，而内心却在失衡，用句时髦的话来说，这叫双重人格，人格分裂，自己戴上了假面。一个妓女，如果她认为自己为不道德，是卑贱罪恶，那她将永无宁日，不得安神，这样是度日如年啊！反过来，她自以为这行当很了不起，也是为人民服务，自食其力，就会心安理得，倒也十分快意。出于至诚，发乎本心，以为精神决定一切，是否就可以相安无事呢？一个明摆的道理，少数服从多数，你怎么可以独立方外。尽管在一时一地以众虐独未必可靠，鲁迅先生亦有这个看法。

尽管如此，我还是主张至诚，当然我不反对适当的表演，对人生的一点幽默。存在是合理的，合理的也必然是存在的，没有必要怨天尤人，这个世界不相信眼泪，不相信叹息，要的是真实的存在。真实的存在容不得私心成见，自以为是，这就不得不让我想起中庸来。程子说："不偏之谓中，不易之谓庸。中者，天下之正道；庸者，天下之定理。"（《程氏遗书》卷七）子思中庸，其实我并不懂得多少。但我知道，我们中国人提倡的是"和而不同"，反对的是"过犹不及"。在我的理解，中庸就是要求剔除那种成心与偏见，过妄和极端，自以为是的片面真理，从而倾听不同的声音，从中比较分析，选择最合适的一个。这就要求我们目中有人，头上有天，脚下有地，心中有主。当然，这种中庸做来不易，你的选择尽管中庸，但还不一定就是真理定律，人总是有局限的。宗白华先生曾说，中庸是至大至刚的。

亚里士多德说："美德就是涉及激情和行动的，在其中过多乃是一种失败的形式，不足也是这样，而中间则受称赞，是一种成功的形式；受称赞和成功，都是美德的特性。"又说："过度和不足是恶行的特性，而适中则是美德的特性。"（《尼各马可伦理学》第二卷第6章）亚氏以适中为美德，以中道为原则认为过度和不足都是恶行。我们知道，太柔软的东西容易被束缚，太坚硬的东西容易被折断，一旦走向极端，就不是以我役物，而是以物役我，人就不再是有灵气的活人，而是呆滞的死物，就不能应变周遭的事物，走向偏狭的死胡同。以一个死物去应对世事万象，哪有不挫不败的道理呢！

中庸是否定自我后的确认。没有否定自我的勇气，是不能中庸的，总是瞧不起别人，总认为老子天下第一，我讲的就是真理，这实在是自恋癖的表现；没有自我确认的气魄，没有主见，没有头脑，总将别人奉为神灵，别人打一个喷嚏，就以为天要下雨，那是十足的庸俗主义。中庸是一种人生态度，他执着于真理，既不以自我为中心，也不是随波逐流，他勇于改造自我，也勇于改造世界。

子曰："君子尊德性而道问学，致广大而尽精微，极高明而道中庸。"（《礼记·中庸》）中庸也需要一个修养的过程，从道德和学问两方面来充实完善自己，不仅要求博大，还要能够精深，所以才有深藏不露的高明。但中庸绝不是没有个性，时时处处四平八稳，成为没有血性生命的阉人。中庸也决不是随声附和、人云亦云，决不是折中主义、妥协主义。那种乡愿、好好先生是"德之贼也"，与中庸是绝缘的。中道也决不是简单地求平均值。在不同的环境我们面对不同的对象，我们的中道还是要有所偏向的。这就是说中道也是相对的，要受时间、地点、条件等等的制约，因人因环境的差异有所不同。要掌握中道就要靠每个人的智慧见识，亚里士多德称之为"实践智慧"，人们根据这种智慧就能找到一种"合理原则"，人们的行为就能合乎中道，恰到好处。

其实我们每个人都有缺陷，然而我们当中很大一部分人却没有发现，或是不敢正视。或许只有经过痛苦的经历，我们才会去反省自己，才会意识到自己的性格缺陷。我们每个人不仅要看到自己的优点，同时也要了解自己的缺陷，不断地去纠正改造，努力使自己合乎中道，从而培养美德。这需要一种正直无私，宽容大度，自我批评的精神，不断向上帝祈祷。

人生可能有着运气和侥幸，这只能是一次或两次，但决不会有十次、一百次。一个将军打败一次两次，仍可不失其伟大，但盘盘皆输的将军，一定是个熊包。虚情假意、逢场作戏也好，出于至诚、发乎本心也罢，通向真理与永恒的路只能是一条，中庸大约就是通向此路的一个法门。

2000年6月19日

各美其美

人生在世，有着太多的诱惑和喧嚣，陷入迷惘和困惑，在希望中失望，在失望中希望，苦苦纠缠于生命以何种形式展开。是高官显赫，还是君子固穷；是腰缠万贯，还是黄卷青灯。农夫商贾，学者艺人，职员官爷，诸如此类，这些都是装扮的脸谱，辨识的标签，而不是人本身，可许多人却盲目追求，买椟还珠，舍本逐末。生命的意义在于做一个真人，真实地活着，诗意地栖息在大地上。人的最终目的大约就在于以最饱满的内容穿上最合适的形式，以最大的能量投入宇宙的洪流中去。

由于傲慢与偏见，人们总要自命不凡，相互诋毁，总以为老子第一。不仅人与人之间如此，行业与行业之间如此，连文化与文化之间也是如此。在那个礼崩乐坏的时代，庄子感叹道："天下大乱，贤圣不明，道德不一，天下多得一察焉以自好。""判天地之美，析万物之理，察古人之全，寡能备于天地之美，称神明之容。"（《庄子·天下》）门户之分、形式之别这些都不重要，因为我们相信美在生命，真在生命，善在生命，没有生命的东西，再亮的光环也无济于事，引人注目的不过光环而已，而不是光环底下的死物。一个真人，不要问询他以何种面目出现在人们面前，因为一样值得我们热心赞叹，真诚钦佩。我向康德致敬，我向毛泽东敬礼，也向比尔·盖茨表示我的赞叹。邓小平先生有句通俗的话，“黄猫、黑猫，只要捉住老鼠就是好猫。”（《怎么恢复农业生产》）我想说，这人那人，有生命的才是好人。《易大传》上说：“天下一致而百虑，同归而殊途。”从终极思之，同归于一，从现实观之，千差万别。破除陈见，各美其美，这才是正确的态度。

一个人最怕的是自满自负，目中无人，总是以自己之长去衡量和要求别人之短。一个领导最可怕的是求全责备，那样没有一个人才可用，只会招来一些样样会门门疏的庸人。刘邦统一天下，大宴群臣，他总结自己打败项羽夺得天下的原因时说：“夫运筹策帷帐之中，决胜于千里之外，吾不如子房。镇国家，抚百姓，给馈饷，不绝粮道，吾不如萧何。连百万之军，战必胜，攻必取，吾不如韩信。此三者，皆人杰也，吾能用之，此吾所以取天下也。项羽有一范增而不能用，此所以为我所禽也。”刘邦不愧为开国帝王，他不仅自己有领导才能，让别人为他所用；更难能可贵的是他认识到每个人有不同的特长，尽量使得人尽其才，物尽其用。项羽至死不悟，以为上天亡他，总是自满于自己的孔武英勇，看不上其他任何人，实际上是可悲的！

开放交流，才能生生不息，同样，各美其美，才会异彩纷呈。在独立中统一，在统一中独立，才能生机勃勃，才会万古长青。封闭固守，只会萎谢灭亡；一统同步，只会痴呆腐朽。当年毛泽东提倡文艺要“百花齐放，百家争鸣”，这是很有见地的。那种整齐划一是多么的呆板，毫无生气可言，只能窒息而死。没有狼的追赶就不会有羊的强健，没有太阳西沉就不会有满天的星辰。蛇有蛇路，鳖有鳖路，人生的形式原本多姿多彩。各人有各人的路要走，各人有各人的使命要完成，但我们都皈依上帝，向上帝祈祷。宇宙人生，是一曲恢宏雄壮的音调，是如此的动人。

20世纪80年代在中国形成文化热，在中西文化的体用上争论不休。我以为中西文化各有优长，尽管我不认为两种文化可以等量齐观。中西文化应该渗透交流，同时保持各自独立的品性。费孝通先生持文化多元论，以为最终目标是美美以共，相互成全。宗白华先生很早就主张文化多元，各种文化各自发挥自己的个性。1939年在《学灯》上说，“我们并不希求拿我们的精神征服世界”，“各型的文化人生能各尽其美，而止于其至善。”一方面我们以为世界的才是民族的，另一方面我们以为民族的才是世界的。那种盲目自大，自我中心，不过井底之蛙，夜郎自大；反过来，一味崇洋媚外，以为外国的月亮比中国圆，那是自轻自贱的表现，长期共存，各美其美，这个世界才更精彩。

我们要做独特的这一个，我们不作践自己，也不美化自己，我们不神化别人，也不鬼化别人，大家都在做一个人，一个大写的人而已。各美其美，止于至善，这是上帝给我们的祝福。

2002年3月15日

把根留住

在今天这个地球村，各个民族、国家的交流、交融越来越频繁，这固然是好事情。可是别人的精义，有时候我们未必就能看得懂、学得会，有时反而成了东施效颦、邯郸学步。鲁迅先生曾经说过，越是民族的，才可能越是世界的。我们只有把自己的民族的根留住，才能屹立于世界民族之林。

就世界范围来看，大体上有三种文化和文明：一是以黄河与长江为源头的中国文化，一是以希腊和耶路撒冷为源头的西方文化，一是以恒河为源头的印度文化。三种文化各有特质，各有千秋。至于说埃及文化，应该说最为久远，只可惜中断了，葬送了文化的血脉。

中国文化的根在哪里呢？在人生论。中国人注重人生，其中的人生论、人生方法是别人无法达到的，这正是中国文化特质所在。中国文化的主干是儒道两家，他们都关注人生。在儒家心目中，人是以体验、实现仁道为人生宗旨的，而仁的实现在于主体修养、升华、推己及人，用以协调人与人之间关系。儒家从某种意义上说是另外一种人际关系学。但儒家的重人际关系思想是以对群体与个人的关系的思考为背景，就是要让个人融入群体，以保持群体的和谐统一，维护群体的利益。孔子就说过："鸟兽不可与同群，吾非斯人之徒而谁与？"（《论语·微子》）也就是说人必须在人群之中、在现实之中寻求人生的意义。道家看重的是生命的存在和人性的自然维护，他们抨击君主、鄙弃物欲、诋毁文明，为的就是实现个体价值，保持独立人格。加之中国是长期稳定的农耕社会，君主集权的国家，这种文化流于民间形成的草根文化，就表现为以官为本位，世俗市侩，变通练达，安天乐命，隐忍自足。所以中国文化、中国哲学的根本在为人处世，在一个群体中谋求自己的位置、利益、价值。中国人信儒的时候多，而信道释的时间少；圣贤君子少，隐士庸人多。中国人是追求人生修为、人生境界的，可是拘囿于少数仁人志士，他们才是人中之龙，民族的脊梁。

因之，也带来中国文化的包容性格，同化精神。无论是对人还是对物，中国人都有包容性，先是接近，再是弱化，最后同化，以至于分不出你我。像外资企业进入中国市场以后，就要依据中国的社会主义市场经济特点，一手抓市长，一手抓市场，否则，就玩不转，甚至碰壁。当然，这也给中国带来强大的生命力。当年，满清入关是灭了大明王朝，可是灭不了我们大汉民族，二百年后，再看看那些八旗子弟，一样的讲汉语，写汉字；一样的之乎者也，天地君亲师；一样的提笼架鸟，吃豆汁喝大碗茶，哪里分得清是满人还是汉人。

中国人是有理想、有追求的，是要不断地修身养性，从而达到天地境界，而不是那种世俗化、庸俗化，丧失自我的人格。孔子仁爱，达到道德的自由，而不是庸俗地和人搞好关系。庄子逍遥，进入无待的境界，而不是自欺欺人的慰藉。只是戛戛乎其难也，一般人缺少这样的弘毅，缺少这样的砥砺，而流于庸俗。宏扬原典，不断超越，而不是投机取巧，剑走偏锋，才是我们今天中国人的使命。

西方文化的要义在于追求知识，张扬个性，信仰理想。表现为对于无限的热烈企盼，对外部世界的征服，是个人的英雄主义，强调一种强力意志。无论是希腊神话、荷马史诗，还是如今塑造硬汉形象的美国大片，其中荡漾的是英雄气概。然而物极必反，西方文化很容易陷入疲惫、烦扰的泥潭。作为西方文化象征的“浮士德精神”，就是在其无穷无尽的追求中耗尽自己全部的生命力的。

印度时有外族入侵，长期分裂混乱，民族众多，下层人民生活在水深火热之中，虽然有过盛极一时的孔雀王朝。印度文化具有很强的包容性与坚韧性。宗教则十分繁荣，特别是佛教，影响深远。因而印度文化重在对人生终极意义的思考，长于思辨。印度人固然看得真、看得破，可是少了通向彼岸的渡船。

任何一种文化可能都同有机体一样，有其诞生、生长、成熟和衰败的周期阶段。在德国历史学家斯宾格勒看来，每个文化走向现实主义、功利主义和理性主义，也就进入了文化的秋季，开始出现没落的迹象。最终功利至上，金钱独霸，科学迷信取代宗教信仰，没有了心灵的空间，走向彻底的衰朽。斯宾格勒痛感现代的种种弊病与危机，喟叹“西方的没落”。英国历史学家汤因比则没有那么悲观，他认为没有一个已知的文明，从诞生起就注定要灭亡，决定的因素在于它对环境的挑战做出的反应。整个社会能够对一系列的挑战胜利应对和不断创造，实现社会机体的内部生长，文化就能发展兴旺。相反，社会丧失了“自决能力”，对挑战进行了错误的应战，社会实体和社会精神分裂，最终社会走向衰落、解体。汤因比相信西方文明只要小心应战，仍可保持创造力，避免死亡的结局。我想，对于中国文化同样如此，《诗经》上说："周虽旧邦，其命维新"，我们的文化需要不断创新，谦虚谨慎，才能永葆青春，生生不已。

特定的环境背景，漫长的历史承传，才形成了各自独特的文化。它们都是人类存在的智慧，也是我们民族国家的基因。把根留住，同时又能创造革新，或许我们可以走得更好，走得更远！

2008年4月20日

不乐复何如

哲人叔本华认为人生就是痛苦，他说："如果我们对人生作整体地考察，如果我们只强调它的最基本的方面，那它实际上总是一场悲剧，只有在细节上才有喜剧的意味。"叔本华不无忧虑，不无落寞，充满悲观的情绪。尤其现代社会，人们有太多的负累，太多的叹息，烦恼兼伤心，嗟叹亦唏嘘。然而痛苦不是我们的本意，不是我们的追求，而是无奈的事实，无法逃脱，命中注定。我们需要快乐，快乐才是我们的天堂。

然而快乐又是何物呢？快乐是一种情感体验，情感是生命的表征，快乐就是生命内外谐和状态，自由而舒畅。快乐不能论斤称，不能论尺量，快乐就在心里。一个心如死灰的人也就没有了快乐，哀莫大于心死。有人把笑和快乐联系起来，以为笑就是快乐，那是不准确的，正如笑不等于喜剧，哭不等于悲剧一样。

快乐和幸福相近类似，但二者还是有一点区别。在每个人的潜意识里，自己缺少什么，什么就是自己的幸福。或者更准确地说，实现最迫切追求的就是自己的幸福。快乐是即时易变的，而幸福是长期稳定的。快乐视我们的状态而定，就好比美味的大餐，固然能够让我们大快朵颐，但如果我们已经很饱了，勉强再吃，也只能是泥土滋味。幸福是就我们的追求来说，如果是唾手可得，那还有多少幸福可言，只有付出极大的努力与创造，才能体验到最深刻的幸福。

有人存在一种浅薄的认识，以为好吃好喝就是快乐；以为高官得坐，骏马得骑就是快乐；以为靓女在侧、美妹在怀就是快乐，其实并不尽然。这些都是人的本能欲求，是生命冲动，是生生之源，满足生命欲求固然快乐，但非快乐本身。快乐还多得很，在于我们用心体会。当然，我们不能做唯心主义者，饥肠辘辘，我们不能硬说感觉好极啦；受辱加刑，我们不能强说是快乐无比，真正的哲学家不是掐诀念咒的游仙术士。然而要风得风，要雨得雨的人毕竟少之又少，多的还是普通人。更何况这些资源大多是稀缺资源，待到资源配置，就更不可能满足每个人的需求。再者，人生难免会有诸多的不如意，就是帝王总统也是不免，何况平民百姓呢。有鉴于此，海德格尔才认为人生就是烦恼忧心，用一句中国的通俗的话说，就是人生不如意事十有八九。可见以寻求感官刺激、社会排场来获得快乐，还是太有限了。

快乐不仅要向外开拓，也要向内寻求，反求诸己。孔子说："饭疏食饮水，曲肱而枕之，乐亦在其中矣。"（《述而》）又说自己"其为人也，发愤忘食，乐以忘忧，不知老之将至"。孔子不落自然，又不弃自然，他以世俗生活中的情感快乐为存在的本体和人生的极致，并非他没有烦忧，而是他善于发挥快乐。"从心所欲不逾矩"，孔子不仅和外物达成谐和，也和自身达成谐和。孟子也有他的快乐老家。孟子曰："君子有三乐，而王天下不与存焉。父母俱存，兄弟无故，一乐也；仰不愧于天，俯不怍于人，二乐也；得天下英才而教育之，三乐也。”（《尽心上》）此三乐者，多是人生的信仰，是一种平和的状态。孟子又说：“万物皆备于我矣。反身而诚，乐莫大焉。”此则更进一层。“人知之，亦嚣嚣；人不知，亦嚣嚣。”（《尽心上》）这就很是难得，非常人所到。孟子至大至刚，直养集义，“所过者化，所存者神，上下与天地同流”。（《尽心上》）然而比起孔子来，似乎还要逊色一些，孔子已经超越了刚硬，呈现一种谐和，一种自然。不过，孔孟都是我们所景仰的，他们给我们提示了全新的人生图景。人生境界的不同，就在于人生事物对于不同的人的意义不同罢了。

一般而言，越是有活力的人越是痛苦，因为成长本身就是一个既快乐又痛苦的过程。我们怎样才能找到快乐的有效途径呢？我们必须超越极点，回归现实自然，就在当下获得快乐。我在前面已经说过，快乐是生命内外谐和状态，我们必须进行生命调节，使之相应谐和。生活中并非都各尽其能，分所应得，样样如意，事事称心。我们无力改变人类，但我们可以改变自己；我们无力改变社会，但我们可以改变居室。我这样说，不是要求大家安分守己，逆来顺受，而是说高则抑之，低则仰之；困厄时不失浩然之气，得意处不失平淡之心。这就像安上了一个调节旋钮，该快则快，该慢则慢，到什么山上唱什么歌。善于生命调节的人，进可以居庙堂之高，退可以享乡野之趣，从容不迫，舒卷自如，无往不适，欣欣愉悦。明代洪自诚说：“天薄我福，吾厚吾德以迓之；天劳我形，吾逸吾心以补之；天厄我遇，吾亨吾道以通之。天且奈我何哉？”（《菜根谭》）达到如此境界的人大概能够无往而不适，还有什么不快乐的呢？

生命调节是一种上乘的心性功夫，是绚烂之极后的平淡，是洗尽铅华后的素净。如此才能收放自如，随遇而安，优游自在。正因为登峰造极，所以才易回复反顾。有才而无才，有技而无技，才有一种结实的空灵。这正如审美，既可欣赏崇高悲壮，也可欣赏优美诙谐。无为而无不为，无目的而合目的，在伟大崇高中见平淡洒落，在平凡质朴中寄绚烂辉煌，金光内敛，蕴藉风流。游目骋怀，无处不新，极视听之娱，情思之悦，信可乐也。就在当下，不滞于外物，又直探生命，从这种意义上说，这种快乐是人生的，也是审美的、宗教的。

陶潜《读〈山海经〉》（其一）云："孟夏草木长，绕屋树扶疏。众鸟欣有托，吾亦爱我庐。既耕亦既种，时还读我书。穷巷隔深辙，颇回故人车。欢言酌春酒，摘我园中蔬。微雨从东来，好风与之俱。泛览周王传，流观山海图。俯仰终宇宙，不乐复何如。"顺应大化，各得其妙，群籁虽参差，适我无非新，诗人和天地万物合奏一曲至高至美的欢乐颂。有如此心胸，则成全新的人生图景，欣欣向荣，一派谐和，不乐复何如！

2001年11月25日

后记

舞文弄墨原本非我所长，亦非我所愿。我最喜欢的还是格物致知，推究物理。记得上小学的时候，我最喜欢的就是解应用题。上数学课的时候，老师讲到应用题，我总要倾耳聆听。上初中的时候，就对理科更感兴趣，凡事喜欢问个为什么，以致把老师都问怕了，一下课就要躲着我走。后来从邻家借到一本《钱学森传》，读后颇为感动，乃至热血沸腾，立志要为中国拿下个诺贝尔物理学奖。

可是我出生于农家，父母种田很辛苦，既没有闲钱也没有眼光让我上高中读大学，再去拿个什么诺贝尔奖。在他们看来，能谋个差事混口饭就不错。于是我上了师范。背离初心是要受惩罚的，尽管我成绩不错，数理化第一，语文也是第一，可是在保送上大学的时候，阴差阳错地读了中文系。说到底是缺少自信，缺少毅力与胆魄，没有坚定地选择物理。结果陷入文人的泥淖。“百无一用是书生”，我虽不至于那么偏激，但我始终认为写文章不过雕虫小技，缺少专业门槛。就如一般大众所认为的一样，“文人”在今天就是个贬义词，要骂人，可以说“你，你一家人都是文人”，这样才解恨呢！

至于写文章出书，在今天根本不是什么大不了的事。随便到一家书店看看，可以看到一架架一摞摞的书，而且每年还不知要新出多少，让人望书兴叹啊！所以说，写有什么意义，不写又有什么意义。更何况，对于那些不爱书不读书的人来说，这就是垃圾，根本不值一提。这些书不能吃不能用，连做厕纸的资格也没有。

世上好语书说尽。什么样的情感古人没有体验过，什么样的思想前人没有表达过。我们很多时候不过拾人牙慧，重复前人；不过喋喋不休，重复自己。这样的东西，多一个少一个都无关宏旨，可以忽略不计。

但我还是不得不写。真正的写作从来都是一种生命的必要，而不是哗众取宠；好的文字从来都是一种生命的表达，而不是无病呻吟。我写这些东西，首先是为了拯救我自己。因为我需要给自己找一个出口，找到一条属于自己的路，做一个最好的自己。所以我是带着问题去做研究，带着情感来写文章的。我倡导目的哲学，希望实现自己的最终目的，也希望人人都实现自己的最终目的。于是我发现了哲学人类学，认识到人既不是神，但也不是兽，而是一种动姿性、意向性的“生成”（Werdung），一种生命对本身的永恒“超越”，一方面精神之生命本能冲动化，一方面本能冲动的精神化，也就是所谓的道成肉身，肉身成道，最终“精神与生命，理念与力量达到了和谐”（舍勒《“和谐时代”中的人》）。

所以，这些年每每情有所感，思有所动，就要急切地把它们写下来。有时，夜梦初醒，东方未晓，突然灵光乍现，激动不已；有时，正在端碗吃饭，却恍有所悟，简直可以做开胃的佳肴；有时，走在路上，偶有所感，一副呆若木鸡的样子……或许只有写下来，我才得安生，才能畅快。不过，一开始并没有完整的规划，断断续续地写，早期写得多，后来写得越来越少了，反而把更多精力放在语文教育研究上。只是，这些文字在后来录入和校对等过程中又经过多次的修改，前后跨越了近二十年。

对于我写的这些文字，我的家人嘲笑我是“纸上谈兵”，“没什么卵用”。我认为说的是实话，因为这个世界上最无用的就是思想。捣鼓文字，卖弄思想，大多数可能都是纸上谈兵。聪明如苏轼者，一样地一贬再贬，九死一生，以致被撵到天涯海角，所以他晚年终于觉悟了，“人皆养子望聪明，我被聪明误一生。惟愿孩儿愚且鲁，无灾无难到公卿。”贤能如孔子者，一样惶惶如丧家之犬，困于陈蔡，所以他老人家感叹“用之则行，舍之则藏”，乃至悲观到“道不行，乘桴浮于海”。古人就说过，“最是诗人多薄命”，“自古圣贤尽贫贱，何况我辈孤且直”。但我想说的是这无用的东西太多，就像妇人怀中抱着的婴孩，有什么用呢？却宝贝似的，不过给人一点希望和念想。我的这些文字当然也在无用之列，但倘若可以给人一点启发，引起一点共鸣，那也就足够了，还有什么奢望。

本书能够顺利出版，还要感谢安徽师范大学出版社，特别感谢为本书出版给予指导和帮助的编辑胡志恒先生，他为本书编辑付出极大艰辛。由于本人水平有限，又是一根筋，难免存有疏漏和错谬，敬请读者批评指正。

章桂周

2018年6月